HANS PFEIFFER

Zwei Schritte in den Tod

HANS PFEIFFER

Zwei Schritte in den Tod

Anwälte und Verbrechen
Tatsachenberichte

MILITZKE

1. Auflage

Lektorat: Monika Werner
Satz und Gestaltung: Dietmar Senf
Druck und buchbinderische Verarbeitung:
Steidl, Göttingen

ISBN 3-86189-146-8

INHALT

1 · GIFTMISCHER SEDDON

»Sie werden also meine Verteidigung übernehmen, Mr. Hall?« fragte der kleine Mann mit Glatze hoffnungsvoll.

Rechtsanwalt Edward Hall, einer der erfolgreichsten Anwälte Londons, pflegte ruhelos auf und ab zu gehen, während er seinen Klienten Fragen stellte und ihre Antworten in sich aufnahm.

Jetzt blieb er plötzlich stehen und blickte auf den Mann, der seit Tagen wegen Mordverdachts in Untersuchungshaft war.

Frederick Henry Seddon hatte die Vierzig kaum überschritten, aber sein Kopf war schon fast kahl. Ein Bart verdeckte nur spärlich das fliehende Kinn. Seddons Augen ließen sich kaum erkennen, sie lagen tief in ihren Höhlen, und das Dämmerlicht der Zelle verstärkte noch die Kontraste auf dem blassen Gesicht.

Hall gab sich nicht allzuviel Mühe, seine Abneigung gegen den Mann mit dem Mausgesicht zu verbergen. Er hatte ein Gefühl dafür, wer von seinen Klienten die Wahrheit sagte und wer ihn belog.

Und dieser Mann war die Lüge in Person.

Wortlos setzte der Anwalt seinen Gang fort.

Seddon nahm Halls Schweigen mit Unbehagen auf. Er zwang sich zu einem vertraulichen Lächeln, das recht schief ausfiel, und wiederholte seine Frage: »Mr. Hall, Sie werden mich doch gegen diese ungeheuerliche Anschuldigung verteidigen? Sie können doch nicht zulassen, daß ich ...«

»Der Fall stinkt!« fiel ihm Hall schroff ins Wort.

Seddon sprang auf. »Mr. Hall!« rief er, und noch einmal vorwurfsvoll: »Mr. Hall!« Dann setzte er sich wieder. »Ich habe Ihnen doch erklärt, daß ich diese Frau nicht umgebracht habe. Was sollte ich denn für einen Grund gehabt haben? Sie müssen mir glauben!«

»Muß ich das?« fragte Hall ironisch. »Eines möchte ich Ihnen in aller Deutlichkeit sagen: Machen Sie sich sowenig Illusionen wie möglich.«

»Mr. Hall, ich bitte endlich um eine Antwort! Werden Sie mich verteidigen?«

Hall antwortete nicht. Der Fall stinkt wirklich, wiederholte er in Gedanken. Hall war völlig von der Schuld seines Klienten überzeugt. Die Indizienkette war lückenlos. Und das Gespräch mit Seddon hatte seinen Eindruck noch verstärkt. Er war überzeugt davon, daß ein hinterhältiger und verstockter Mörder vor ihm saß. Jedenfalls hatte die Voruntersuchung mit ziemlicher Sicherheit ergeben, daß Seddon die achtundvierzigjährige Eliza Barrow vorsätzlich getötet hatte. Hall ließ noch einmal die Indizien in seiner Erinnerung vorüberziehen ...

Eliza Barrow war etwa ein Jahr vor ihrem Tode in Seddons Haus eingezogen. Sie hatte vorher bei Verwandten gewohnt, der Familie Vonderahe, sich aber dann wegen Erbschaftsangelegenheiten mit ihnen überworfen. Noch im selben Jahr mietete Mrs. Barrow die zweite Etage in Seddons Haus.

Bald entwickelte sich zwischen Eliza Barrow und Seddon jene eigentümliche Vertrautheit, die eine gemeinsame Leidenschaft oder ein gemeinsames Laster zwischen zwei Menschen zu schaffen vermag. Der Gott, den beide anbeteten, war das Geld. Dabei konnte man bei Seddon, der seit zwanzig Jahren als Angestellter für eine Versicherungsgesellschaft arbeitete und eine Frau und fünf Kinder zu ernähren hatte, kaum von Wohlstand sprechen. Er war ein habgieriger und berechnender Mensch geworden, weil er seine kleinbürgerlichen hochfliegenden Pläne mit seiner beengten sozialen Lage nicht in Einklang zu bringen vermochte.

Auch Eliza Barrow besaß keine Reichtümer. Aber vielleicht verschlimmerte das die Sache nur noch. Jeder von beiden umlauerte den andern, hoffend, ihn übervorteilen, von ihm profitieren zu können. Es war wie bei einem Glücksspiel, nur einer konnte gewinnen, und zwar auf Kosten des andern.

Im Sommer des Jahres überließ die Barrow ihrem Wirt all ihre

Wertpapiere, die ein Vermögen von 1 600 Pfund darstellten. Dafür verpflichtete sich Seddon, der Frau bis zu ihrem Tode eine wöchentliche Leibrente zu zahlen. Die Barrow glaubte, sie habe ein gutes Geschäft gemacht. Seddon jedoch wußte, er hatte ein gutes Geschäft gemacht, sofern er bereit war, die Lebenszeit der Barrow selbst zu bestimmen.

Im nächsten Jahr wurde auch ein Grundstück der Barrow mit in den Rentenvertrag einbezogen.

Wenig später bewog Seddon seine Mieterin, ihr Bankkonto in Höhe von 400 Pfund aufzulösen und das Geld daheim aufzubewahren.

Kurze Zeit darauf starb Eliza Barrow nach einer zehntägigen schweren Krankheit. Als die Vonderahes, die einzigen Verwandten und Erben, eintrafen, um sich über den Vemögensstand der Verstorbenen zu informieren, waren die 400 Pfund verschwunden, ebenso sämtlicher Schmuck und andere Wertgegenstände.

Die Vonderahes suchten Seddon auf und wünschten eine Erklärung. Seddon sagte, er habe im Zimmer der Toten lediglich 10 Pfund sichergestellt. Da er die Beerdigung bezahlt und dafür mehr als 11 Pfund gebraucht habe, schuldeten die Vonderahes ihm noch ein Pfund. Und was das Haus und die Wertpapiere angehe, so sei er durch einen ordnungsgemäßen Rentenvertrag in ihren Besitz gelangt.

Die Vonderahes waren bestürzt.

Dann erfuhren sie von einer Hausangestellten, Seddon habe sich am frühen Morgen nach Eliza Barrows Tode längere Zeit in deren Wohnung aufgehalten und dabei eine Menge Goldstücke gezählt.

Diese Nachricht hatte die Vonderahes schließlich veranlaßt, Scotland Yard zu benachrichtigen. Dort versprach man ihnen, den Fall zu untersuchen.

Gleich die ersten Recherchen schienen den Verdacht der Vonderahes zu bestätigen. Scotland Yard stellte fest, daß Seddon kurz nach Mrs. Barrows Tod größere Geldsummen bei verschiedenen

Banken eingezahlt hatte. Ferner hatte er einen Juwelier beauftragt, aus einem Ring den Namen Eliza Barrow zu entfernen.

Damit hatte Scotland Yard bereits zwei Indizien zusammengetragen, die den Tod der Barrow sehr verdächtig erscheinen ließen.

Das erste Indiz betraf das Motiv des Mordes: Durch den Tod der Barrow wäre Seddon von der Zahlung der Rente befreit worden und außerdem in den Besitz ihrer Hinterlassenschaft gelangt.

Das zweite Indiz bestätigte die Vermutung, daß sich Seddon nach dem Tod seiner Mieterin deren Habe – Schmuck und Gold – angeeignet hatte.

Ein drittes Indiz ergab sich aus den folgenden Nachforschungen. Es verwies darauf, wie Seddon den Mord begangen haben könnte. Anfang September war Eliza Barrow plötzlich schwer erkrankt. Ein Arzt war gerufen worden. Dr. Sworn hatte Durchfälle unter kolikartigen Schmerzen festgestellt und deshalb angenommen, es handele sich um eine epidemische Diarrhöe, die am besten im Krankenhaus kuriert werden sollte. Aber Seddon hatte Mrs. Barrow vorgeschlagen, die Krankenhauskosten zu sparen und sich von seiner Frau pflegen zu lassen. Eliza Barrow war von diesem Angebot nur allzu begeistert gewesen. Willig hatte sie sich der Pflege von Mrs. Seddon überlassen. So waren die Tage vergangen, aber der Zustand der Kranken hatte sich weiter verschlimmert. Die Medikamente, die Seddon besorgte, hatten überhaupt nicht angeschlagen, im Gegenteil, die Schmerzen waren immer unerträglicher geworden. Deshalb hatte die Kranke auch mehrmals den Wunsch geäußert, doch lieber noch einmal den Arzt zu rufen. Aber Seddon hielt anscheinend nicht viel von Ärzten, da sie nur Geld kosteten und einem doch nicht helfen konnten. Das hatte die Barrow eingesehen, bis ihr dann schließlich auch die letzte Rechnung kostenlos präsentiert wurde: der Tod.

Das war am 14. September gewesen.

Scotland Yard schloß aus den Anzeichen der Erkrankung, Eliza Barrow könnte vergiftet worden sein. Ein unerfahrener oder oberflächlich arbeitender Arzt kann eine Arsenvergiftung leicht mit einer epidemischen Diarrhöe, ja sogar mit Typhus verwechseln, weil diese Krankheiten ganz ähnliche Symptome zeigen.

Und tatsächlich stellten die Detektive fest: Zwanzig Tage vor der Erkrankung der Barrow hatte Seddons Tochter Maggie in einer Drogerie Arsenik gekauft, gegen Fliegen und Ungeziefer, wie sie gesagt hatte.

Doch nun brauchte Scotland Yard noch einen vierten Beweis: daß die Verstorbene auch tatsächlich durch Arsenik vergiftet worden war. Man ließ deshalb die Tote exhumieren.

Dr. Bernard Spilsbury, Chefpathologe des Innenministeriums, nahm die Sektion vor. Er stellte fest, daß die Frau keines natürlichen Todes gestorben war. Der Organbefund ließ eine Vergiftung vermuten. Deshalb übertrug Spilsbury die weitere Untersuchung dem Giftspezialisten Dr. Willcox. Der Toxikologe sollte Art und Menge des Giftes genau bestimmen. Sein vorläufiges Gutachten sprach von einer Arsenikvergiftung.

Inzwischen hatte der Staatsanwalt die vorliegenden Indizien überprüft und für ausreichend gehalten, um die Mordanklage gegen Seddon und seine Frau erheben zu können. Seddon war verhaftet worden. Daraufhin hatte er sich an Hall gewandt, um ihm die Verteidigung anzutragen.

Bereits nach einem flüchtigen Studium der Ermittlungsergebnisse stand für den Anwalt fest, daß Seddon schuldig war. Und das Gespräch, das er nun seit Stunden mit dem Inhaftierten führte, hatte ihn in dieser Meinung nur bestärkt.

»Werden Sie mich also verteidigen?« fragte das Mausgesicht.

Hall blickte auf den kleinen Mann hinunter.

»Geld spielt wirklich keine Rolle, Mr. Hall«, fuhr Seddon beschwörend fort.

Das kann ich mir denken, sagte sich Hall. Eigentlich ist das doch eine groteske Situation: gibt einem andern den Tod, um zu Geld zu kommen, und muß nun das Geld herausrücken, um den eigenen Hals zu retten.

Soll ich diese miese Figur verteidigen? Ein hinterhältiger

Mörder, keine Spur von Affekt, nicht einmal auf Armut könnte man sich hier herausreden. Oder auf eine psychische Störung. Die flinken Augen blicken verschlagen. Da ist nichts von Dämonie oder Angst oder Wahnvorstellungen, nichts. Ein Kleinbürger, dessen Gier nur noch von seiner Dummheit übertroffen wurde, mit der er die Tat beging. Was gäbe es da zu verteidigen? Na schön, er bietet ein anständiges Honorar. Und er wird sogar so viel Geld haben, mich zu bezahlen. Aber selbst das Honorar kann nichts daran ändern, daß mir dieser Fall überhaupt keine Möglichkeit gibt, eine Verteidigung aufzubauen.

»Ich kann mich nicht entschließen, Mr. Seddon, Ihre Interessen zu vertreten«, sagte Hall nun sachlich kühl. »Natürlich werden Sie sich fragen, warum. Ich bin nicht von Ihrer Unschuld überzeugt. Deshalb widerspräche es meinem Gewissen, wollte ich dennoch Ihre Verteidigung übernehmen. Denken Sie nicht, ich wollte Sie im Stich lassen. Ich werde – wenn Sie damit einverstanden sind – nach einem Anwalt Umschau halten, der den Fall vielleicht anders sieht als ich. Es tut mir leid. Sie hören wieder von mir. Guten Abend.«

Rasch, noch ehe sich das Mausgesicht von seiner Bestürzung erholt hatte, verließ Hall die Zelle.

Draußen atmete er tief die Nebelluft ein.

War meine Entscheidung richtig? Hätte ich doch eine echte Chance für die Verteidigung gehabt?

Hall war sich in diesem Augenblick bewußt, daß ihn der Fall Seddon mehr interessierte, als er vor sich selber zuzugeben bereit war.

Hatte er eine Möglichkeit übersehen?

Und so begann auf dem abendlichen Heimweg sein Denkspiel über einen Fall, den er soeben von sich geschoben hatte.

Welche Chancen hätte ich?

Erstens könnte ich zu bestreiten versuchen, daß überhaupt ein Verbrechen geschehen ist. Dazu müßte ich praktisch alle Indizien in Frage stellen, die auf ein Verbrechen hindeuten. Außerdem müßte ich beweisen, daß Eliza Barrow gar nicht vergiftet worden ist. Unmöglich.

Eine zweite Variante: Ich müßte bezweifeln, daß nur der Angeklagte und sonst niemand das Verbrechen begangen haben könne. Das hieße, ich müßte beweisen, Seddon habe weder das Motiv noch die Gelegenheit zu einem Mord gehabt. Auch sinnlos. Seddon hatte ein Motiv; das ist durch nichts zu erschüttern.

Drittens könnte ich Umstände geltend machen, die die Schuld des Angeklagten in einem andern Licht erscheinen lassen, als es die Anklage behauptet. Unvorsichtigkeit, eine Verwechslung von Arznei- und Giftflasche, ausweglose Zwangslage, Unzurechnungsfähigkeit – alles, was auf »mildernde Umstände« hinausläuft. Ebenso hoffnungslos. Seddon steht die Verschlagenheit ins Gesicht geschrieben. Das Mausgesicht hat keine Chance, sich das Mitleid der Geschworenen zu erschleichen.

Bliebe viertens ein Angriff auf die Anklage. Man könnte ihr vorwerfen, daß sie die Tat juristisch falsch qualifiziert habe – daß sie von Mord rede, während es sich in Wirklichkeit um einen Selbstmord des Opfers handelt. Die völlige Verkehrung der Anklage in ihr Gegenteil kann manchmal zu einem Überraschungserfolg führen, wenn man selbst wenigstens ein paar Trümpfe in der Hand hat. Aber ich habe keine Beweise für ein so gewagtes Spiel, nicht den Schatten eines Beweises, daß hier etwas anderes geschehen sein könnte als ein Mord.

Hall durchdachte noch einmal jede dieser Möglichkeiten. Im Augenblick schien ihm die vierte doch den meisten Erfolg zu versprechen. Wenn man nun den Tod der Barrow als selbstverschuldeten tragischen Unglücksfall darstellte? Das Krankenzimmer war von Ungeziefer gesäubert worden. Danach hatte man das Arsenikfläschchen versehentlich stehengelassen. Die Kranke, im Glauben, es sei Arznei, nahm das Gift zu sich. Wobei ich der Anklage gegenüber einräumen müßte, daß Seddon die Wertgegenstände nach dem Tod der Barrow gestohlen habe. Ich könnte aber behaupten, daß diese Tat in keinem ursächlichen Zusammenhang mit dem Ableben der Frau stehe. Bei dieser strategischen Linie brauchte ich eine ganze Anzahl von Indizien gar nicht anzuzweifeln, im Gegenteil, ich könnte sie sogar für meine eigene Beweisführung benutzen. Aber trotzdem – wie sollte ich das Vertauschen von Gift und Arznei überzeugend nachweisen?

Halls Gedanken wanderten im Kreis. Es fand sich einfach kein Ansatzpunkt.

Nochmals überprüfte er alle Möglichkeiten, wog die Chancen gegeneinander ab.

Die dritte Möglichkeit: mildernde Umstände. Nein, nicht nur unmöglich, auch unklug. Wer mildernde Umstände erbittet, gibt damit zu, von der Schuld seines Mandanten überzeugt zu sein. Ich hätte von vornherein verspielt, wollte ich auch nur den geringsten Zweifel an meiner Überzeugung von Seddons Unschuld aufkommen lassen! In solch einer schwachen Position wäre ich von Anfang an verloren. Ich brauchte einen überraschenden Sieg. Ich könnte nur die Strategie wählen, die dem Grundsatz alles oder nichts entspricht.

Natürlich kämen die ersten beiden Möglichkeiten diesem Prinzip am meisten entgegen. Ließe sich beweisen, daß nicht Seddon und seine Frau, sondern ein Dritter der Eliza Barrow das Gift beigebracht hatte? Aber warum? Vielleicht aus dem gleichen Motiv, das man dem Angeklagten vorwirft, aus Habsucht und Geldgier? Dafür kämen nur die Vonderahes in Frage, die als einzige vom Tod ihrer Verwandten profitiert hätten. Nein, es lohnt nicht einmal, diesen Verdacht anzudeuten: Die Vonderahes hätten gar keine Gelegenheit zu ihrer Tat gehabt. Und außerdem hätten sie Scotland Yard nicht auf einen Mord aufmerksam gemacht, den sie selbst begangen hatten!

Hall begann wieder von vorn.

Noch einmal überprüfte er die erste Möglichkeit. Sollte er einfach bestreiten, daß überhaupt ein Verbrechen begangen worden ist? Liegt kein Verbrechen vor, gibt es auch keinen Mörder.

Der Anwalt vergegenwärtigte sich nochmals, worauf die Anklage beruhte: Seddon hatte sowohl ein Motiv für den Mord als auch die Gelegenheit gehabt, seinem Opfer unbemerkt Gift beizubringen. Der stärkste Beweis der Anklage stützte sich auf das vorläufige gerichtsmedizinische Gutachten, das von einer tödlichen Menge Arsenik im Körper der Toten sprach.

Nun gehörte Hall zu den Anwälten, die sich oft mit medizinischen Fragen beschäftigt und auf diesem Gebiet ein erstaunliches Wissen angeeignet hatten. Hall wußte, wie umstritten noch immer die Giftnachweise besonders im Zusammenhang mit Arsenik waren. Selbst unter Fachleuten gab es völlig entgegengesetzte Meinungen über die Wege des Giftes im menschlichen Körper. Manche Toxikologen glaubten sogar schon beweisen zu können, daß Arsenik auch von außen in die menschliche Leiche gelangen und dann nachträglich einen Giftmord vortäuschen könne – so, wenn zum Beispiel die Friedhofserde arsenhaltig sei.

Ein weiteres Problem für die Experten bestand darin, daß sich die Menge des Giftes nur sehr schwer und äußerst ungenau im menschlichen Körper bestimmen ließ, so daß die Grenze der tödlichen Menge oft genug im dunkeln blieb.

Lag hier seine Chance? Konnte er es wagen, die Tatsache einer Vergiftung selbst in Zweifel zu ziehen? Es wäre nicht das erste Mal, daß ein Anwalt sich zu einem solchen Vabanquespiel entschloß. In berühmten Giftmordprozessen der letzten Jahrzehnte waren mehrere Anwälte erfolgreich diesen Weg gegangen.

Aber Hall wollte sich jetzt auf keine Spekulationen einlassen. Er konnte erst dann seine Entscheidung treffen, wenn das endgültige gerichtsmedizinische Gutachten vorlag, wenn er es sorgfältig geprüft und gegebenenfalls eine schwache Stelle darin entdeckt hatte.

Bereits wenige Tage später sollte Hall einen Anlaß sehen, seinen Entschluß, Seddons Verteidigung abzulehnen, wieder zurückzunehmen. Das war an dem Tage, als Hall erfuhr, der Toxikologe Dr. Willcox werde als Zeuge der Anklage auftreten. Hall hatte merkwürdigerweise dem Staatsanwalt immer noch nicht mitgeteilt, daß er Seddon nicht zu verteidigen beabsichtige. Deshalb galt er für die Anklage nach wie vor als Seddons Verteidiger und erhielt damit Einsicht in Dr. Willcox' endgültiges gerichtsmedizinisches Gutachten. Der Anwalt merkte beim Lesen des Gutachtens sehr bald, daß keine Aussicht bestand, die Methode anzufechten, mit der Willcox das Gift bestimmt hatte. Willcox hatte sich dabei des sogenannten Marsh-Verfahrens bedient, der klassischen Methode des Arsenik-Nachweises. Diesen Test hatte Mitte des 19. Jahrhunderts der englische Chemiker Marsh entwickelt. Ihm war es gelungen, ein ebenso einfaches wie hochempfindliches Gerät zu bauen, in dem Arsenverbindungen durch Zusatz von Zink sowie Schwefel- oder Salzsäure in Arsenwasserstoff verwandelt werden. Diese Verbindung zeigt sich dann als schwärzlicher Niederschlag. Durch diesen »Arsenspiegler« läßt sich selbst noch ein millionstel Gramm Arsenik nachweisen.

Damit sah Hall vorerst die einzige Möglichkeit entschwinden, Willcox eines Fehlers in der Untersuchung zu bezichtigen. Doch dann stieß er im Gutachten auf einen Satz, der ihn plötzlich aufmerken ließ. Willcox schrieb: »Ich werde nun versuchen, das Gift quantitativ zu bestimmen.«

Das bedeutete: Der Toxilologe hatte es sich in den Kopf gesetzt, nicht nur die Art des Giftes, sondern auch seine Menge ganz genau festzustellen!

Die quantitative Arsenikbestimmung war damals noch relativ unerforscht. Der Marsh-Test erlaubte lediglich, das Gift qualitativ, in diesem Fall also als Arsenik, nachzuweisen. Quantitative Aussagen konnte der Marsh-Test jedoch nicht treffen.

Genau das aber hatte Willcox sich als Ziel gesetzt, und Eliza Barrows Tod sollte ihm zur Ausarbeitung der Methode quantitativer Arsenikbestimmung dienen. So hatten also wissenschaftlicher Forschungsdrang wie auch der Wunsch, ein unumstößliches Gutachten für das Gericht zu liefern, die Analyse geprägt.

Aber wie Hall jetzt sah, hatte sich Willcox nicht damit begnügt, seine neue Methode hier anzuwenden. Er war noch weitergegangen in seiner Absicht, das Gericht durch exakte Zahlenangaben zu überzeugen. Er glaubte nämlich beweisen zu können, daß der Mörder seinem Opfer das Gift erst in den letzten zwei Wochen vor dessen Tode verabreicht hatte – zu einer Zeit also, da niemand anderer als das Ehepaar Seddon Zugang zu Eliza Barrow gehabt hatte.

Nachdem Hall Dr. Willcox' Gutachten zu Ende gelesen hatte, war ihm klar, auf welchen beiden naturwissenschaftlich begründeten Beweisen die Anklage aufbauen konnte: Die Barrow hatte das Gift erst kurz vor ihrem Tod erhalten und war an einer Menge von mindestens 131 Milligramm Arsenik verstorben.

War das nicht zu widerlegen?

Nein, sagte sich Hall, das ist nicht zu widerlegen. Zumal Dr. Willcox als Zeuge der Anklage selbst im Gerichtssaal erscheinen und mit der ganzen Kraft seiner Persönlichkeit diese Beweise vertreten wird.

Welche Chance hätte ich da noch? Keine.

Daß sich Hall gerade in diesem Augenblick entschloß, die Verteidigung von Seddon doch zu übernehmen, erschien ihm selber wie ein halsbrecherisches Abenteuer. Sooft er sich später über diese Entscheidung Rechenschaft abzulegen versuchte, immer wieder kam er auf die gleiche Erkenntnis zurück, die ihn zu diesem Entschluß getrieben hatte: Gerade die Aussichtslosigkeit dieses Falles machte ihn für einen Verteidiger aussichtsreich.

Aussichtsreich – allein darauf kommt es an! Wie man auf sich aufmerksam macht! Wie man sich aus dem grauen Advokatenheer Londons herauslöst und sein eigenes Gesicht erhält, seinen Namen, seinen Ruhm.

Der Fall ist Routine, wie hundert andere, ohne Chance, in die Geschichte der berühmten Fälle einzugehen. Denn wen interessiert Seddon schon, die fiese Ratte. Aber daß Willcox als Sachverständiger der Anklage im Gerichtssaal auftreten wird, das macht den Fall zu einer Sensation! Jeder kennt Dr. Willcox, sein Name ist in aller Munde, seit er kürzlich Dr. Crippen als Mörder seiner Frau überführt hat. Ohne Willcox wäre dieser Mord niemals aufgeklärt worden. Wochenlang hatten die Zeitungen darüber berichtet, und es sah so aus, als reiche der Name des Wissenschaftlers an den legendären Ruf eines Robin Hood heran. Dieser Mann also stünde mir gegenüber, mit ihm hätte ich mein Gefecht auszutragen. Würde sich der Ruhm dieses Mannes nicht auch auf mich übertragen, auf seinen Gegner? Die Größe unseres Feindes bestimmt unsere eigene Größe – wenn das wahr ist, dann gibt mir das Duell mit Dr. Willcox eine echte Chance! Außerdem – dieses Duell würde in Form einer wissenschaftlichen Auseinandersetzung ausgetragen. Ein Anwalt, der sich nicht auf faule juristische Tricks und Winkelzüge verläßt, sondern den Kampf in der Arena der Wissenschaft führt – welch ein gebildeter Mann, wird man sagen, welch ein moderner Anwalt!

Ja, Hall glaubte sich wirklich ganz klar darüber zu sein, daß erst ein aussichtsloser Fall einen wahrhaft triumphalen Erfolg gestattet.

Einen Mann herauszuhauen, von dem alle wissen, er ist ein Mörder: Das ist die letzte Würze des Ruhms, und Ruhm kann man verdammt gut brauchen in dieser Welt, in der hundert Advokaten auf die gleiche Chance lauern und sie mit gleicher Entschlossenheit nutzen würden ...

So etwa mochten Halls Überlegungen gewesen sein, die ihn zu dem plötzlichen Entschluß brachten, Seddons Verteidigung doch zu übernehmen.

Aber zwischen der billigen Hoffnung und dem teuren Sieg, das wußte Hall nur zu gut, lag ein weiter Weg harter geistiger Arbeit.

Wo war eine Ritze im Fundament von Willcox' Beweisen, in die Hall eindringen konnte, um schließlich von innen heraus den Bau zu sprengen?

Hall begann sich in den nächsten Wochen mit wissenschaftlicher Fachliteratur zu beschäftigen. Dabei stieß er auf einen Giftmordprozeß, der einige Jahre zuvor in den USA stattgefunden hatte. In diesem Prozeß war einer der berühmtesten Gerichtsmediziner der Vereinigten Staaten, Dr. Witthaus, als Sachverständiger aufgetreten. Er hatte im Leichnam des Opfers eine tödliche Menge von Morphium nachgewiesen. Dr. O'Sullivan, der Verteidiger des Angeklagten, war früher selbst Arzt gewesen und auf dem Gebiet der Toxikologie bewandert. Er hatte in einem medizinischen Jahrbuch eine für ihn sensationelle Entdeckung gemacht. Ein Forscher berichtete darin, daß sich beim Zersetzungsprozeß in der Leiche Alkaloide entwickeln, die genau die gleichen chemischen Reaktionen ergeben wie Morphium. Der Anwalt brachte während des Verhörs von Dr. Witthaus die Sprache auf dieses Forschungsergebnis. Witthaus mußte zuerst seine Unkenntnis einräumen, sah seine Autorität wanken und war schließlich gezwungen zuzugeben, daß er jenen Beweis durch kein Argument entkräften könne.

Hall hoffte, einen ähnlichen Überraschungssieg über Willcox erringen zu können.

Willcox' Ehrgeiz, gerade an diesem Fall seine neue Methode zu erproben, sollte Hall bei seinem Plan zu Hilfe kommen. Neue Verfahren in der Wissenschaft, so umwälzend sie auch sein mögen, sind oft noch nicht genügend gesichert, so daß ihnen das Gesetz der kleinen Zahl eine zu schmale experimentale Grundlage gibt. Auch Willcox' Methode hatte diese Stufe noch nicht überwunden. Bisher hatte man die quantitative Arsenikbestimmung sogar für unmöglich gehalten, denn der Kreislauf transportiert ja das Gift durch den ganzen Körper und lagert es in sämtlichen Körperteilen ab. Deshalb hatten die Obduzenten bei Arsenikvergiftungen zwar Arsenik mit dem Marsh-Test feststellen, aber die Menge immer nur ganz pauschal als »tödlich« oder »absolut tödlich« angeben können.

Willcox jedoch wollte mehr: eine exakte mengenmäßige Bestimmung hier und für alle Zukunft zu ermöglichen, um damit dem Beweis in der juristischen Wahrheitsfindung naturwissenschaftliche Unumstößlichkeit zu verleihen.

In harter und verbissener Arbeit beschäftigte sich Hall nun

noch einmal mit allen Einzelheiten des Willcox-Verfahrens. Willcox hatte eine Gesamtmenge von 131 Milligramm berechnet. Halls erstes Ziel war es, die tödliche Menge des Giftes zu bezweifeln. Er wollte erreichen, daß dieser bekannte Wissenschaftler zugab, er könne sich geirrt haben und die Leiche könne demgemäß weniger Gift enthalten, als er angenommen hatte.

So war der Tag herangekommen, da Willcox Hall zum Verhör gegenüberstand.

Das englische Recht sieht in einem Gerichtsprozeß den Kampf zweier Parteien. Es gibt dem Angeklagten die Möglichkeit, als Zeuge in eigener Sache zu sprechen. Überhaupt ist der Befragung eines Zeugen praktisch kaum eine Grenze gesetzt. Immer findet sich eine Möglichkeit, den Zeugen durch geschickte Fragen zu verwirren. Zwar hat die Gegenpartei das Recht, gegen eine Frage Einspruch zu erheben, kann aber dadurch nicht immer verhindern, daß der Zeuge unsicher gemacht wird. Bei solchen Gelegenheiten erweist sich die juristische und logische Meisterschaft des Verteidigers. Oft genug aber verfinstern auch alle möglichen Tricks, Spitzfindigkeiten und Täuschungsmanöver die Wahrheit.

Hall begann sein Verhör mit der Frage, wie Dr. Willcox eigentlich die angebliche Gesamtmenge von 131 Milligramm errechnet habe.

Willcox schilderte sein Verfahren in allen Einzelheiten: »Es beruht, wenn ich so sagen darf, auf der vergleichenden Methode. Ich möchte Ihnen das erläutern. Zuerst wog ich eine bestimmte Menge Arsenik ab und erzeugte damit im Marsh-Apparat den entsprechenden Arsenspiegel. In einem komplizierten Verfahren stellte ich das Gewicht des Arsenspiegels fest und konnte dann sagen: Soundso viel Arsenik erzeugt einen soundso viel wiegenden Arsenspiegel. Und umgekehrt: Ein bestimmtes Gewicht des Arsenspiegels entspricht einer bestimmten Menge reinen Arseniks. Habe ich mich verständlich ausgedrückt?«

»Bitte fahren Sie fort, Doktor«, erwiderte Hall.

»Ich habe also einige hundert solcher Arsenspiegel-Gewichte

hergestellt. Dann ging ich daran, von dem Arsenik, das ich jeweils in den einzelnen Körperteilen der Toten gefunden hatte, im Marsh-Apparat einen Arsenspiegel anzufertigen. Diesen Spiegel verglich ich gewichtsmäßig mit den Arsenspiegel-Gewichten und gelangte so zu den entsprechenden Mengen reinen Arseniks im Leichnam. Auf diese Weise habe ich im Körper der Eliza Barrow hunderteinunddreißig Milligramm reinen Arseniks errechnet.«

Hall nahm wieder das Wort: »Wenn wir Sie recht verstanden haben, Mr. Willcox, haben Sie also zum Beispiel den Magen der Toten gewogen.« Der Anwalt blickte in seine Aufzeichnungen und fuhr fort: »Sein Gewicht betrug nach Ihren Messungen nur noch hundertfünf Gramm. Dann haben Sie dem Magen ein Stück Gewebe von einem halben Gramm entnommen und davon nach dem Marsh-Verfahren einen Arsenspiegel erzeugt. Das Gewicht dieses Arsenspiegels verglichen Sie mit den experimentell erzeugten Arsenspiegel-Gewichten. So errechneten Sie die Menge reinen Arseniks in dem Gewebestück von einem halben Gramm Gewicht. Da dieses Gewebestück aber nur den zweihundertsten Teil des gesamten Magens ausmachte, multiplizierten Sie die in dem Gewebestück gefundene Arsenikmenge mit zweihundert. Sie erhielten dadurch für den gesamten Magen eine Menge von sieben-Komma-drei Milligramm Arsenik.«

Hall blickte den Arzt fragend an. Willcox nickte. »Sie haben mein Verfahren sehr richtig wiedergegeben.«

»Genauso«, setzte Hall fort, »gingen Sie mit den andern Körperteilen vor – Leber, Gedärm, Knochen, Muskeln. Sie addierten die Mengen Arsenik, die Sie in den einzelnen Körperteilen gefunden haben, und so kamen Sie zu einer Gesamtmenge von hunderteinunddreißig Milligramm.«

»So ist es«, bestätigte der Sachverständige.

»Wir sehen also«, schlußfolgerte Hall, »daß Sie die Gewichtsbestimmungen an winzigen Gewebemengen vorgenommen haben. Deshalb mußten Sie diese ebenso minimalen Ergebnisse mit großen Zahlen multiplizieren. Sind Sie sich darüber klar, daß ein so großer Multiplikator den geringsten Irrtum bei der Gewichtsbestimmung ins Ungeheure vervielfachen kann? Und daß dies dann sehr verhängnisvolle falsche Ergebnisse hervorrufen könnte?«

»Das gebe ich zu, Sir.«

»Nehmen wir ein Beispiel«, sagte Hall. »Sie haben sechs Gramm Muskelgewebe untersucht. Die darin gefundene Giftmenge haben Sie mit zweitausend multipliziert. Warum?«

»Die exhumierte Leiche wog sechzig Pfund. Im allgemeinen beträgt das Gewicht der Muskulatur zwei Fünftel des gesamten Körpergewichts. Demnach wären das in diesem Fall zwölf Kilo. Deshalb mußte ich die in den sechs Gramm Muskelgewebe gefundene Arsenikmenge ins Verhältnis zu den zwölf Kilo Gesamtgewicht der Muskulatur setzen und mit zweitausend multiplizieren. So erhielt ich für das gesamte Muskelgewebe eine Giftmenge von siebenundsechzig Milligramm.«

Hall fuhr fort: »Nun habe ich eine ganz andere Frage, Doktor Willcox. Sie sagten soeben, als Sie die Tote obduzierten, wog sie nur noch sechzig Pfund. Wie erklären Sie sich das? Zu Lebzeiten betrug ihr Gewicht doch mehr als hundertvierzig Pfund.«

»Nach dem Tode verdunstet das Wasser in den Geweben. Dadurch entsteht dieser Gewichtsschwund.«

»Enthalten alle Körperteile gleich viel Wasser?«

»Das ist unterschiedlich.«

»Wie ist es bei der Muskulatur? Ich meine im Verhältnis beispielsweise zu den Haaren oder Knochen?«

»Die Muskulatur enthält im Verhältnis zu diesen Körperorganen weit mehr Wasser.«

Hall machte eine kurze Pause. Man spürte, daß er vor einer wichtigen Schlußfolgerung stand. Mit ruhiger Stimme wandte er sich an Dr. Willcox: »Wenn also die Muskeln mehr Wasser enthalten als andere Körperteile, müßten sie doch nach dem Tode auch wesentlich stärker an Gewicht verlieren als diese anderen Organe.

Dadurch verliert aber doch die Faustregel ihre Gültigkeit, daß das Gesamtgewicht der Muskulatur zwei Fünftel des gesamten Körpergewichts beträgt!«

Willcox wollte etwas erwidern, doch Hall fuhr mit erhobener Stimme fort: »Dann aber war Ihr Multiplikator zweitausend falsch. Und dann sind auch die von Ihnen errechneten Giftmengen falsch!«

Eine heftige Unruhe entstand unter den Zuhörern. Willcox war so verblüfft, daß er kein Wort der Erwiderung fand.

Hall stieß sofort nach: »Sie müssen doch zugeben, daß Sie den Wasserverlust übersehen haben!«

Willcox versuchte sich zu fassen. Er rief: »Selbst wenn ich das übersehen haben sollte, das Gesamtergebnis wird doch davon in keiner Weise berührt! Denn in der Gesamtsumme sind die beträchtlichen Giftmengen nicht enthalten, die sich in der Haut, dem Haar und den Knochen befinden! Diese von mir nicht einbezogenen Mengen vergrößern jene hunderteinunddreißig Milligramm nochmals beträchtlich! Der Körper der Eliza Barrow enthielt eine absolut tödliche Menge Arsenik!«

Obwohl Willcox mit seinem Einwurf völlig recht hatte, war es Hall doch gelungen, das Vertrauen der Geschworenen in das Sachverständigenurteil erheblich zu erschüttern.

Hall nutzte diesen ersten Sieg aus. Er wollte Willcox heute noch eine zweite Niederlage bereiten.

»Sie erwähnten vorhin, Doktor Willcox, daß Sie auch das Kopfhaar der Toten analysiert haben. Dabei stießen Sie auf unterschiedliche Giftmengen im Haar. In der Nähe der Haarwurzeln stellten Sie ein achthundertstel Milligramm Arsenik fest, an den Haarspitzen jedoch nur ein Viertel davon.«

»Ja, das stimmt.«

»Welche Schlußfolgerung zogen Sie aus dieser unterschiedlichen Konzentration, Doktor Willcox?«

»Die hohe Konzentration des Giftes an den Haarwurzeln – also da, wo das Haar wächst – weist darauf hin, daß das Gift erst in den letzten Lebenstagen dort abgelagert wurde, also erst kurz vor dem Tode in den Körper gelangte.«

»Bitte bestimmen Sie den Zeitpunkt genauer, Doktor Willcox.«

»Nun, etwa zwei Wochen vorher. Hätte der Organismus das Gift schon viel früher erhalten, fänden wir eine gleich hohe Konzentration auch in den Haarspitzen.«

»Würden Sie uns erklären, weshalb?«

»Nehmen wir an, das menschliche Haar wächst im Monat durchschnittlich um anderthalb Zentimeter. Fänden wir also fünfzehn Zentimeter von der Haarwurzel entfernt eine Arsenikablagerung, so würde das bedeuten, daß das Gift vor etwa zehn Monaten in den Körper gelangt ist.«

Auf Halls Gesicht erschien ein kaum merkliches Lächeln. »Genau das meine ich auch«, erwiderte er. »Aus der hohen Konzentration von Arsenik an der Haarwurzel schlossen Sie auf eine akute Vergiftung kurz vor dem Tode. Nun aber sagten Sie soeben, das Gift brauche zehn Monate, um beispielsweise bei einem Haar von fünfzehn Zentimeter Länge bis an die Haarspitzen zu gelangen. Sie haben aber Arsenik in den Haarspitzen gefunden. Das bedeutet: Die Vergiftung liegt schon mindestens ein Jahr zurück!«

Willcox murmelte bestürzt: »Mindestens ein Jahr ...« Mehr wußte er nicht zu sagen.

Jetzt hätte Hall seine Chance nutzen müssen. Hätte er jetzt das Kreuzverhör abgebrochen, so hätten die Geschworenen zweifellos den Eindruck eines verwirrten und unzuverlässigen Zeugen der Anklage gehabt. Aber weil Hall diesen Eindruck durch immer neue Fragen noch verstärken wollte, verwischte er ihn. Willcox bekam dabei Zeit, nach einer Antwort auf Halls verwirrende Frage zu suchen.

Und er fand sie auch: »Es gibt da einen Faktor, Sir, den ich vorhin nicht erwähnt habe. Möglicherweise hat er meine Resultate beeinflußt. Das Haar hatte sich im Sarg mit mehr oder weniger arsenikhaltigen Körpersäften vollgesogen.«

Hall konnte darauf nichts entgegnen. Denn er wußte, die Wissenschaft bejahte bereits seit einigen Jahrzehnten die Möglichkeit, daß Körperhaare in Flüssigkeit gelöstes Arsen aufnehmen können. Willcox wies darauf hin, unter Umständen sei das Haar nicht sorgfältig genug gereinigt worden. Demzufolge könnte das von außen eingedrungene Arsen im Haar verblieben sein. Nun brach Verwirrung über Hall herein. Mühsam versuchte er, den Sinn der Erklärung des medizinischen Sachverständigen zu erfassen – vergeblich, der eine Gedanke überlagerte alles: Verloren, verloren, verloren ... Hall zwang sich zu entgegnen, Worte, Sätze, aber er fühlte zugleich, wie schwächlich sie in sich zusammenfielen.

Nun nutzte Willcox seine Chance. Er erwirkte vom Gericht die Genehmigung, experimentell nachzuweisen, daß das Kopfhaar von Toten Arsenik aus Körperflüssigkeiten aufnehme, die beim Verwesungsprozeß entstehen.

Das Experiment gelang.

Damit hatte Willcox nicht nur Halls Angriff pariert, er hatte auch seinen eigenen quantitativen Giftnachweis erfolgreich verteidigt.

Die Geschworenen sprachen Seddon schuldig. Am 18. April 1912 bestieg Seddon den Galgen – allein allerdings, denn seine Frau war freigesprochen worden.

Aber weder der Schuldspruch der Geschworenen noch Willcox' Triumph vermochten etwas daran zu ändern, daß Halls Vabanquespiel in aller Munde war und seinen Ruf als eines mit allen Wassern gewaschenen Anwalts festigte.

2 · DREI ANWÄLTE

Berlin, am Abend des 6. November 1942.

Trübe Straßen, Nieselregen, verschwimmende Trostlosigkeit. Die Häuserfronten sind blind; selten nur dringt ein Lichtstrahl aus Fenstern oder Türen.

Auch »Mampes Bierstuben« haben verdunkelt. Aber die beiden Frauen, die Arm in Arm unter dem aufgespannten Regenschirm daherkommen, finden sicheren Schritts den Eingang zum Lokal. Sie wohnen ganz in der Nähe, und oft haben sie schon hier gesessen und ein Stündchen miteinander verplaudert.

Erika Kehling, die ältere von beiden, mag etwa dreißig Jahre alt sein. Die dunklen langen Haare und die braunen Augen geben ihrem Gesicht etwas südländisch Fremdartiges. Ihre Freundin, trotz der kühlen Jahreszeit nur im Kostüm, geht auf einen leeren Tisch im Hintergrund zu, während Erika Kehling noch ihren Mantel an den Kleiderhaken hängt. Dann nimmt auch sie am Tisch Platz. Die Kellnerin läßt lange auf sich warten. Als sie endlich erscheint, bestellen die beiden Frauen dunkles Bier.

In diesem Augenblick betritt ein älterer Herr die Bierstube. Er winkt Erika zu, nickt lächelnd einen Gruß, entledigt sich seines Mantels und tritt an den Tisch.

»Hallo, Herr Tramm«, sagt die Dunkle, »noch im Lande? Ich dachte schon, man hätte auch Sie eingezogen.«

»Mein Jahrgang ist nicht mehr gefragt. Auch heute noch nicht, Gott sei Dank.«

»Herr Tramm«, stellt Erika Kehling vor, »meine Freundin Ilona. Wollen Sie an unsern Tisch kommen?«

»Gern«, sagt der Mann und setzt sich. Er zieht eine Schachtel Zigaretten aus der Tasche und hält sie den Frauen entgegen.

»Danke«, sagt Ilona, »ich rauche nicht.«

Erika Kehling nimmt eine Zigarette. »Aus gutem Grund ist Juno rund!« Sie lacht. »Markenfrei? Sie haben doch immer noch was auf Lager. Kaufmann müßte man sein!«

Tramm steckt sich ebenfalls eine Zigarette an. Sein Blick bleibt – während er Erika Feuer gibt – auf ihrer rechten Hand ruhen.

»Seit wann sind Sie denn verheiratet?« fragt er überrascht. »Und ich erfahre natürlich nichts!«

»Wir wollten Karten drucken lassen, Herr Tramm. Aber es war völlig aussichtslos, eine Druckerei zu finden.«

»Sie erwarten doch nicht etwa, daß man im vierten Kriegsjahr Heiratsanzeigen druckt? Liebe Erika, da gehen wohl ›Der Stürmer‹ und ›Das Schwarze Korps‹ vor.«

Tramm hat das ziemlich laut gesagt, und Erika macht eine Handbewegung, die beschwichtigen soll. »Immer noch der alte Zyniker.«

Tramm nickt melancholisch. »Sprechen wir von etwas Erfreulicherem. Wann haben Sie denn geheiratet? Und wen?«

»Ich heiße jetzt Kehling. Mein Mann ist Jurist. Ein fabelhafter Mensch, kultiviert, gebildet. Ja, ich habe ihn zur letzten Silvesterfeier bei Ilona kennengelernt.«

»Und gleich danach geheiratet!«

»Wir lieben uns. Und heutzutage – man weiß ja nie, wie lange man noch zusammen sein kann.«

»Er ist nicht bei der Wehrmacht?«

»Glücklicherweise nicht.«

Tramm lacht. »Wenn Sie einen so bejahrten Herrn geheiratet haben, hätten Sie es doch zuerst mit mir versuchen sollen, Erika.«

»Kurt ist erst fünfunddreißig, Herr Tramm.«

»Und nicht eingezogen? Dann sitzt er wohl dick in einer Uk-Stellung? In der Wirtschaft, wie?«

»Nein. Im Propagandaministerium.«

»Wie? Na, da kann ich Sie wirklich nur bedauern, Erika.«

Frau Kehling blickt zuerst ihre Freundin an, die aber kein Wort sagt und auf die Tischplatte schaut. Dann drückt sie mit einer nervösen Geste ihre Zigarette aus und murmelt: »Herr Tramm, ich weiß nicht, warum Sie mich plötzlich beleidigen wollen.«

»Ich Sie? Aber liebe Erika, was habe ich Ihnen denn Böses getan?«

»Sie haben meinen Mann ...« Sie stockt, dann setzt sie entschlossen fort: »Sie haben schlecht über ihn gesprochen, Herr Tramm.«

»Liebe Erika, ich will Ihnen mal etwas sagen. Ich bin gut fünfundzwanzig Jahre älter als Sie, ich kenne Sie von klein auf, da werden Sie mir ja wohl ein offenes und ehrliches Wort nicht übelnehmen. Wenn Sie einen Mann geheiratet haben, der für Goebbels arbeitet, kann ich Ihnen nur mein Beileid aussprechen. Lesen Sie keine Zeitung? Hören Sie keine Nachrichten? Wissen Sie noch immer nicht, daß dieser Scheißkrieg längst verloren ist?«

»Aber erlauben Sie mal, Herr Tramm ...«

»Ich erlaube Ihnen, eine Juno zu nehmen.« Tramm lächelt versöhnlich, und Erika nimmt sich eine zweite Zigarette. Sie zieht den Rauch tief ein, dann sagt sie leise: »Wenn wir den Krieg verlieren sollten – dann würden mein Mann und ich den Gashahn aufdrehen. Etwas anderes bliebe uns ja gar nicht übrig.«

»Sie machen mir Spaß, wirklich, Sie machen mir Spaß«, keckert Tramm vergnügt, »ich habe Sie immer für eine intelligente Frau gehalten. Den Gashahn aufdrehen. Das kann doch nicht Ihr Ernst sein, Erika. Soll denn das ewig weitergehen: die Verdunkelung, die Lebensmittelmarken, die Bombenangriffe, der sinnlose Tod in Afrika und in Rußland? Man will doch mal wieder frei atmen und reden! Glauben Sie mir, niemandem wird etwas geschehen – außer den Nazibonzen. Also sagen Sie mal Ihrem Mann, er soll sich schleunigst eine andere Arbeit suchen. Mit den Goebbelsleuten wird man nicht gerade sanft umgehen. Das ist ein guter Rat, Erika, glauben Sie einem alten Mann.«

Erika Kehling hat nun auch den Blick gesenkt. Dann hebt sie plötzlich den Kopf, als wollte sie etwas sagen, unterläßt es aber, steht unvermittelt auf und murmelt: »Auf Wiedersehen, Herr Tramm.«

Sie eilt zur Theke, bezahlt der Kellnerin die zwei Bier, holt ihren Mantel und geht mit Ilona, die mehr erstaunt als erschrocken den Tisch verlassen hat, aus dem Lokal.

Erika Kehling hat das Abendessen fertig, als ihr Mann gegen neunzehn Uhr heimkommt. Kehling, ein wenig atemlos noch vom Treppensteigen – sein Bauch, nicht sein Herz macht ihm erste Schwierigkeiten, wie er scherzhaft zu sagen pflegt – küßt seine Frau flüchtig und merkt nicht, daß ihre Begrüßung herzlicher ausfällt als sonst.

Er setzt sich an den Tisch, während Erika die Kartoffelsuppe austeilt.

Noch ehe er den Löffel nimmt, steht er auf und stellt das Radio ein. Die Nachrichten sind gerade vorüber, die Frontberichterstatter haben jetzt das Wort. Zuerst wird ein Bericht über Kämpfe im mittleren Abschnitt der Ostfront angekündigt.

Da geschieht etwas für Kehling Unerwartetes. Seine Frau steht ebenfalls auf und dreht den Ton leise. Verblüfft blickt er Erika an.

»Interessiert dich das nicht? Schön«, fährt er fort, ohne ihre Antwort abzuwarten, und steht zum zweiten Mal auf, »dann können wir es ja auch ausschalten.«

Er kehrt zurück und beginnt zu essen. »Ist auch das Gescheiteste, Erika. Die augenblickliche Lage kann einem tatsächlich manchmal den Appetit verderben.«

»Ist die Lage schlecht?«

»Was heißt ›schlecht‹. Augenblicklich schon. Jetzt steht der Winter vor der Tür, und der Schnee arbeitet nun mal für die Bolschewisten. Im Frühjahr sieht die Sache schon wieder ganz anders aus.«

»Du glaubst, der Sieg, ich meine, unser Sieg ist absolut sicher?«

Kehling läßt den Arm sinken, der Löffel klirrt an den Tellerrand.

»Ja, zweifelst du daran? Sag mal, was ist los, wie kommst du überhaupt darauf?«

Sie weicht aus: »Es war eben nur so ein Gedanke, Kurt.« Er schüttelt verständnislos den Kopf und beginnt wieder zu essen. Eine neue Frage läßt ihn erstaunt aufblicken.

»Was tust du eigentlich im Ministerium?«

»Das habe ich dir doch alles schon einmal erzählt.«

»Es hat mich eben damals nicht so sehr interessiert.«

»Aber heute interessiert es dich?«

»Deswegen fragte ich ja.«

»Ich finde das etwas merkwürdig, Erika.«

»So?« Betont gleichgültig fragt sie: »Willst du noch Suppe?«

Er schiebt den Teller von sich. »Erika, ich bitte dich, willst du mir nicht erklären, warum du plötzlich solche Fragen stellst?«

»Ist es denn so erstaunlich, daß ich mich für deine Arbeit interessiere?«

Kehling holt den Teller zu sich heran, beginnt wieder zu essen, sagt dabei: »Da gibt es gar nichts weiter zu erzählen. Du weißt, daß ich vor dem Krieg viel herumgekommen bin, im Ausland, und diese Erfahrungen kommen mir jetzt zugute. Ich arbeite Gutachten und Berichte aus.«

»Worüber?«

»Über die Rolle der Juden in Wirtschaft und Geistesleben. Das habe ich dir aber alles schon einmal erzählt.«

»Jaja«, erwidert sie, und die Ungeduld in ihrer Stimme irritiert ihn. »Sag mal, Kurt, macht dir diese Arbeit Spaß?«

»Ja natürlich, Erika.«

»Spaß ...«, wiederholt sie nachdenklich. »Dann hat es also wohl gar keinen Sinn, daß ich dich bitte, deine Arbeit dort aufzugeben.«

»Was soll ich?« Er lacht unsicher wie über einen Witz, dessen Pointe er nicht ganz verstanden hat.

»Aus dem Propagandaministerium ausscheiden. Und wieder als Rechtsanwalt arbeiten wie früher. Das ist doch ein guter, ein anständiger Beruf.«

»Und was ich jetzt tue, ist wohl nicht anständig, was?«

Er wirft den Löffel auf den Teller, so daß der Suppenrest aufs Tischtuch spritzt. »Jetzt sitze ich im Ministerium«, ruft Kehling, »habe eine höhere Beamtenlaufbahn vor mir, und du möchtest, ich soll mich wieder in eine Kanzlei setzen und auf Klienten warten. Sag mal, Erika, wie kommst du auf solch ein Ansinnen, was versprichst du dir bloß davon?«

»Daß man dich ungeschoren läßt, Kurt, wenn es mal anders kommt.«

Nun ist es also heraus, dieses Wort, und sie erschrickt vor sich selbst. Sie erschrickt aber auch vor ihrem Mann, seinem jähzornig geführten Faustschlag auf den Tisch. Und im Bemühen, sich zu rechtfertigen, ihre gute Absicht zu erklären, berichtet sie von der Unterhaltung mit dem Kaufmann Tramm und den Sorgen, die dessen Worte in ihr wachgerufen haben.

Erleichtert stellt sie fest, daß ihr Mann allmählich wieder ruhig wird, daß er ihr zuhört, daß er sogar interessierte Fragen stellt und alles ganz genau wissen will. Nun ist sie fertig mit ihrer Erzählung und glaubt, jetzt mit um so mehr Nachdruck ihre Bitte wiederholen zu können: »Bleib nicht im Ministerium, du weißt doch nicht, was noch kommt.«

Kehling nickt. Dann fragt er: »Wer ist denn dieser Tramm eigentlich?«

»Ein Handelsvertreter, genau weiß ich es auch nicht, Großhandel, glaube ich; er kennt meinen Vater gut, hat ihn manchmal besucht; er mag mich ganz gern, früher hat er mich sogar geduzt, aber heute, als er sah, ich bin verheiratet, nimmt er mich plötzlich als erwachsene Frau und ...«

»Hör auf mit dem Unsinn«, fährt Kehling sie an. Er springt auf und geht zum Telefon: »Ist Ilona schon zu Hause?«

Er wählt bereits eine Nummer.

»Ich will mir von ihr nur noch eure Unterhaltung bestätigen lassen.«

»Wozu denn, Kurt?« fragt Erika beunruhigt.

»Ich muß mir diesen sauberen Herrn Tramm mal vorknöpfen!«

Noch bevor seine Frau eingreifen kann, hat Kehling bereits seine Frage an Erikas Freundin gestellt: »Hör mal, Ilona, warst du dabei, als dieser Herr Tramm heute nachmittag seine Hetzreden gehalten hat?«

Er lauscht, nickt, dann sagt er: »Danke, Ilona, das wollte ich nur bestätigt haben« und legt auf.

Gleich darauf wählt er eine andere Nummer, während Erika stumm und betroffen neben ihm steht. Sie hört ihn mit jemandem sprechen, den er Parteigenosse Mommert nennt, hört ihn die Ereignisse erzählen, fluchen, zwischendurch höhnisch lachen, mehrmals »Jawohl!« rufen, hört ihn dann schließlich »Heil Hitler!« sagen und auflegen.

Dann geht er ohne ein Wort in sein Arbeitszimmer.

Verstört räumt Erika das Geschirr ab, stellt den Wasserkessel auf den Gasherd, beginnt abzuwaschen. Aus dem Arbeitszimmer hört sie Schreibmaschinengeklapper.

Fast schmerzhaft spürt sie jeden Herzschlag. Übelkeit steigt auf, vom Magen in den Kopf, sie fühlt sich verlassen, allein; sie möchte nur schlafen, schlafen, alles vergessen; sie weiß, daß etwas Schlimmes geschehen ist. Dann erscheint ihr Mann in der Küche, einen Bogen Papier in der Hand. Er hält ihr einen Füllhalter entgegen: »Unterschreib mal noch.«

»Was soll ich unterschreiben?« murmelt sie kraftlos.

»Den Bericht, den ich angefertigt habe.«

»Für wen?«

»Für die entsprechenden Stellen, die sich dafür interessieren.«

»Ich unterschreibe nicht.«

Sie befürchtet einen Wutanfall. Aber ganz ruhig sagt Kurt: »Wenn du nicht unterschreibst, wird es auch schlimm für dich. Ich habe den Vorfall doch schon gemeldet. Wenn du dich weigerst, muß man ja annehmen, du verteidigst einen Verbrecher.«

»Einen Verbrecher? Ja bist du denn noch normal? Herr Tramm hat ein paar dumme Bemerkungen gemacht, aber er ist doch kein Verbrecher!«

»So etwas nennt man Wehrkraftzersetzung, Erika.«

Sie starrt ihn an. Sie weiß nicht, was dieses Wort bedeutet, aber sie spürt seine ätzende Schärfe. Dann rafft sie sich zum Widerstand auf: »Wehrkraftzersetzung, das ist doch Unsinn. Niemand hat Tramms Reden gehört, kein einziger Soldat war in der Nähe!«

»Man kann auch die Heimatfront zersetzen. Du bist ja schon angefressen, das höre ich in jedem Satz. Solchen Leuten muß man das Handwerk legen.«

»Und wie?«

»Das ist nicht meine Sache.«

»Aber deine Sache ist es, einen harmlosen alten Mann zu denunzieren!«

»Harmlos! Müßte ich dann so hart mit dir kämpfen wegen dieser läppischen Unterschrift?«

»Kurt, ich bitte dich, sei vernünftig! Nimm das doch nicht so ernst. Ich müßte mir mein Leben lang Vorwürfe machen, wenn Herr Tramm Schwierigkeiten bekäme.«

Sie sieht die Entschlossenheit im Blick ihres Mannes, und Trotz und Zorn wecken die gleiche Entschlossenheit in ihr.

»Mach, was du willst. Aber ich unterschreibe nicht, nie!«

So bleibt Kehling nichts anderes übrig, als seinen Bericht selbst zu unterzeichnen. Am nächsten Tag gibt er ihn seinem Vorgesetzten Mommert ab, erhält ein Lob für seine Aufmerksamkeit. Sein Selbstbewußtsein hebt sich. Abends überschüttet er seine Frau erneut mit Vorwürfen über ihre Unzuverlässigkeit in einer Stunde der Bewährung. Sie entgegnet heftiger, als es ihre Gewohnheit ist, nennt ihn einen üblen Zwischenträger; er beklagt es, sie geheiratet zu haben, sie sei nicht wert, seinen Namen zu tragen.

Die Dinge gehen inzwischen den üblichen Lauf.

Tramm wird verhaftet.

Erika Kehling wird zu ihrem Entsetzen vor den Untersuchungsrichter geladen; sie hat Angst, versucht aber trotzdem ihr möglichstes, Tramm nicht zu belasten. Nach einigen Drohungen wird sie als unzuverlässige Zeugin wieder heimgeschickt und erfährt wenig später, daß der Prozeß gegen Tramm vor dem Volksgerichtshof stattfinden werde.

Furcht und Selbstanklage halten sich die Waage, schließlich siegt die Verzweiflung, sie geht zum Präsidenten des Volksgerichtshofes, dem berüchtigten Freisler, um ein Wort für Tramm einzulegen. Freisler empfängt sie, hört sie an, wimmelt sie mit gewandten, nichtssagenden Worten ab.

Als Kehling von diesem Schritt seiner Frau erfährt, hat er nichts Eiligeres zu tun, als Freisler um eine vertrauliche Aussprache zu bitten.

Inzwischen unternimmt Tramm einen Fluchtversuch, wird jedoch sofort wieder gefaßt, vom Volksgerichtshof wegen Wehrkraftzersetzung zum Tode verurteilt und hingerichtet.

Am selben Tag sagt Kehling befriedigt zu seiner Frau: »Wenn du es auch zu verhindern versucht hast – das hätten wir doch noch geschafft.«

Kurt Kehling erlebt das Kriegsende aus sicherer Entfernung. Vor dem Einmarsch der Roten Armee flieht er aus Berlin. Seine Frau verläßt ihn. Er siedelt sich in Hamburg an und beantragt die Zulassung als Rechtsanwalt, die er auch erhält.

1963 stößt eine Untersuchungskommission auf seine Beteiligung im Fall Tramm. Der Staatsanwalt erhebt 1964 Anklage gegen Kehling wegen Totschlags. Es kommt zu einem Schwurgerichtsprozeß. Die Geschworenen bejahen zwar die Mitverantwortung Kehlings am Tode Tramms, erklären aber gleichzeitig, Tramm habe nach den damals geltenden Gesetzen Wehrkraftzersetzung geübt und sei deshalb zu Recht verurteilt worden. Somit habe Kehling in Übereinstimmung mit dem geltenden Gesetz gehandelt.

Kehling wird freigesprochen.

Der Staatsanwalt erhebt Einspruch, der Einspruch wird abgewiesen. Aber die Anwaltskammer entzieht Kehling wenigstens die Zulassung als Rechtsanwalt.

Daraufhin sucht Kehling einen alten Freund auf, Rechtsanwalt Dr. Mercator, und bittet ihn, mit allen zur Verfügung stehenden Mitteln seine Wiederzulassung als Anwalt zu betreiben.

So viele Mittel stehen Mercator allerdings nicht zur Verfügung. Es gibt nur einen Weg, gegen die Anwaltskammer zu klagen: beim Ehrengerichtshof der bundesdeutschen Anwälte. Der Ehrengerichtshof hat die Aufgabe, Verfehlungen von Anwälten zu untersuchen, die gegen das Ansehen und die Ehre des Berufsstandes verstoßen. Da die Anwaltskammer Kehling die Zulassung als Anwalt unter der Begründung entzogen hat, er habe sich durch seine Denunziation berufswidrig verhalten, kann eine Entscheidung, ob diese Begründung gerechtfertigt war, nur durch das Ehrengericht gefällt werden.

Einen Tag vor der Verhandlung sucht Dr. Mercator den Vorsitzenden des Gerichts, Dr. Mohn, auf. Er bittet ihn um eine Untersuchung in Sachen des Kollegen Kehling.

»Kehling ist nicht unser Kollege«, erwidert Dr. Mohn, »aber ich bin natürlich zu einer Aussprache bereit – wenn ich es auch merkwürdig finde, daß Sie mit einem solchen Ansinnen zu mir kommen, einen Tag vor der Verhandlung.«

»Nun, lieber Kollege, es ist üblich, daß man schon vorher Möglichkeiten für eine Verständigung abtastet.«

»Ich sehe keine Möglichkeit, Herr Mercator.«

Mercator nickt, als habe er genau diese Antwort erwartet. Er lehnt sich tief in den Ledersessel zurück, quält ein verbindliches Lächeln zwischen seine Mundfalten und blickt Dr. Mohn mit großen Augen an. Er weiß, daß er damit den Eindruck kindlichen Staunens erwecken kann.

Dr. Mohn, wuchtig, eine latente Drohung cholerischer Masse, erwidert den Blick kühl.

»Haben Sie sich etwa Hoffnungen gemacht, Herr Kollege?«

»Durchaus nicht, lieber Mohn, keinesfalls. Warum ich dann überhaupt gekommen bin, am Vorabend der Verhandlung? Aus

Sorge um meinen Klienten. Ja, ich will Ihnen nicht verhehlen, mir wird wund und weh, wenn ich an morgen denke.«

»Dann hätten Sie die Verteidigung lieber nicht übernehmen sollen«, sagt Mohn sarkastisch.

»Was blieb mir anderes übrig. Dieser Pechvogel, dieser Unglücksrabe, dieser Schlemihl, dieses Schlachtopfer, nun muß er den Leidenskelch erneut bis auf die Hefe leeren.«

»Sie wollen mir doch hoffentlich nicht zumuten, Ihr Plädoyer schon heute anzuhören?«

»Ich wünschte, ich hätte es bereits auf Band gesprochen und könnte es Ihnen nachts vorspielen, wenn Sie schlafen, pausenlos, bis es sogar in Ihr Unterbewußtsein dringt, Herr Mohn: Es ist genug! Es ist genug! Kurt Kehling hat so viel gelitten in den letzten Jahren, seit dem unseligen Schwurgerichtsprozeß ...«

»Wenn er seitdem erst leidet«, sagt Mohn geringschätzig, »scheint er seine Vergangenheit ziemlich rasch bewältigt zu haben.«

»Ich möchte sagen, Kurt Kehling ist nicht mehr derselbe wie vor fünfundzwanzig Jahren. Nicht mehr derselbe, der damals jenen verhängnisvollen Entschluß faßte ...«

»Wenn Ihr Plädoyer in diese Richtung zielt, werden Sie ins Leere stoßen, Herr Kollege. Kehling hat nicht irgendeinen ›Entschluß‹ gefaßt, sondern Beihilfe zum Mord geleistet.«

»Das stimmt doch einfach nicht!« entgegnet Mercator heftig, wird sich des ungehörigen Tones sofort bewußt und fügt ruhig hinzu: »Das Schwurgericht hat ihn freigesprochen von dieser Anklage. Wollen Sie als Vorsitzender des Ehrengerichtshofes nun erneut das Kesseltreiben gegen den armen Kehling eröffnen? Gegen einen Anwaltskollegen? Herr Mohn, wir müßten doch im Gegenteil alles versuchen, Kehling wieder eine Chance zu geben. Der Mann ist heute sechzig, ein Greis fast; die Jahre löschen die Schuld, üben wir doch Verzeihung, wenigstens am Rande des Grabes.«

»Lieber Mercator, nicht der Ehrengerichtshof hat den Angriff gegen Kehling eröffnet. *Er* ist an uns herangetreten, damit wir ihm die Wiederzulassung verschaffen. So ist doch der Sachverhalt.«

»Ich hätte meinem Klienten niemals geraten, zu diesem letzten Schritt seine Zuflucht zu nehmen, hätte ich gewußt, daß der Ehrengerichtshof nicht gewillt ist, objektiv zu urteilen.«

»Das ist eine ungeheuerliche Unterstellung, Herr Mercator!« poltert Mohn.

»Verzeihung, Ihre eigenen Äußerungen sind es doch, die mich an einer sachlichen Untersuchung zweifeln lassen. Statt einem gestrauchelten Kollegen die Hand zu reichen, will man ihn zu Boden stoßen – indem man ihn einen Mörder nennt. Ich bin tief betroffen, Herr Mohn, tief betroffen.«

Ein Zucken geht über Mohns Gesicht, das die Gefahr einer Affektexplosion ankündigt. Noch hat er sich soweit in der Gewalt, die zur Faust geballte Hand nicht auf den Tisch zu hämmern.

»Kehling hat ein Menschenleben auf dem Gewissen!«

»Ich wiederhole: Er ist freigesprochen worden.«

»Mangels Beweisen«, entgegnet Mohn verächtlich. »Das Urteil des Schwurgerichts geht von anderen Voraussetzungen aus als unsere Entscheidung. Es ist nicht unsere Aufgabe nachzuprüfen, ob jenes Urteil richtig oder falsch war. Wir haben festzustellen, ob das tatsächliche und unbestrittene Verhalten Kehlings eines Anwalts würdig ist oder nicht. Ein Anwalt hat die Grundsätze des Humanismus einzuhalten.«

»Herr Kollege«, fällt Mercator ihm mild ins Wort, »aber Herr Kollege ...«

»Ein Anwalt, der denunziert«, setzt Mohn unbeirrt fort, »vor allem, wenn er weiß, daß es um Leben und Tod geht, kann nie auf unserer kollegialen Ebene stehen, gleichgültig, ob er vor dem Gesetz schuldig oder unschuldig ist.«

»Also darf ich annehmen, der Ehrengerichtshof wird Kehlings Wiederzulassung ablehnen.«

»Ich kann natürlich dem Urteilsspruch morgen nicht vorgreifen. Sie haben meine persönliche Meinung gehört, die ich allerdings mit allem Nachdruck vertreten werde.«

»Und ich werde mit dem gleichen Nachdruck betonen, daß einem Mann, den das Gericht für unschuldig erklärt hat, nicht die Ausübung seines Berufes verboten werden kann! Und noch eins sollten Sie bedenken, Herr Mohn. Laut Paragraph vierzehn der Bundes-Rechtsanwaltsordnung kann auch nach irgendwelchen Verfehlungen die Wiederzulassung erfolgen, wenn sich der Betreffende in der Zwischenzeit als würdig erwiesen hat, seinen Beruf wieder auszuüben. Sie wissen genau, Kehling beklagt sein damaliges Versagen tief, mehrfach hat er erklärt ...«

»Einen Augenblick, Herr Mercator! Erstens ist dieser Paragraph eine Kann-Vorschrift. Ob sie angewandt wird, liegt im freien Ermessen der Justizverwaltung. Sie hat ihre Gründe, Kehling die Zulassung zu entziehen, und Sie haben kaum eine Möglichkeit, diese Gründe zu widerlegen. Zweitens muß man es sich endlich abgewöhnen, solche Verbrechen als eine Art Kavaliersdelikt zu betrachten, welches man höflich bedauert, und auch das nur, weil Deutschland zufällig den Krieg verloren hat.«

»Nun, Sie sollten Kehling doch etwas gerechter beurteilen. Wenn er seine damalige Handlung beklagt, geht er damit wesentlich weiter als das Schwurgericht, das ihm ausdrücklich bestätigt hat, er habe in Übereinstimmung mit den damals geltenden Gesetzen gehandelt.«

Dr. Mohn greift ins Regal, zieht eine dicke Akte heraus und wirft sie auf den Tisch. Es scheint, als wolle er sie aufschlagen und darin blättern, um Belege und Beweise zu suchen. Aber dann unterläßt er es und erwidert: »In Übereinstimmung mit dem Gesetz? Herr Mercator! Beschäftigen Sie sich lieber einmal mit dem Grundsatzurteil des Bundesgerichtshofes, in dem es heißt: Die Freiheit eines Staates, in seinem Bereich zu bestimmen, was Recht und was Unrecht ist, hat ihre Grenzen. Denn es gibt völkerrechtlich unantastbare Prinzipien menschlichen Verhaltens, die als rechtlich verbindlich gelten, ganz gleichgültig, ob ein einzelnes nationales Regime es zu gestatten scheint, diese Prinzipien zu mißachten und zu verletzen. Indem Kehling Tramm bei der Gestapo denunzierte, hat er dieses Prinzip verletzt.«

»Tramm anzuzeigen ist die eine Sache. Das Todesurteil ist die andere. Als Kehling seine Anzeige aufgab, konnte er nicht ahnen, daß Freisler die Todesstrafe fordern würde.«

Dr. Mohn blickt Mercator an, als wolle er sich überzeugen, ob sein Besucher auch keinen Spaß mache. Mercators Kinderblick strahlt Unschuld zurück. Mohn zeigt keine Lust, sich jetzt noch anzustrengen. Ruhig sagt er: »Kehling war sich natürlich der Folgen seines Schrittes bewußt. Ein Jurist wie er, der die Nazipraxis ein Jahrzehnt lang schon kannte! Seit vier Jahren im Propagandaministerium in verantwortlicher Position. Intelligent, lebenserfahren, viel im Ausland gewesen, also nicht betriebsblind, vertraut mit kritischen Meinungen außerhalb Deutschlands – dieser Mann wußte genau, was gespielt wurde. Er wußte auch, wie man mit Gegnern der Nazis verfuhr. Tramm hatte sich durch seine Äußerungen als Feind des Faschismus erwiesen. Die NSDAP und ihre Handlanger bekämpften ihre Gegner mit allen Mitteln, gleichgültig, ob diese Mittel rechtmäßig waren oder nicht. Wer ihnen als Gegner auffiel, wurde vernichtet. Nicht das Recht herrschte, sondern das Unrecht. Diesem Unrecht hat Kehling gedient, als er durch seine Denunziation Tramms Hinrichtung bewirkte, denn zwischen der Anzeige und Tramms Tod besteht ein ursächlicher Zusammenhang. Und wenn Sie vorhin erklärten, er habe sich seitdem gewandelt, habe innerlich Abstand von seinem Verbrechen genommen, deshalb sollte man ihm jetzt wieder eine Chance geben – lieber Kollege, dann möchten Sie diese angebliche Wandlung zu einem Aktivposten für Kehling machen, zu einem moralischen Plus. Ich glaube, Sie sind sich über den Umfang von Kehlings Schuld noch gar nicht klar. Er kann sich zu seiner Rechtfertigung nicht einmal auf jenen Umstand berufen, den solche Mörder so gern für sich in Anspruch nehmen, auf den sogenannten Befehlsnotstand: einen andern umgebracht zu haben, um nicht selber umgebracht zu werden. Hier gab es diesen Befehlsnotstand nicht. Niemand hat Kehling aufgefordert, Tramm zu denunzieren, im Gegenteil, seine Frau hatte ihn eindringlich gebeten, es zu unterlassen. Niemand wußte von der Unterhaltung zwischen Tramm und den beiden Frauen. Ich erkenne keine Rechtspflicht an, dem Naziregime bei der Vernichtung Andersdenkender zu helfen. Und wenn man uns einreden möchte, die Denunziation sei so eine Art Kurzschlußreaktion Kehlings gewesen – soll ich Sie daran erinnern, was er auch sonst von Humanität und Recht hielt? Soll ich aus seiner Artikelserie zitieren, die er im ›Stürmer‹ veröffentlicht hat, jenem Blatt, das die Ausrottung von Millionen Juden propagandistisch vorbereitete? Soll ich aus seinen anderen Schriften vorlesen, die zur Vernichtung jüdischer Menschen ermunterten? Das alles sind genügend Gründe, die Kehling als unwürdig für den Beruf eines Rechtsanwalts ausweisen. Er kann entsprechend den Paragraphen eins und drei der Bundes-Rechtsanwaltsordnung nicht mehr Berater und Vertreter von Rechtsuchenden sein. Das ist meine Meinung, und ich werde sie morgen gegenüber dem Ehrengericht vertreten. Ich werde die Beschwerde Ihres Klienten, die er gegen die Streichung von der Berufsliste erhoben hat, zurückweisen.«

Die Mundfalten Dr. Mercators vertiefen sich, als er sich mit einem maliziösen Lächeln bewaffnet. »Nachdem ich Ihre Einstellung zu diesem tragischen Fall kennengelernt habe, Herr Kollege, verwundert mich das auch nicht mehr. Gebe Gott, daß auch Ihnen eines Tages bewußt werden möge, wie Sie Unrecht tun können, wenn Sie Recht zu sprechen glauben.« Sein Lächeln verschwindet. »Entschuldigen Sie, daß ich Ihnen Rechtsempfinden unterstellte, als ich Sie aufsuchte. Aber solchen Affekten, solchem Subjektivismus, solcher peinlichen Parteilichkeit gegenüber bin ich – das gestehe ich offen – machtlos. Mir bleibt nur die Hoffnung, dieser Linksdrall bei einem Angehörigen des Ehrengerichtshofes möge ein Einzelfall sein und bleiben. Ich danke Ihnen für die Unterredung. Auf Wiedersehen.«

Mercator steht auf.

»Einen Augenblick noch, wenn ich bitten darf!«

Mercator bleibt stehen.

»Wenn Sie den Eindruck gewonnen haben sollten, ich wäre von politischen Vorurteilen beherrscht, Herr Mercator, so kann ich das nur bedauern. Wenn ich so hart urteile, dann habe ich meine Gründe, und Sie sollten über diese Gründe nachdenken, Herr Kollege. Wir leben nicht mehr im Jahre neunzehnhundertfünfzig. Im Ausland und selbst bei uns wächst die öffentliche Kritik an derartigen Rudimenten unserer Gesellschaft, und auch das Justizwesen ist von diesen Vorwürfen nicht ausgeschlossen. Also wäre es doch wohl ein verhängnisvoller Fehler, ja geradezu eine Dummheit, wollte der Ehrengerichtshof einem Nazimörder durch die Hintertür wieder zu Amt und Würden in unseren eigenen Reihen verhelfen. Das wollen wir unserem Berufsstand doch wohl nicht antun, Herr Mercator. Wir haben verdammt zu beweisen, daß wir mit der Bewältigung der Vergangenheit begonnen haben, dazu ist der Fall Kehling bestens geeignet. Also werden wir auch in diesem Sinne entscheiden. Vielleicht begreifen Sie das eines Tages. Guten Abend, Herr Kollege.«

3 · ZWEIMAL ZUM TODE VERURTEILT

Chattanooga ist eine Stadt im Süden der USA, im Staat Tennessee. In der Mittagsstunde des 25. März 1931 hielt ein Güterzug in Chattanooga. Er war fast einen Kilometer lang, sein Ende stand weit draußen vor dem Bahnhof.

Niemand sah deshalb die zwei Mädchen, die sich einem der letzten Wagen näherten. Nachdem sie sich vorsichtig umgeschaut hatten, schwangen sie sich über die Seitenwände des Wagens und legten sich flach auf den feinkörnigen Kies, der den Boden bedeckte. Erst als der Zug Chattanooga verlassen hatte, richteten sich die Mädchen auf.

»Wieder mal Glück gehabt«, sagte Ruby Bates zu ihrer Freundin Victoria Price. Aber Victoria, die mit ihren siebzehn Jahren fast wie eine Dreißigjährige aussah, antwortete nicht. Sie blickte gespannt auf den Wagen, der hinter dem ihren fuhr.

»Dort sitzen Jungs drin«, flüsterte sie.

»Hast du wirklich nichts anderes im Kopf?« murmelte Ruby resigniert. Sie wußte, was nun kommen würde. Tatsächlich dauerte es nur wenige Minuten, bis Victoria aufstand, zur hinteren Wand des Wagens lief und sich auf die Zehenspitzen stellte.

»Hallo!« rief sie.

Die Gesichter von sieben jungen Burschen erschienen über dem Rand des anderen Wagens.

»Versucht nicht etwa, zu uns herüberzusteigen!« sagte Victoria, und sie sagte es so, daß die Jungen spüren mußten: Das Mädchen wünschte sich nichts sehnlicher als gerade das. Anscheinend brauchten sie sich nicht lange zu beraten. Bald kamen sie wieder zum Vorschein und kletterten, geschickt über die Kupplung balancierend, in den Wagen der Mädchen. Der Güterzug, der nach Alabama fuhr, hielt in Stevenson. Gerade als er sich wieder in

Bewegung setzte, sprang erneut eine Anzahl Schwarzfahrer in den Wagen.

Diesmal waren es Farbige.

Der älteste von ihnen war vielleicht zwanzig, der jüngste zwölf oder dreizehn.

Einer der Weißen rief: »Raus hier, ihr Nigger! Stänkert uns nicht den Wagen voll!«

Die Farbigen drückten sich an die gegenüberliegende Wand. Wieder schrie der Weiße: »Na los, los, 'runter mit euch!«

»Ihr wollt wohl sogar hier noch getrennte Waggons für Weiße und Schwarze, wie?« fragte Haywood Patterson, ein siebzehnjähriger Afroamerikaner.

Die weißen Schwarzfahrer fühlten sich in ihrer Ehre bedroht. Sie erhoben sich angriffslustig.

»Vorwärts, Jungs, gebt es ihnen!« feuerte Victoria sie an. Nun war für die Weißen kein Halten mehr. Sie mußten sich vor den Mädchen als Helden erweisen. Aber der Wunsch, als Sieger gefeiert zu werden, war stärker als ihre Muskeln. In einer kurzen erbitterten Schlägerei behaupteten die Schwarzen ihren Platz, und die vor den Augen der Mädchen gedemütigten sieben Burschen zogen es vor, vom Wagen zu springen, als der Zug wegen einer kurvenreichen Steigung gerade sehr langsam fuhr.

Stevenson lag noch weit zurück. Die Jungen machten sich auf den Weg in die Stadt, ärgerten sich über ihre Niederlage und beschlossen, sich an den Schwarzen zu rächen.

In Stevenson angekommen, suchten sie den Sheriff auf. Der horchte begierig auf den Bericht der Jungen: von Niggern überfallen ... aus dem Zug gestoßen ... zwei weiße Mädchen mit den Schwarzen allein!

Der Sheriff griff zum Telefon und setzte sich mit Paint Rock in Verbindung. Paint Rock war die nächste Station, die der Güterzug anlaufen mußte.

Als der Zug in Paint Rock einfuhr, umstellten Polizisten den vorletzten Wagen. Sie fanden neun Neger und zwei Weiße darin.

Erst als der Sheriff sich die beiden Weißen näher betrachtete, merkte er, daß es Mädchen in Männerkleidung waren.

»Schwarzfahrer, was?« fragte er höhnisch. »Landstreicher!« Und dann forderte er sie barsch auf, ihre Ausweise zu zeigen.

Die Mädchen antworteten nicht. Der Sheriff nahm Victoria am Arm. »Ausweisen sollt ihr euch!«

Aber Victoria wies sich nicht aus.

Statt dessen fiel sie einfach um. »Mein Gott, sie ist ohnmächtig geworden!« rief Ruby.

Der Sheriff blickte hilflos auf die Ohnmächtige. Im Umgang mit Mädchen ohne Bewußtsein hatte er keine Erfahrung. »Man sollte sie auf die Bank legen«, ordnete er an, und dann erinnerte er sich an die übrigen Insassen des Wagens. »Die Nigger ins Gefängnis von Scottsboro!«

Nachdem man die Schwarzen weggebracht hatte, erwachte Victoria aus ihrer Ohnmacht.

»Also wie heißt du?« fragte der Sheriff, und sein Ton klang etwas freundlicher, auch wenn er seine unangenehme Frage nach den Ausweispapieren wiederholte. Geduldig fuhr er fort: »Ihr seid Schwarzfahrer, nicht wahr?«

Seufzend richtete sich Victoria auf. »Hat Ihnen Ruby nicht schon alles erzählt?«

»Was soll sie denn erzählt haben«, knurrte der Sheriff.

»Alles!« flüsterte Victoria und begann plötzlich zu weinen, ziemlich laut und ziemlich anhaltend, was den Sheriff erneut in Verlegenheit brachte. Immer wieder von Weinkrämpfen unterbrochen, berichtete sie, was zwischen Paint Rock und Stevenson im Güterzug geschehen sei: Sie und Ruby seien von den neun Niggern vergewaltigt worden!

Diese Nachricht versetzte den Sheriff in solche Erregung, daß er sogar vergaß, nach dem Namen der Mädchen zu fragen. Das Wort »Notzucht« verwandelte ihn und die Bevölkerung seines Bezirks sofort in eine Meute von Bluthunden. Rassenhaß und Rassenvorurteile haben sich so tief in das Denken und Fühlen der

Südstaatler eingegraben, daß niemand daran denkt, eine derartige Behauptung ernsthaft nachzuprüfen.

Dort unten gilt ein ungeschriebenes Gesetz: Wenn eine Weiße einen Farbigen beschuldigt, er habe ihr Gewalt angetan, so *ist* er bereits schuldig; die Frau braucht es nie und nirgends zu beweisen.

Der Sheriff witterte seinen großen Fall: »Massenvergewaltigung zweier junger weißer Mädchen!«

Eine knappe Stunde nach Verlassen des Zuges wurden Ruby und Victoria einigen Ärzten zur Untersuchung vorgeführt. Zwei Stunden später rotteten sich die ersten Haufen eines lynchlüsternen Pöbels zusammen. Und nach drei Stunden tobte schon eine grölende Menge vor dem Gefängnis von Scottsboro und verlangte den Tod der verängstigten Negerjungen.

Am übernächsten Tag standen die neun bereits vor dem Richter. Eine Voruntersuchung hatte nicht stattgefunden. Hundert Soldaten bewachten die Eingänge des Gerichtssaals. Die Miliz hielt Maschinenpistolen und Tränengas bereit. Mehr als zehntausend Menschen, viele von ihnen bewaffnet, umlagerten wie eine schmutzige Woge das Gerichtsgebäude.

Drinnen ging ein Prozeß über die Bühne, der gar kein Prozeß war, sondern ein Uhrwerk, dessen Rädchen sich wie erwartet drehten. Verteidiger im Sinn des Gesetzes gab es für die Angeklagten nicht. Zwar hatte der Richter sieben Advokaten als Pflichtverteidiger bestellt, aber sechs von ihnen hatten das Mandat abgelehnt. Sie wollten es nicht riskieren, künftig als »Niggerfreunde« angesehen zu werden und ihre Kundschaft zu verlieren.

Nur ein einziger Anwalt wagte sich in den Hexenkessel der Lynchjustiz hinein. Doch auch er konnte nicht verhindern, daß die Geschworenen dem Antrag des Staatsanwalts bereitwillig nachkamen. Sie sprachen gegen acht der Angeklagten das Todesurteil aus. Lediglich Roy Wright kam mit lebenslänglichem Zuchthaus davon, weil er gerade erst dreizehn Jahre alt geworden war.

Vergeblich hatten die Angeklagten ihre Unschuld zu beweisen versucht. Niemand akzeptierte ihr Argument, daß sie niemals bis zum nächsten Ort im Zug verblieben wären, wenn sie den Mädchen etwas angetan hätten.

Als das Urteil verkündet wurde, raste der Pöbel vor Begeisterung. Die Geschworenen wurden als Helden gefeiert. Der Pflichtverteidiger legte Berufung ein, denn er konnte nachweisen, daß das Lynchgeschrei von draußen im Zimmer der Geschworenen zu hören gewesen war, als diese das Todesurteil beschlossen. Vor dem Gesetz galt eine solche Situation als Befangenheit der Geschworenen. Dieser juristische Formfehler, der zum Anlaß eines Revisionsantrages genommen werden konnte, war die schwache Hoffnung des Verteidigers und der Todeskandidaten.

Inzwischen hatte das leichtfertige Urteil der Geschworenen in allen Teilen der USA Empörung hervorgerufen. Zahlreiche Organisationen und Komitees nahmen sich des Falles an und eröffneten eine heftige Pressekampagne gegen die Rassisten von Alabama. Aber an der Lage der Verurteilten änderte sich nichts.

Monat um Monat verging. Endlich äußerte sich der Oberste Bundesgerichtshof in Washington zum Revisionsantrag des Verteidigers. Er erklärte den Prozeß in Scottsboro für ungültig und ordnete ein neues Verfahren an.

Im Januar 1933 erhielt der New-Yorker Rechtsanwalt Samuel Leibowitz einen Brief von der Internationalen Arbeiterverteidigung, einer Organisation, die sich von der Justiz verfolgter Arbeiter annahm. Darin hieß es:

»Sehr geehrter Herr!

Ohne Zweifel haben Sie von dem weltbekannten Scottsboro-Fall gehört und sind sicher, wenn auch nur vom Standpunkt des Rechts, an seinem Ausgang interessiert. Fraglos handelt es sich um das wichtigste Problem, das die amerikanischen Gerichtshöfe zur Zeit beschäftigt.

Die näheren Umstände dieses Prozesses wie die Schnelligkeit seiner Durchführung, die lynchlüsterne Masse, die Terrorisierung durch Staatsmiliz, die erwiesene Einschüchterung des Richters, der Jury und der Anklagebehörde, die Beschränkung der Verteidigung, alles zusammen hat die weltweite Empörung angefacht. Der Oberste Bundesgerichtshof hat in seiner Entscheidung, mit der er ein neues Verfahren anordnete, ausgeführt: ›Es liegt auf der Hand, daß sich das Verfahren von Anfang bis Ende in einer Atmosphäre öffentlicher Feindseligkeit und Erregung vollzog.‹

Zwölf Millionen Schwarze in den Vereinigten Staaten sehen heute in Scottsboro ihren Kampf um ihr Menschenrecht und um die Gewährung der verfassungsmäßigen Garantien symbolisiert. Die neuen Verfahren sollen im März beginnen. Wir bemühen uns, den geeignetsten und fähigsten Strafanwalt unseres Landes zu gewinnen, der uns die Gewähr bietet, daß die bestmögliche Verteidigung und der Unschuldsbeweis für diese Jungen geführt werden. Deshalb kamen wir zu dem Entschluß, Sie zur Bewältigung dieser Aufgabe auszuwählen.

Leider können wir Ihnen keine Gebühren zahlen. Nur eines können wir Ihnen gewähren: die Gelegenheit, Ihre großen Fähigkeiten für eine Sache einzusetzen, die in den Annalen der amerikanischen Rechtsgeschichte nicht ihresgleichen hat. Sie werden nicht nur neun unschuldige Burschen zu verteidigen haben, sondern mit ihnen eine Nation von zwölf Millionen Farbigen, die gegen entwürdigende Ungleichheit kämpft.«

War es Taktik, eine Geste berechnender Höflichkeit, wenn die Internationale Arbeiterverteidigung Sam Leibowitz als den fähigsten Anwalt der Staaten bezeichnete?

Der Scottsboro-Prozeß sollte seinen internationalen Ruhm als humanistischer und fortschrittlicher Verteidiger begründen. Aber schon lange vorher galt er als kluger und erfolgreicher Anwalt, der – im Gegensatz zu vielen seiner Kollegen – ethische Grundsätze besaß.

So hatte er es abgelehnt, den berüchtigten Gangster Al Capone zu verteidigen, als der Bundesstaatsanwalt endlich eine Handhabe gegen den gerissenen Unterweltboß gefunden hatte. Obwohl Al Capone dem Anwalt ein Honorar von 200 000 Dollar geboten hatte, nahm Leibowitz dieses Mandat nicht an.

Im Jahre 1929 setzte er sich durch den »Mordprozeß Hoffman« endgültig an die Spitze der fähigsten amerikanischen Anwälte. Hoffman, von Beruf Filmvorführer, war angeklagt worden, in einem Wald eine junge Frau vergewaltigt und anschließend ermordet zu haben. Er wurde durch einen angeblichen Indizienbeweis überführt und zu zwanzig Jahren Zuchthaus verurteilt. Als er fünf Jahre in Sing Sing abgesessen hatte, wandte er sich in letzter Hoffnung an Leibowitz. Hoffmans Gewerkschaftskollegen hatten inzwischen Geld gesammelt, um mit Hilfe des Anwalts Snitkin ein Berufungsverfahren zu ermöglichen – für einen Insassen von Sing Sing ein fast aussichtsloses Unternehmen. Snitkin gelang es jedoch, einen juristischen Formfehler in der Urteilsbegründung zu entdecken. Das kann nach amerikanischem Recht eine Wiederaufnahme des Prozesses in die Wege leiten. Hoffman bat Leibowitz, ihm dabei zu helfen. Was niemand für möglich gehalten hatte, gelang Leibowitz. Er brach Stein um Stein aus dem Indizienbeweis heraus, bis das ganze Beweisgebäude zusammenstürzte. Leibowitz wies jedoch nicht nur die Unschuld seines Klienten nach, er vermochte auch den wirklichen Täter zu finden: den Bruder des Gouverneurs von State Island, einen reichen Grundstücksmakler.

Die Höhe seines Ruhms aber sollte Leibowitz erst im Scottsboro-Prozeß erreichen. Er gab der Internationalen Arbeiterverteidigung seine Zusage und fuhr im März 1933 nach Alabama hinunter. Im Zug sagte er zu seiner Frau Belle, die ihn begleitete: »Ein interessanter Fall, Belle. Der interessanteste Kriminalprozeß seit dem Sacco-Vanzetti-Skandal. Die rechtlichen Probleme faszinieren mich geradezu.«

»Die rechtlichen Probleme?« fragte Belle. »Rechtlich scheint doch alles eindeutig zu sein. Oder siehst du diesen Fall rein juristisch?«

»Natürlich nicht. Aber wollte ich von vornherein vor Gericht als Verfechter der Menschenrechte auftreten, wäre ich verloren. Ich muß zuerst zu beweisen versuchen, daß in diesem Prozeß gegen eine Reihe elementarer Rechtsgrundsätze verstoßen worden ist!«

Sehr bald sollte Leibowitz merken, daß sich in Alabama für die rechtliche Seite dieses Falles niemand interessierte. Dort wollte man kein Recht, sondern neun »elektrisch gegrillte Nigger«. Und Leibowitz begann zu begreifen, daß das nicht irgendein Kriminalfall war wie hundert andere auch, in dem er mit der geschickten Anwendung von Paragraphen Wunderdinge vollbringen konnte. Hier war er in einen Dschungel geraten, in einen Hexenkessel finsterer Leidenschaften, reaktionärer Politik und Brutalität. Leibowitz mußte feststellen, daß er hier in Alabama nicht nur den Richter, den Staatsanwalt, die Geschworenen und eine fanatisierte Masse gegen sich hatte, sondern daß er gegen einen ganzen Staat kämpfen mußte, der mit einem Fuß noch im tiefsten Mittelalter stand.

Es war sinnlos, sich mit dem Staatsanwalt in juristische Rededuelle einzulassen. Leibowitz mußte sich auf eine fest umrissene strategische Linie beschränken. Sie wurde bestimmt von der Frage: Wo hat der Feind seine schwächste Stelle? Welche Bastion muß ich unter allen Umständen erobern, um von da aus die ganze Festung in die Hand zu bekommen?

Aus seiner langjährigen Erfahrung wußte er, daß im amerikanischen Gerichtssaal der Verteidiger hauptsächlich eines erreichen muß: mindestens einen Geschworenen für sich zu gewinnen. Widersetzt sich auch nur ein einziger Geschworener dem Antrag des Staatsanwalts auf ein Todesurteil, wäre es damit zu Fall gebracht, denn jeder Urteilsspruch muß von allen zwölf Geschworenen einstimmig gefällt werden.

Aber Leibowitz wußte auch, er würde in Alabama keinen Geschworenen finden, der bereit wäre, die Schuld der Angeklagten in Frage zu stellen. Denn auf der Geschworenenbank hatten im ersten Prozeß nur Weiße gesessen. Also mußte Leibowitz versuchen, daß im zweiten Prozeß auch ein Farbiger als Geschworener gewählt wurde.

Nun stimmte die Verfassung des Staates von Alabama in ihren Grundsätzen mit der Verfassung der Vereinigten Staaten überein.

Demzufolge galt auch in Alabama das Gesetz, daß alle Menschen gleiche Rechte haben. Als Leibowitz die Verfassung von Alabama studierte, stellte er fest, daß auch in diesem Südstaat jeder Bürger als Geschworener gewählt werden konnte, der »ehrenhaft, vernunftbegabt und unbestraft« war.

Damit lag für Leibowitz die Stoßrichtung seines Angriffs fest: Die schwächste Stelle des Feindes war die Verfassungswidrigkeit der Rechtspraxis, Farbige systematisch vom Geschworenenamt auszuschließen und sie damit ihres Bürgerrechts zu berauben. Gelang es ihm, das in aller Öffentlichkeit deutlich zu machen, würde er damit automatisch die wichtigste Bastion in die Hände bekommen, die Geschworenen selbst. Ihre Front würde in dem Augenblick zerbrechen, da sie nicht mehr nur aus weißen Rassenfanatikern bestehen würden.

So begann der Prozeß am 28. März 1933.

Gleich am Anfang meldete sich Leibowitz zu Wort und verlangte, die Anklage abzulehnen, da die vom Gericht vorgelegte Geschworenenliste nur Namen Weißer enthalte.

Wütend rief der Richter: »Nur ein Weißer hat das gesunde Urteilsvermögen, das für ein gerechtes, unparteiisches Verfahren notwendig ist!«

»Wirklich, Euer Ehren?« fragte Leibowitz ironisch. »Nun, dann will ich das Gegenteil beweisen.«

Und auf seinen Wink betraten zwölf farbige Bürger den Saal. Leibowitz nahm sie ins Verhör. Und dabei bewies er, daß alle zwölf ehrenhaft, vernunftbegabt und unbestraft waren. Sie besaßen also die Voraussetzung, die die Verfassung von Alabama für das Geschworenenamt verlangt.

»Oder sollte die Verfassung in Alabama nur auf dem Papier stehen?« fragte Leibowitz aggressiv. »Dann wäre es endlich an der Zeit, daß man auch in Alabama von den Menschenrechten Kenntnis nimmt!«

Er konnte seinen Satz kaum beenden. Ein Sturm der Empörung brach los. Und dann begann das Lied den Saal zu durchbranden: »O heiße Nacht von Alabama« – jenes Lied, das die Lynchmörder anstimmten, wenn sie ihre Kreuze entzündeten. Das Ende dieser ersten Machtprobe zwischen Gericht und Verteidiger war eine Niederlage für Leibowitz. Obwohl er sein Einspruchsrecht bis zur zulässigen Grenze angewendet hatte, konnte er schließlich die Einsetzung eines rein weißen Geschworenengerichts nicht mehr verhindern.

Am Abend war das Hotel, in dem Leibowitz mit seiner Frau wohnte, von Massen randalierender Einwohner umgeben. Leibowitz stand am Fenster seines Hotelzimmers, während seine Frau rastlos auf und ab ging. Die beiden wußten: Die Tausende da unten waren ihretwegen gekommen. Noch begnügten sie sich damit, ihre Forderungen in Sprechchören kundzutun: »Leibowitz 'raus! Leibowitz 'raus!« Später bereicherten sie ihr Repertoire: »Knüpft die neun Nigger auf! Hängt Leibowitz daneben!« Das pausenlose Gebrüll versetzte Frau Leibowitz allmählich in eine Panikstimmung. Leibowitz schien sehr ruhig zu sein, aber er machte sich ernstliche Sorge um seine Frau. Was würde geschehen, warf auch nur einer von dort unten einen Stein? Er würde eine Steinlawine auslösen. Oder wenn eine Handvoll Besessener einfach das Hotel stürmte? Eine Flut würde ihnen folgen. An dieser irren Hysterie würde jedes Wort abprallen ...

Dann klopfte es heftig an die Tür.

Belle zuckte zusammen und wich bis an die Wand zurück. Leibowitz ging langsam zur verschlossenen Tür. »Wer ist draußen?«

»Ich bin's, Tom Knight. Lassen Sie mich 'rein, Sam.«

Knight war der Generalstaatsanwalt, der die Anklage gegen die neun Neger vertrat. Er war ein ehrgeiziger Mann, dessen Liebenswürdigkeit im privaten Umgang mit Leibowitz nichts von seiner verstockten Barbarei im Gerichtssaal vermuten ließ.

Leibowitz schloß die Tür auf. Knight drückte dem Anwalt die Hand und sagte: »Eine scheußliche Situation, was?«

Mit einem Handkuß begrüßte er Frau Leibowitz. »Sie brauchen

sich wirklich keine Sorgen zu machen, Belle. Ich habe soeben fünf bewaffnete Soldaten vor dem Hotel postiert.«

»Sehr liebenswürdig, Tom«, entgegnete Belle. »Können Sie mir vielleicht schon verraten, wie lange die fünf die Festung halten werden?«

Knight legte seine Hand auf die Brust. »Es tut mir leid, aber Sie wollen doch bitte nicht mich für diese Stimmung verantwortlich machen.«

»Dann«, sagte Belle sarkastisch, »ist wohl mein Mann daran schuld?«

»Sie haben nicht ganz unrecht, Belle«, erwiderte Knight, und zu Leibowitz gewandt: »Sie entschuldigen meine Offenheit, Sam.« Er warf sich in einen tiefen Plüschsessel. »Aber ich muß wirklich annehmen, Sam, daß Sie immer noch nicht begriffen haben, wie empfindlich die Menschen hier unten im Süden reagieren. Seien Sie doch endlich etwas diplomatischer, und kalkulieren Sie die irrationalen Elemente dieses Falles mit ein.«

Leibowitz stand bereits wieder am Fenster. Er drehte Knight den Rücken zu.

Knight wandte sich an Belle: »Sie haben doch Einfluß auf Ihren Mann. Können Sie ihm das nicht begreiflich machen? Niemand hat hier Verständnis dafür, wie sich ein kluger und kultivierter Mensch für ein paar dreckige Nigger derart engagiert.«

Belle blickte zu ihrem Mann, dann sagte sie ruhig: »Lieber Tom, wir wissen doch alle beide, daß sich mein Mann von niemandem Vorschriften machen läßt. Nicht einmal von denen da unten.«

Knight nickte, als habe er keine andere Antwort erwartet. Dann wandte er sich zu Leibowitz: »Aber dann sollten Sie wenigstens nicht noch das Leben Ihrer Frau aufs Spiel setzten, Sam, dazu haben Sie kein Recht.«

Leibowitz starrte Knight an, Knight sah ihm in die Augen und fügte hinzu: »Was in meiner Macht steht, Ihr Leben zu schützen, werde ich tun. Aber Sie wissen, in solch einem Fall kann ich keine

Garantie leisten. Ich werde beim Gouverneur Staatstruppen anfordern und den Gerichtssaal besetzen lassen. Doch wenn ein Verrückter eine Bombe durchs Fenster wirft? Der Pöbel ist unberechenbar. Ich bitte Sie nochmals dringend, verlassen Sie Alabama.«

Belle und Leibowitz verständigten sich durch einen Blick.

»Selbstverständlich bleibe ich bei meinem Mann bis zu seinem Sieg«, erwiderte Belle fest.

Wenige Tage später fiel ein Schuß im Gerichtssaal. Glücklicherweise verfehlte er Leibowitz. Der Täter konnte angeblich nicht festgestellt werden. Von nun an mußten sich die Zuschauer täglich auf Waffen durchsuchen lassen.

Die wichtigste Zeugin der Anklage war Victoria Price, eines der beiden angeblichen Opfer der Vergewaltigung. Das andere Mädchen, Ruby Bates, war merkwürdigerweise verschwunden. Der Staatsanwalt behauptete, sie sei trotz eifriger Ermittlung nicht auffindbar.

Im amerikanischen Strafprozeß darf nur der Staatsanwalt die Zeugen der Verteidigung durch ein Verhör in die Zange nehmen – der Verteidiger darf das gleiche mit den Zeugen der Anklage tun, um ihre Aussagen, die den Angeklagten belasten, zu erschüttern. Hierin liegt unter Umständen die größte Chance für den Verteidiger. Allerdings ist das eine zweischneidige Waffe, weil ja die Gegenseite sich dieses Mittels ebenso bedienen kann. So war nun schließlich auch für Leibowitz der Augenblick gekommen, da ihm Victoria Price, das angebliche Opfer und zugleich die Hauptbelastungszeugin, gegenüberstand.

Zunächst versuchte Leibowitz, den Geschworenen und dem Publikum klarzumachen, wer diese Zeugin wirklich war. Er deckte auf, daß sie bereits mehrmals wegen Landstreicherei und Diebstahls im Gefängnis gesessen hatte und daß sie auch im Umgang mit Männern nie wählerisch gewesen war. Immer wieder erhob Generalstaatsanwalt Knight Einspruch gegen die Fragen des Anwalts, aber auch er konnte nicht verhindern, daß Leibowitz die

Legende von »unserem unschuldigen, tugendsamen Girl Victoria« zerstörte.

Ziel seines Kreuzverhörs war es, den Nachweis zu erbringen, daß die Spuren des Sexualverkehrs, die die Ärzte bei der Untersuchung gefunden hatten, auch noch einen anderen Ursprung haben konnten.

Dabei stützte sich der Anwalt auf die erste Aussage der Price vor dem Sheriff von Paint Rock. Dort hatte sie geäußert, sie habe die Nacht, bevor sie den Zug bestieg, in einem Schwarzfahrerversteck mit einem Mann namens Lester Carter und dessen Freunden verbracht. Später, als sie mit Hilfe des Staatsanwalts ihre Aussage korrigierte, hatte sie diese Behauptung zurückgenommen und erklärt, sie habe in der betreffenden Nacht in Chattanooga gewohnt, in der Pension einer gewissen Mrs. Callie Brochie.

Auf dem Umweg über eine andere Frage tastete sich Leibowitz an diesen Sachverhalt heran.

»Miß Price«, fragte Leibowitz, »stimmt es, daß Sie damals, nachdem die Sache im Güterzug passiert war, von zwei Ärzten untersucht worden sind?«

»Stimmt genau, Euer Ehren.«

»Nun lese ich aber im Untersuchungsprotokoll der Ärzte folgende Sätze: ›Obwohl sich Victoria Price angeblich heftig gewehrt hatte, fanden wir keine Verletzungen an ihr, keine körperlichen Hinweise für eine Vergewaltigung. Auch fehlten alle Anzeichen seelischer Erregung, wie sie solche Erlebnisse auszulösen pflegen.‹ Wie erklären Sie sich denn diesen ärztlichen Befund, Miß Price?«

»Da müssen Sie schon die Jungen fragen, wie die's angestellt haben, daß die Doktors nichts finden konnten.«

»Sie sagten, die Tat sei am Vormittag passiert.«

»Gegen Mittag.«

Leibowitz nickte. Dann fragte er nebenbei: »Und die Nacht vorher hatten Sie doch mit einem Mann verbracht?«

»Hören Sie mal«, rief die Price wütend, »jeder hier im Saal weiß, daß ich ein anständiges Mädchen bin!«

Die Zuhörer gaben durch Zurufe zu erkennen, daß sie Victoria für ein sehr anständiges Mädchen hielten und Leibowitz für einen brutalen Burschen.

Nachdem sich der Lärm wieder gelegt hatte, stellte Leibowitz endlich seine entscheidende Frage: »Wenn Sie die Nacht also nicht mit einem Mann im Wald verbracht haben, wie sie anfangs der Polizei erzählten ...«

»Einspruch!« rief der Generalstaatsanwalt. »Die Zeugin hat die Aussage korrigiert.«

»... dann«, fuhr Leibowitz fort, »müssen Sie uns schon sagen, wo Sie in jener Nacht wirklich gewesen sind.«

»Das habe ich doch längst gesagt«, erklärte Victoria störrisch. »Ich habe mir ein Zimmer gemietet in einer Pension in Chattanooga.«

»Aha«, sagte Leibowitz, als hörte er diese Behauptung zum ersten Mal, »in Chattanooga also. Und wie heißt diese Pension?«

»Sie gehört einer gewissen Mrs. Callie Brochie.«

»Callie Brochie«, wiederholte Leibowitz und zerdehnte, für jeden hörbar, die Silben des Namens. »Sie haben ein gutes Gedächtnis für Namen, Miß Price. Dann erinnern Sie sich doch sicher auch an einen Mann namens Lester Carter?«

»Lester Carter?« murmelte Victoria. Sie zuckte mit den Schultern. »Möglich, daß ich diesen Namen schon mal gehört habe.«

»Warum wollen Sie uns nicht sagen, Miß Price, daß Sie Lester Carter im Gefängnis kennengelernt haben?«

»Einspruch!« rief der Generalstaatsanwalt erneut. »Das Vorleben der Zeugin steht hier nicht zur Debatte.« Der Richter wandte sich an den Protokollführer: »Diese Frage ist aus dem Protokoll zu streichen.«

»Dann will ich meine Frage anders formulieren«, sagte Leibowitz liebenswürdig. »Wann haben Sie Lester Carter zum letzten Mal gesehen, Miß Price?«

Mürrisch brummte die Zeugin: »Das weiß ich nicht mehr.«

»Wirklich nicht?«

»Nein!«

»Aber ich kenne jemanden, der es sehr genau weiß: nämlich Lester Carter selbst!«

Neue Unruhe entstand im Saal. Mit erhöhter Stimme rief Leibowitz: »Der Verteidigung ist es gelungen, Lester Carter zu finden. Er ist bereit auszusagen!«

Wenige Minuten später stand der Landstreicher vor dem Richter. Nachdem er seine Aussage zur Person gemacht hatte, nahm ihn Leibowitz ins Verhör. Carter bestätigte, daß er die Nacht, die der angeblichen Vergewaltigung vorausgegangen war, mit Victoria Price und deren Freundin Ruby Bates in einem Wald verbracht und mit Victoria Price Verkehr gehabt habe.

Die Zuhörer tobten. Victoria wandte sich hilfeflehend an Generalstaatsanwalt Knight.

»Der Herr Generalstaatsanwalt kann Ihnen jetzt auch nicht helfen, Miß Price«, rief Leibowitz. »Jetzt hilft Ihnen nur eins: die Wahrheit zu sagen.«

»Ich hab' die Wahrheit gesagt«, jammerte Victoria, »der Kerl da, dieser Carter, der lügt doch!«

»Vielleicht sollte man dann Mister Carter fragen, ob er bereit ist, seine Aussage zu beeiden«, schlug Leibowitz vor.

Aber der Generalstaatsanwalt erhob bereits wieder Einspruch gegen diesen Vorschlag: »Schließlich ist bekannt, daß diese Landstreicher alle lügen!«

»Alle Landstreicher lügen«, wiederholte Leibowitz. »Halten wir diesen Satz des ehrenwerten Herrn Generalstaatsanwalts fest. – Sagen Sie, Mr. Carter, woran erkennt man wohl einen Landstreicher?«

»Na, der hat keine feste Wohnung, fährt im Land herum.«

»Fährt. Aha. Womit denn?«

»Mit der Eisenbahn natürlich.«

»Haben denn Tramps so viel Geld?«

»Sie fahren doch schwarz, im Güterzug.«

»Wie zum Beispiel Miß Victoria Price?«

Erneuter Tumult. Aber Leibowitz schleuderte dem Staatsanwalt entgegen: »Wenn alle Landstreicher lügen, wie Sie eben behauptet haben, dann lügt auch die Landstreicherin Victoria Price!«

Der Richter drohte, er werde Leibowitz endgültig das Wort entziehen, wenn er seine Angriffe gegen die Zeugin der Anklage nicht einstelle.

Leibowitz wußte, daß er im Augenblick nicht weitergehen durfte. Es gelang ihm noch, Lester Carter zu einer bemerkenswerten Aussage zu veranlassen: Carter äußerte die Meinung, der Sheriff von Paint Rock, der den Zug angehalten und die Schwarzfahrer festgenommen hatte, würde Victoria Price wegen wiederholter Landstreicherei zweifellos ins Gefängnis gesteckt haben. Nur um dem zu entgehen, habe sie die Geschichte von der Vergewaltigung erfunden. Auch dürfe man nicht übersehen, daß die Zeugengebühren, die sie während des langen Prozesses täglich kassieren durfte, für sie ein ganz hübsches Sümmchen ausmachten.

Schmährufe gegen Lester Carter wurden laut.

Leibowitz verkündete überraschend, er werde jetzt die Vernehmung dieses Zeugen abbrechen. Überhaupt wolle er heute das Kreuzverhör beenden, er habe nur noch eine letzte, eine allerletzte Frage an Victoria Price.

Mißtrauisch fragte der Richter: »Und Sie denken an meine Warnung, alle Beleidigungen der Zeugin zu unterlassen?«

»Gewiß, Euer Ehren. Es ist eine ganz harmlose Frage von rein psychologischem Interesse!«

Der Richter rief erneut Victoria Price auf. Verdrossen betrat sie den Zeugenstand. Aber Leibowitz gab sich sehr freundlich, als er fragte: »Miß Price, wir haben also gehört, daß Sie sehr viel reisen. Lesen Sie dann auch manchmal eine Zeitung?«

Das Mädchen blickte den Anwalt erstaunt an. Sie spürte, daß sich hinter dieser Frage mehr verbarg, wußte aber nicht, in welche Richtung Leibowitz zielte. So antwortete sie sehr zögernd: »Manchmal lese ich schon die Zeitung.« Und aggressiv fügte sie hinzu: »Oder glauben Sie etwa, ich kann nicht lesen?«

»Ich zweifele nicht an Ihren Geistesgaben, Miß Price. Aber vielleicht verraten Sie uns jetzt, welche Seiten oder Artikel Sie in der Zeitung bevorzugen? Politik? Kriminalberichte? Gesellschaftsskandale?«

»Na, was mich eben so interessiert.«

»Sie sollen uns ja gerade sagen, was Sie da so interessiert!«

»Na, die Witze, die Comics und so.«

»Die Bildergeschichten, aha. Lesen Sie zuweilen auch die ›Saturday Evening Post‹?«

»Keine Ahnung. Was mir eben so in die Finger kommt.«

»Und dabei könnte auch die ›Saturday Evening Post‹ gewesen sein?« fragte Leibowitz hartnäckig.

»Ja, die auch.«

Leibowitz nickte und schaute die Zeugin eindringlich an. Victoria bemühte sich, seinem Blick standzuhalten. Das Schweigen des Anwalts wurde ihr unbehaglich.

Der Richter fragte: »Sie haben keine Fragen mehr, Mr. Leibowitz?«

»Keine Fragen mehr.«

Victoria atmete erleichtert auf. Der Staatsanwalt blickte Leibowitz verblüfft an. Der Richter entließ die Zeugin, sie wandte sich um und wollte sich auf ihren Platz begeben.

»Miß Price!« sagte Leibowitz scharf.

»Einspruch!« rief der Richter. »Sie haben das Verhör beendet!«

Leibowitz wandte sich an den Richter: »Miß Price hatte uns doch vorhin erzählt, sie hätte die Nacht, bevor sie den Güterzug bestieg, nicht im Wald verbracht.«

»Gewiß. Weil sie in Chattanooga übernachtet hat!«

»Erinnern sich Euer Ehren auch noch an den Namen der Pension?«

»Worauf wollen Sie hinaus, Mr. Leibowitz?« fragte der Richter ungeduldig.

»Daß wir uns noch einmal den Namen dieses Logis ins Gedächtnis zurückrufen.«

»Es war die Pension einer Mrs. Callie Brochie«, erwiderte der Richter.

»Das, Euer Ehren, hätte ich mir gern noch einmal von der Zeugin selbst bestätigen lassen.«

Der Richter wandte sich an Victoria, die noch immer mitten im Saal stand: »Wiederholen Sie den Namen dieser Pension.«

»Sie gehört einer gewissen Callie Brochie«, sagte die Zeugin.

»Nun, Miß Price, ich habe mich in Chattanooga erkundigt. Dort gibt es keine solche Pension. Und dort hat auch niemals eine Mrs. Callie Brochie gewohnt.«

»Sie heißt aber so!« rief Victoria wütend.

»Wirklich? Täuschen Sie sich auch bestimmt nicht?«

»Nein!« schrie das Mädchen.

»Wenn Sie das so genau wissen, müßten Sie uns doch auch sagen können, wo sie wohnt.«

»Ich weiß es aber nicht mehr!«

»Dann kann ich Ihnen vielleicht helfen, Miß Price«, erwiderte Leibowitz liebenswürdig.

Das Mädchen starrte ihn an. Im Saal wurde es totenstill. Jedermann fühlte, Leibowitz würde jetzt wieder einen scharfen Schuß abfeuern.

»*Ich* weiß, wo sie wohnt: auf der letzten Seite der ›Saturday Evening Post‹ – sie ist eine Witzfigur aus den Bildergeschichten des Zeichners Octavus Roy!«

Die Stille war bedrückend. Victoria Price schwieg. Fast leise, mit einer ironischen Verbeugung, sagte Leibowitz: »Danke, Miß Price, keine Fragen mehr.«

Was unmöglich schien, war Leibowitz gelungen: die Aussage und Glaubwürdigkeit der Hauptbelastungszeugin zu erschüttern, nachzuweisen, daß sie tatsächlich mit Lester Carter im Wald genächtigt hatte und daß damit die Spuren, die auf einen Sexualverkehr hinwiesen, hier ihren Ursprung haben konnten. Aber wenn Leibowitz angenommen hatte, nun würde er leichtes Spiel haben, so war das ein großer Irrtum. Da es ihm zu Beginn des

Prozesses nicht gelungen war, die Wahl eines farbigen Geschworenen durchzusetzen, fällten die zwölf weißen Obmänner, ohne auch nur den Versuch zu machen, sich mit den Beweisen der Verteidigung auseinanderzusetzen, das gleiche Urteil wie im ersten Prozeß.

Wiederum wurden Patterson und seine Freunde zum Tode verurteilt. Aber Leibowitz gab nicht auf. Er legte Revision beim Obersten Bundesgerichtshof in Washington ein und forderte, das Urteil von Alabama für null und nichtig zu erklären, da das Gerichtsverfahren einen offenen Verfassungsbruch dargestellt habe. So gelang es ihm erst einmal, die Hinrichtung seiner Klienten so lange hinauszuschieben, bis Washington über seine Verfassungsklage gegen den Staat Alabama entschieden hatte. Leibowitz war sich klar darüber, welch gewagtes Spiel er hier trieb. Ein einzelner Rechtsanwalt wagte es, einen ganzen Bundesstaat öffentlich herauszufordern. Und wenn er auch wußte, daß Millionen fortschrittlich denkender Menschen hinter ihm standen – in die komplizierte und unerbittliche Maschinerie des amerikanischen Gesetzes konnten sie nicht eingreifen. Leibowitz war viel zu sehr Realist, als daß er sich Illusionen über die Möglichkeiten der Obersten Richter gemacht hätte, ein objektives Urteil zu fällen. Er wußte, wie oft gerade solche grundsätzlichen Entscheidungen von der Gunst oder Ungunst der politischen Situation abhingen, von aktuellen staatlichen Interessen, in die er keinen Einblick und auf die er keinen Einfluß hatte.

Als er dann schließlich Monate später vor den Männern des Obersten Bundesgerichtshofes stand, sah er nur undurchdringliche Gesichter vor sich, die nichts über die sicherlich schon vorher festgelegte Entscheidung verrieten. Aufgefordert zu sprechen, begann er also seine Klage gegen den Staat von Alabama zu begründen. Leibowitz bezichtigte Alabama nicht nur des Verfassungsbruchs, weil der Bundesstaat die Farbigen systematisch ihres Bürgerrechts als Geschworene beraubt hatte – er warf dem Staat von Alabama auch ein kriminelles Vergehen vor, nämlich Urkundenfälschung. Denn nachdem man in Alabama von der Absicht des Anwalts erfahren hatte, den Fall vor das Oberste Gericht zu bringen, hatte man dort rasch eine Reihe von Namen farbiger Bürger in ältere Geschworenenlisten eingetragen. Leibowitz konnte dem Obersten Gericht diese Fälschung nachweisen. Er spürte, wie es ihm gelang, die Mehrzahl der Richter von der Notwendigkeit zu überzeugen, die Rechtsbrecher in Alabama zu verurteilen. So entschied schließlich das Oberste Gericht, daß in Alabama Farbige unter Verletzung der Verfassung fortlaufend diskriminiert worden seien und fortan auch Farbige als Geschworene zugelassen werden müßten.

Das war ein großer Sieg für Samuel Leibowitz!

Mehr noch: Es war, so glaubte er damals, ein historischer Augenblick in der amerikanischen Rechtsgeschichte, ein Fortschritt auf dem Wege, die Menschenrechte zu verwirklichen. Aber bald merkte Leibowitz, daß er sich zu große Hoffnungen gemacht hatte. Auch beim folgenden Prozeß dachten die Rassisten nicht daran, die Verfassung zu respektieren. So verhinderten sie auch diesmal wieder, daß auch nur ein Farbiger zum Geschworenen gewählt wurde.

Während des Prozesses kam es zu neuen Zwischenfällen. Die Rassisten hatten erfahren, daß Leibowitz Jude war. So hatte ihr Fanatismus nun zwei Zielscheiben: die Neger und die Juden. Immer häufiger ertönten jetzt die Rufe: »Raus mit dem Juden Leibowitz!«

An jeder Straßenecke konnte man für 50 Cents eine Flugschrift kaufen, die den Titel trug: »Legt den New-Yorker Juden um!«

So begann sich sein Blick zu ändern, seine Einstellung zu dem Fall neue Formen anzunehmen. Hatte ihn bisher sein ausgeprägtes Rechtsgefühl Partei nehmen lassen für die neun Farbigen, so spürte er jetzt ein ganz neues Verhältnis zu ihnen, eine Solidarität des Verfolgten mit den verfolgten Farbigen, des geächteten Juden mit den verachteten Schwarzen.

Welche tiefen Erschütterungen in diesem so gelassen wirkenden Mann vorgegangen waren, zeigt eine Äußerung aus jenen Tagen, die er einem Reporter gegenüber machte: »Das sind feuerspeiende Gestalten, mit Blindheit geschlagen, die statt Münder nur Löcher im Gesicht haben. Ihre Augen glotzen wie Frösche, der Tabaksaft läuft ihnen aus dem Mund. Bösartige, bärtige, finstere Gesellen!«

So ging 1936 der dritte Prozeß seinem Ende entgegen. Leibowitz hatte die Hoffnung, seine Klienten freizubekommen, längst aufgegeben. Wiederum beantragte der Generalstaatsanwalt die Todesstrafe. Aber diesmal kam er mit seinem Antrag nicht mehr durch. Denn einer der zwölf Geschworenen war mit dem Todesurteil nicht einverstanden gewesen. Deshalb konnten sich die Geschworenen nur auf eine lebenslängliche Zuchthausstrafe einigen.

Als Leibowitz das erfuhr, glaubte er zuerst, daß er nun wenigstens bei einem einzigen Menschen – dem Geschworenen Burleson nämlich – einen Zweifel an der Schuld der Angeklagten geweckt und ihnen dadurch das Leben gerettet hatte. Aber später hörte er, welcher irrsinnigen Ironie die Jungen ihr Leben verdankten. Extremster Rassismus war in seiner Auswirkung ins Gegenteil umgeschlagen.

Als sich nämlich die zwölf Geschworenen über das Urteil beraten hatten, war der Geschworene Burleson aufgestanden und hatte gesagt: »Natürlich haben diese Nigger das Mädchen vorgehabt. Das steht für mich fest. Bloß ich frage mich, muß man die Burschen deswegen auf den elektrischen Stuhl schicken? Ich sag' mir, ein Nigger steht nun mal dem Tier näher als dem Menschen. Also muß man ihn auch wie ein Tier bewerten, und so ein Tier verurteilt man ja auch nicht, wenn es ein anderes überfällt. Das liegt nun mal so in seiner Natur, es hat keine Hemmungen und keinen Verstand. Und deshalb möchte ich sie nicht auf dem elektrischen Stuhl schmoren lassen.«

Leibowitz war entschlossen, auch mit dem Lebenslänglichen Urteil in Revision zu gehen. Im Jahr darauf, 1937, fand der nächste Prozeß statt. Erneut versuchte der Anwalt, durch weitere Enthüllungen über das Vorleben von Victoria Price ihre Glaubwürdigkeit zu erschüttern, doch er kam gegen die verdrossene Verbissenheit der Gegenseite nicht an. Immer verbissener aber auch mußte Leibowitz gegen seine eigene Müdigkeit und Resignation ankämpfen, die ihn immer häufiger bedrängte. Denn er ahnte noch nicht, daß die Rassisten viel schwächer waren, als er glaubte.

Die Internationale Arbeiterverteidigung und verschiedene andere Komitees hielten das öffentliche Interesse an dem Fall wach. Nicht nur Generalstaatsanwalt Knight und seine Freunde hatten sich seit Jahren vor aller Welt als mittelalterliche Fanatiker entlarvt – ganz Alabama galt als Musterbeispiel eines reaktionären Regimes, von dem jeder gesittete Mensch mit Ekel und Verachtung sprach.

Nun, wo der von den Rassisten selbst so hochgespielte Fall zu einer wirklichen Staatsaktion geworden war und sich auf die Staatsaktien auszuwirken begann, konnte die Rassistenpartei nicht mehr länger die Augen vor der Tatsache verschließen, daß sie von ihrer bisherigen Politik abrücken mußte, wollte sie nicht den letzten Kredit verlieren.

Noch während des Prozesses erhielt Leibowitz, als er sich kurz in New York aufhielt, eines Abends Besuch.

Es war Generalstaatsanwalt Knight.

»Sam«, begann er, »Sie wundern sich gewiß über mein Kommen. Ich möchte Sie allerdings auch bitten, daß niemand etwas davon erfährt.«

»Wenn Sie es wünschen, Tom. Kognak?«

»Danke. Ich habe lange gezögert, Sie aufzusuchen. Aber wir haben uns ja immer gut verstanden, außerhalb des Gerichtssaals, nicht wahr?«

Leibowitz antwortete nicht.

Knight setzte erneut an. »Ich möchte Ihnen heute einen Vorschlag unterbreiten. Denn ich nehme an, beide Parteien sind daran interessiert, diese Sache endlich zu einem Abschluß zu bringen. Ja, Sie haben richtig gehört, auch ich bin daran interessiert. Dieser Prozeß kostet die Steuerzahler von Alabama eine Menge Geld. Manche Leute bezeichnen ihn bereits als Unfug.«

»Und manche Leute, Tom, beginnen ihn mit dem Faschismus zu vergleichen.«

Knight war nicht in der Stimmung, dieses Argument zu widerlegen. Müde sagte er: »Jedenfalls sollten wir uns zusammensetzen und gemeinsam nach einer Lösung suchen. Damit meine ich natürlich eine Lösung, die Sie zufriedenstellt und uns das Gesicht wahren läßt. Ich will es so offen formulieren.«

»Und wie sähe die Lösung Ihrer Meinung nach aus?«

»Die Anklage würde die Mehrzahl der Angeklagten außer Verfolgung setzen und freilassen.«

»Die Mehrzahl. Aha. Und die übrigen?«

»Ja, zwei oder drei müßten wir schon schuldig sprechen, Sam. Ich würde sagen, zwei, nicht mehr.«

»Und das nennen Sie Recht? Eine faire Lösung?«

»Wir würden natürlich nicht mehr die Todesstrafe fordern!«

»Ach nein, Sie würden nicht mehr die Todesstrafe fordern! Bereits im letzten Prozeß habe ich erzwungen, daß die Todesstrafe nicht mehr ausgesprochen wurde!«

Leibowitz erhob sich brüsk und trat ans Fenster. Er blickte hinaus.

Ein unbehagliches Schweigen breitete sich aus.

Knight versuchte es zu überbrücken: »Sam, wir sollten uns wirklich um einen Kompromiß bemühen ...«

»Kommen Sie doch mal her, Tom«, erwiderte Leibowitz.

Knight ging zum Fenster. Leibowitz deutete hinaus. »Dort unten an der Ecke liegt das vierzehnte Polizeirevier. Der Beamte vom Dienst hat am Tag sicher ein Dutzend Anzeigen zu bearbeiten. Aber in seinen vielen Dienstjahren hat er zu unterscheiden gelernt, ob ein Anzeigender lügt oder nicht.«

»Worauf wollen Sie hinaus?«

»Hätten Victoria Price und Ruby Bates dem Beamten dort unten im Revier erzählt, was sie Ihnen erzählt haben, der Sergeant hätte sie nach fünf Minuten als Lügnerinnen hinausgeworfen. Sie aber bringen es nach fünf Jahren noch nicht fertig, die Wahrheit einzugestehen. Tom, Sie sollten mich besser kennen, ich gehe auf Ihren Kuhhandel nicht ein.«

So nahm der Prozeß seinen Fortgang. Nacheinander wurden die Angeklagten erneut verureilt: Norris zum Tode, Wright zu 99 und Weems zu 55 Jahren Kerker, Powell zu 20 Jahren. Dann setzte der Richter den Prozeß für mehrere Tage aus. Als er fortgeführt wurde, verlas der stellvertretende Generalstaatsanwalt eine Erklärung, in der bekanntgegeben wurde, daß sich die Staatsanwaltschaft entschlossen habe, den Prozeß einzustellen. Sie würde die fünf restlichen Angeklagten freilassen.

Es dauerte noch lange, bis alle neun unschuldig Angeklagten wieder in Freiheit waren. Still und heimlich wurde einer nach dem andern entlassen.

Im Rückblick auf den Scottsboro-Prozeß schrieb Leibowitz' Biograph Quentin Reynolds: »Es mutet wie ein Wunder an, daß alle Jungen sich befleißigten, zu anständigen Bürgern heranzuwachsen. Jahrelang umschichtig geprügelt, durch die Gefängnisse geschleift, konnten sie sich trotzdem ihre innere Würde bewahren.«

4 · DER DESERTEUR

Jeden Morgen, wenn der französische Verleger Jérôme Lindon sein Büro betrat, fand er die Posteingänge bereits sortiert auf dem Schreibtisch vor.

Auch heute türmte sich ein ansehnlicher Berg auf der Tischplatte. Lindon setzte sich. Er hatte die Angewohnheit, zuerst die Briefe zu lesen. Die Päckchen, die meist unaufgefordert eingesandte Manuskripte enthielten, ließ er beiseite, um sich in einer ruhigen Stunde mit ihnen zu beschäftigen.

Gleich am Anfang stieß er auf einen großformatigen Brief, der keinen Absender und keine Adresse trug. Als Lindon den Umschlag öffnete, zog er ein Manuskript heraus, das jedoch nicht sehr umfangreich war.

Während er es zur Seite legte, fiel sein Blick auf den Titel: »Der Deserteur«. Aber auch die Titelseite enthielt keinen Verfassernamen. Wieder einmal anonym. Man sollte so etwas gar nicht erst lesen, überlegte Lindon, ein Haken ist immer dabei.

Gelangweilt schlug er irgendeine Seite auf und überflog einen Absatz.

»Allgemeine Beifallskundgebungen und schmutzige Witze über die Frau des Druckers. Alain nimmt wieder das Wort: ›Wenn ihr nicht sehen wollt, daß unsere Situation dramatisch ist, dann liegt es daran, daß ihr mogelt. Übrigens mogeln wir alle. Wir sind überhaupt nicht mehr aktiv. Vor fünfzig Jahren fanden am Ersten Mai noch erbitterte Streiks statt und blutige Demonstrationen. Noch neunzehnhundertsechsunddreißig waren die Menschen zu kollektiver Begeisterung fähig, damals hatten die Jungens weniger zu verlieren und reagierten schärfer auf Ungerechtigkeiten. Wir jetzt, wir sind Schlafmützen, Egoisten oder Verrückte. Wir denken nur ans Wochenende, an unsere Motorroller, an unser sexuelles

Vergnügen. Mit zwanzig Jahren sind wir schon kleine Spießer. Gemeinschaft? Die ist bei uns ganz klein, sie besteht nur aus der Frau, der Freundin, dem Kind, den Jugendfreunden, der Skatrunde ...‹.«

Das wird wieder so einer aus der jungen Generation sein, dachte Lindon, der in endlosen Reden über die verspießerte bürgerliche Welt herzieht. Ziemlich banal das alles, kein Schwung, kein Stil. Nichts Neues. Pubertätsabsonderungen, anarchistisches Unbehagen. Er wollte das Manuskript schon in den Papierkorb werfen, als sein Auge auf ein Wort fiel, das ihn zum Weiterlesen zwang.

»Kurz, es gibt keine Verantwortung mehr. Und vor allem: um Himmels willen keine Politik! Man kritisiert lieber, ohne persönlich etwas zu riskieren. Ungerechtigkeiten spielen keine Rolle mehr. Wenn einer sich zu sagen erlaubt, für ihn sei der Krieg in Algerien ein Drama, dann hält man ihn für verrückt. Dramen gibt es nicht mehr.«

Lindon blätterte jetzt weiter.

»Ich frage mich, ob wir nicht tatsächlich an diesem Krieg teilnehmen müssen, so reaktionär er auch ist, um besser gegen ihn kämpfen zu können. Theoretisch kann man den Angriff von außen führen, aber wirkungsvoller geschieht es von innen. Wer weiß, ob es nicht auf lange Sicht eine Möglichkeit gibt, eine Widerstandsbewegung innerhalb der Truppe zu organisieren.«

Nachdem Lindon einige Seiten gelesen hatte, merkte er bald, worum es in diesem fragmentarischen Roman ging. Junge Soldaten der französischen Kolonialarmee in Algerien debattierten heftig über das Recht zur Desertion, weil sie nicht mehr länger an der Unterdrückung des um seine Freiheit kämpfenden algerischen Volkes teilnehmen wollten.

Lindon mußte sein Urteil ändern. Er fand das Buch nun gar nicht mehr banal, vordergründig und voller Schlagworte. Die Argumente der jungen Männer, das Für und Wider der Fahnenflucht, ihre philosophischen und ethischen Probleme begannen ihn zu faszinieren. Hier schienen ihm die Gedanken und Stimmungen der jungen Generation genau getroffen.

»Alexander hatte mich in die Enge getrieben. Bewußte Desertion – was er mir da vorschlug, war ungeheuerlich. Sich einsperren zu lassen war schmerzlich. Den verfolgten Jungen der Befreiungsfront zu helfen ein schon weit größeres Risiko. Aber auch das war nur eine Gelegenheitsarbeit. Fahnenflucht jedoch würde das ganze Leben verändern. Man entschied sich damit für einen Kampf von sehr langer Dauer und gab alles auf, was man bisher gewesen war, um ein völlig neues Wesen zu werden. Man konnte für lange Zeit nicht damit rechnen, den Fuß wieder auf französischen Boden zu setzen. Und dann trotzdem weiterzukämpfen bedeutete vielleicht, völlig im Untergrund unterzutauchen, in ständiger Ungewißheit auf Jahre hinaus ein unstetes Leben zu führen ...«

Lindon fühlte sich von diesen Worten angerührt. Es waren die gleichen Gedanken, die auch ihn vor fast zwei Jahrzehnten bewegt hatten, als er sich, kaum zwanzigjährig, der Widerstandsbewegung gegen die faschistischen Okkupanten anschloß. Das war 1943. Damals hatte er gerade den Verlag »Edition du Minuit« übernommen. Noch unter der Hitlerherrschaft, vor allem aber nach der Befreiung hatte er diesem Verlag Weltruf verschafft. Berühmte Namen gehörten zu seinen Autoren: Vercors, Eluard, Aragon. Die literarischen, historischen und philosophischen Werke, die Lindon in den letzten zwei Jahrzehnten herausgegeben hatte, bereicherten das fortschrittliche Gedankengut der französischen Nation.

Lindon war dabei niemals vor der Gefahr zurückgeschreckt, die »heißen Eisen« der Gegenwart anzupacken. Dazu gehörten für das französische Volk alle Probleme, die der Algerienkrieg mit sich brachte. 1957 hatte Lindon Arnauds Enthüllungen über das Schicksal der algerischen Widerstandskämpferin Djamilah Bouhired herausgebracht und dadurch erreicht, daß das Todesurteil gegen die junge Partisanin aufgehoben wurde.

Kurz darauf veröffentlichte Lindon das Buch von Henri Alleg:

»Question« wurde zu einem traurig-sensationellen Welterfolg. Dieser Bericht prangerte die Grausamkeiten der französischen Armee an und bewies, mit welchen scheußlichen Folterungen sie die Araber peinigte.

Seitdem sind drei Jahre vergangen, dachte Lindon, und in diesen drei Jahren hat unsere Armee im Algerienkrieg alle Ideale mit Füßen getreten, für die wir im letzten Krieg gekämpft haben. Könnte dieses Manuskript mit dazu beitragen, die Verbrechen des Algerienkrieges unserem Volk erneut ins Bewußtsein zu rücken?

Wer aber hat dieses Manuskript geschrieben? Jeder Satz bewies, daß der Verfasser das Milieu genau kannte. Ein Literat war das sicher nicht. Ein Angehöriger der Kolonialarmee? Ein Fremdenlegionär? Ein Deserteur?

Im April 1960 erschien in Lindons Verlag »Der Deserteur«. Wenige Tage später wurde die Auslieferung des Romans untersagt und der gesamte Bücherbestand in den Buchhandlungen und im Verlag beschlagnahmt. Der polizeilichen Aktion folgte eine Anklage des Staatsanwalts.

Inzwischen hatte sich herausgestellt, wer den »Deserteur« geschrieben hatte: der frühere Volksschullehrer Hurst. Aber zu seinem Bedauern sah sich der Staatsanwalt nicht in der Lage, dem Schriftsteller einen Prozeß zu machen. Denn Hurst war aus der Kolonialarmee desertiert und befand sich bei der Nationalen Befreiungsfront in Sicherheit. Deshalb stand am 6. Dezember der Verleger Lindon allein vor Gericht. Gegen den Autor wurde der Prozeß in Abwesenheit geführt, allerdings nur hinsichtlich der Veröffentlichung seines Manuskripts. Die Desertion war Angelegenheit des Militärgerichts.

Die Anklage gegen Hurst und Lindon erregte die französische Öffentlichkeit heftig.

Von Anfang an stand fest, daß es hier um einen Angriff auf die Freiheit des Wortes ging. Dem französischen Staat, der sich in seiner Außenpolitik einer immer heftigeren Kritik ausgesetzt sah, kam dieser Prozeß nur allzu gelegen. Bisher war der Staat gegen Autoren und Verleger, die in ihren Schriften den Kolonialkrieg verurteilten, nicht gerichtlich vorgegangen. Nun aber machte ihn die Aussichtslosigkeit des Krieges immer nervöser. Um so empfindlicher reagierte er auf jede öffentliche Kritik. Deshalb war er entschlossen, jetzt eine Art Präzedenzfall zu schaffen: Wenn es gelang, Lindon zu verurteilen, könnte die Grande Nation in Zukunft nach den gleichen Rechtsgrundlagen auch alle anderen Schriftsteller, die die französische Kolonialpolitik verurteilten oder in belletristischen Werken realistisch darstellten, mundtot machen.

Damit erhielt der Fall Lindon eine weit über seine Person hinausgehende politische Bedeutung.

Progressive und konservative Kräfte ergriffen für oder gegen Lindon Partei. In der Presse entbrannte eine heftige Polemik. Aus vielen Ländern erhielt der Verleger Briefe, die ihn aufforderten, die Freiheit der Literatur gegen derartige Angriffe zu verteidigen.

General de Bollardière zum Beispiel versicherte Lindon seiner tiefen Sympathie. Einer der bedeutendsten Pariser Verleger, Gallimard, erklärte mit Nachdruck, es sei die Aufgabe des Verlegers, Bücher herauszubringen, die die Probleme und Konflikte der Gegenwart aufdeckten. Die Wochenzeitschrift »Les Lettres Françaises« sprach dem Gericht rundweg die Fähigkeit ab, sich ein Urteil anzumaßen: »Die Justiz verschanzt sich hinter Sachverständigen-Gutachten, wenn es um Fragen der Ballistik oder Toxikologie geht. Aber sie maßt sich ganz naiv das Recht an, auf dem Gebiet der Literatur, das ihr völlig fremd ist, autoritär zu entscheiden.«

Besonders bemerkenswert wurde der Prozeß dadurch, daß Lindon – obwohl ihm zwei Anwälte zur Seite standen – seine Verteidigung teilweise selbst übernahm, um die gesellschaftlich-ethische Seite dieses Falles vor aller Welt sichtbar zu machen.

So wurde der Angeklagte sein eigener Verteidiger. Um sich zu verteidigen, mußte er jedoch die wirklichen Absichten seiner Gegner enthüllen, mußte er sie schonungslos angreifen. Damit wurde er zum Ankläger der Grande Nation.

Die Anklage stützte sich auf etwa zwanzig Textstellen aus dem »Deserteur«. Sie bediente sich dabei der berüchtigten Methode, einzelne Sätze aus ihrem Zusammenhang zu reißen und sie zur Begründung der Anklage zu benutzen.

Was das Mißfallen der Ankläger am meisten erregte, war die offene Parteilichkeit des Romans. »Nirgends in diesem Buch«, rief der Staatsanwalt empört, »finde ich eine Spur von objektiver Information. Die Objektivität fehlt völlig. Wo ist die Gegenthese dargestellt? Sie werden sie vergeblich suchen. Ich finde keine Spur von Loyalität, deren sich ein Schriftsteller befleißigen muß, wenn von der Armee die Rede ist!«

Zweitens warf er dem Buch vor, es stelle diejenigen als Helden dar, die sich weigern, an dem Krieg gegen das algerische Volk teilzunehmen.

Drittens sah der Staatsanwalt in diesem Buch eine Aufforderung, die Armee zu desorganisieren, Widerstandsgruppen in ihr zu bilden und die Desertion vorzubereiten. So sagte er in seiner Anklageschrift: »Man plant, den Krieg in Algerien zu beenden, indem man ganz offen die französische Armee sabotiert. Das Ziel dieses Buches ist also ein politisches Ziel, es ist eine Provokation, die besonders gefährlich ist und deshalb härter bestraft werden sollte, als es bisher üblich war!«

Der Ruf des Staatsanwalts nach härterer Strafe zeigte, wie nervös die Ankläger bereits geworden waren.

Lindon hatte mit seinen Anwälten einen ebenso einfachen wie logischen Plan festgelegt. Ausgangspunkt der Verteidigung sollte der Vorwurf der Anklage sein, Lindon habe durch die Veröffentlichung des Romans zur Desertion aufgerufen.

Deshalb mußten Lindon und seine Anwälte begründen, warum die Desertion aus der Kolonialarmee die einzige Möglichkeit sei, sich der Teilnahme an einem Verbrechen zu entziehen. Das wiederum verlangte den Nachweis, daß der Algerienkrieg Kriegsverbrechen erzeuge. Allerdings konnte auch ein Lindon nicht so weit gehen, den Krieg gegen das algerische Volk überhaupt in

Frage zu stellen. So beschränkte er sich darauf, die grausamen Folterungen der Araber durch die Legionäre als gesetzwidrig und deshalb als Verbrechen anzuprangern.

Dadurch wollte Lindon beweisen, daß der Kolonialkrieg von jungen Soldaten Handlungen verlangte, die sie als unmenschlich empfinden mußten, denen sie sich aber wegen der militärischen Disziplin nicht entziehen konnten. Deshalb blieb die Flucht aus einer solchen Armee der einzige Ausweg.

Gab es aber einen solchen Konflikt – und die mehr als zweitausend Fälle von Befehlsverweigerung und Desertion im gleichen Jahr bewiesen das –, dann hatte ein Schriftsteller durchaus das Recht, eine so ernste Gewissensfrage literarisch zu gestalten.

Dieser Weg der Verteidigung wurde bereits in Lindons Rede sichtbar, die er bei der Eröffnung des Prozesses hielt und die bald zu einer Auseinandersetzung mit dem Gerichtspräsidenten und dem Staatsanwalt führte.

Auch in der französischen Justiz ist es nicht üblich, dem Angeklagten vor dem Prozeß die Möglichkeit zu einer längeren Erklärung zu geben. Hier geschah es aber, und das zeigt, unter welchem öffentlichen Druck das Gericht stand.

Lindon konnte dadurch sein eigenes Plädoyer halten. Er erklärte: »Jahrelang mußte ich zusehen, wie so viele Ideale, für die wir im letzten Krieg gekämpft haben, in den Dreck gezogen worden sind. Das simpelste dieser Ideale war zweifellos die Verurteilung der Folter.

Ich erlebte, wie selbst unsere Freunde zuerst die Tatsachen zu leugnen begannen, die wir aufdeckten. Als wir Beweise erbrachten, nannten sie sie eine Ausnahme, die nicht die französische Armee als Ganzes beträfe.

Sind die Leute, die die Folter mit dem Elektroschockgerät anwenden, Ausnahmen? Wo fängt die Mittäterschaft an? Hat sich im Oradourprozeß das französische Gericht etwa die Mühe gemacht, jedem einzelnen SS-Mann nachzuweisen, daß er diese oder jene Grausamkeit persönlich begangen habe? Zur Verurteilung genügte der Beweis, daß er *dabeigewesen* und nicht desertiert war!«

Der Präsident unterbrach Lindon: »Glauben Sie, es gäbe kein anderes Mittel, gegen die Folter zu kämpfen, als den jungen Leuten zu sagen, sie sollten desertieren? Darin liegt doch das Problem! Die Frage ist hier nicht, ob gefoltert wird, sondern daß Sie junge Menschen zum Ungehorsam gegen die Regierung anstiften!«

Der Staatsanwalt schaltete sich ein: »Die Tortur ist nur das Aushängeschild. Vielmehr geht es dem Angeklagten darum, die Armee schlechtzumachen und die Unbotmäßigen und Deserteure als Helden hinzustellen!«

Der Präsident wandte sich wieder an Lindon: »Ich habe Ihnen eine ganz präzise Frage gestellt!«

Lindon erwiderte: »Welches sind denn meine Mittel, mit denen ich die Tortur bekämpfen kann? Bücher, Tatsachenberichte, Romane. Der ›Deserteur‹ ist nur ein Glied in einer ganzen Reihe von Veröffentlichungen, die sich gegen die Folterungen in Algerien richten. Aber konnte ich denn nun tatsächlich auf meine Weise die Tortur verurteilen? Nein! Alle Bücher wurden sofort nach ihrem Erscheinen beschlagnahmt! Seit Jahren tut man in unserem Lande so, als gäbe es dieses Problem nicht!«

Der Präsident schien ein schlechtes Gewissen zu haben. Er fühlte sich von diesem Vorwurf persönlich betroffen und beeilte sich zu erklären: »Was die Folter betrifft, nun, da sind wir uns mit Ihnen durchaus einig, Monsieur Lindon. Es wirft Ihnen ja auch niemand vor, daß Sie als Widerstandskämpfer, als Intellektueller und Verleger gegen die Folter sind.«

»Das will ich Ihnen gern glauben«, entgegnete Lindon ruhig, »denn ich kenne nur wenige Leute, die offen bekannt hätten, sie wären für die Tortur. Aber es geht nicht darum zu erklären, daß man dagegen ist, sondern wie man verhindert, daß sie weiterhin angewendet wird. Seit Jahren herrscht bei uns der Zustand, daß Folterungen als gesetzlich und die Kritik daran als ungesetzlich gelten!«

Nach dieser Erklärung Lindons über die Beweggründe seines Handelns teilte er dem Gericht mit, nun würden seine beiden Anwälte den Prozeß für ihn weiterführen.

Die Anwälte waren Rechtsanwalt Rosenfeld und der Vorsitzende der Pariser Anwaltskammer Arrighi. Obwohl der Staatsanwalt und der zweifellos parteiische Gerichtspräsident die Marschroute der Verteidigung fortwährend zu stören versuchten, gelang es den Anwälten doch, sie genau einzuhalten.

Rosenfeld wies zuerst anhand von Gesetzen nach, daß Folterungen auch nach französischem Recht ungesetzlich sind und nach Artikel 303 des Strafgesetzbuches ein Verbrechen darstellen. Er bezog sich auf einen Präzedenzfall, in dem der Generalstaatsanwalt erklärt hatte, ein Soldat sei nur so lange seinem Vorgesetzten Gehorsam schuldig, wie dieser nichts Ungesetzliches von ihm verlange. »Bei dem hier vorliegenden Problem«, bemerkte Rosenfeld, »handelte es sich aber um eine ungesetzliche Forderung: Menschen zu foltern. Mithin war es Ungehorsam gegen einen illegalen Befehl, also kein Ungehorsam!«

Damit trat die Verteidigung in die zweite Etappe ihrer Beweisführung ein: Was waren das eigentlich für Befehle? Wenn sich feststellen ließ, daß französische Soldaten auf Anordnung ihrer Vorgesetzten algerische Gefangene mit eigens dafür hergestellten Geräten folterten, dann konnte man die Tortur nicht mehr als Ausschreitung einzelner Soldaten bezeichnen. Dann war sie eine planmäßige Methode der Kriegsführung, ein organisiertes, staatlich gebilligtes Verbrechen!

Die Verteidigung hatte neun Zeugen benannt. Acht von ihnen waren ehemalige Soldaten, die in Algerien Dienst geleistet hatten. Als neunter Zeuge erschien Nelly Forget.

Nelly Forget war Algerierin. Sie hatte als Fürsorgerin in einem Armenviertel gearbeitet, als sie von Offizieren des I. Fallschirmjägerregiments der Fremdenlegion verhaftet wurde. Man hatte sie in die Villa Susini verschleppt, einen Schreckensort der Tortur. »Bevor überhaupt eine normale Vernehmung stattfand, wurde ich in die Folterkammer gebracht, wo ich der üblichen Behandlung unterworfen wurde, durch Wasser und Elektrizität.«

Nelly Forget blieb vierzig Tage in der Villa. Nachts hörte sie die Menschen unter der Folter schreien. Im Laufe der nächsten Wochen kamen noch weitere zehn Frauen in ihre Zelle, keuchend, verstört, mit irrem Blick, alle auf die gleiche Weise mißhandelt.

Als nächster Zeuge sagte der katholische Priester Voreux aus. Voreux war Militärgeistlicher im Rang eines Leutnants gewesen. Aus Empörung über die barbarische Kriegsführung in Algerien hatte er seinen Dienst quittiert. Er bestätigte, Zeuge vieler Mißhandlungen gewesen zu sein.

M. Teitgen hatte zwei Jahre lang als Polizeichef in Algerien gearbeitet. Dann hatte er sein Amt zur Verfügung gestellt. Er erklärte vor Gericht: »Nach meinen eigenen Beobachtungen kann ich nur bestätigen, daß das, was der Autor des ›Deserteur‹ berichtet, noch längst nicht so entsetzlich ist wie die Wirklichkeit selbst.«

C. Mandron, der nächste Zeuge, hatte von 1958 bis 1960 in Algerien gedient, zuerst als Sanitätssoldat, später als Ausbilder. Rechtsanwalt Rosenberg fragte ihn, ob er persönlich Folterungen erlebt habe. Mandron antwortete: »Ich habe Folterungen erlebt. Ich schlief neben der Folterkammer und hörte ganze Nächte hindurch die Gefangenen stöhnen, denen man sogar das Wasser verweigerte.«

Mandron schilderte dann Einzelheiten. Er bestätigte, auch Kinder und Frauen wurden gemartert. Sie mußten sich nackt ausziehen. Dann setzte man ihren Körper an den empfindlichsten Stellen unter elektrischen Strom.

Mandron sagte ferner aus, Offiziere erteilten die Befehle zur Tortur, und jeder Kommandant war darüber unterrichtet, daß innerhalb seines Befehlsbereichs gefoltert wurde.

Sehr wichtig für die Verteidigung war Mandrons Aussage, daß auch junge Soldaten, die eben erst zur Armee einberufen worden waren, den Befehl zu Folterungen erhielten.

Der Zeuge P. Leuliette, ehemaliger Obergefreiter und mit dem

Militärverdienstkreuz ausgezeichnet, erklärte: »Wir waren in Hussein-Dey einquartiert. Die Folterkammer befand sich in einer ehemaligen Konditorei. Man warf die nackt ausgezogenen Gefangenen in Metallbecken, in denen man früher Bonbons geschmolzen hatte. Dann behandelte man sie mit Strom – den Unterleib, die Geschlechtsteile, die Herzgegend. Oder man führte den Draht in den Mund. Manche bissen infolge des plötzlichen Schmerzes den Draht durch. Deshalb verstärkte man den Draht. Dann gab es Schraubstöcke, die die Handgelenke zerquetschten. Und Wassereimer. Der Kopf wurde so lange unter Wasser gedrückt, bis der Gefangene bereit war auszusagen. Manchmal hängte man die Algerier auch an den Füßen auf, bis das Gesicht ganz schwarz war.«

»Waren solche Folterungen Ausnahmen?« fragte Rosenfeld.

»Am Anfang waren es Ausnahmen. Spätestens neunzehnhundertsechsundfünfzig wurden sie zur Regel!«

Die letzte Zeugenaussage leistete Studienrat LeMeur, ehemaliger Leutnant beim 94. Infanterieregiment in Algerien. Zuerst war er als Ausbilder tätig gewesen. Als man ihn zum »Ordnungsdienst" abkommandierte, weigerte er sich, daran teilzunehmen. Denn Ordnungsdienst bedeutete Einsatz gegen die algerische Befreiungsfront.

Wegen Ungehorsams erhielt er zwei Jahre Festungshaft und wurde dann ins Militärgefängnis von Constantine eingeliefert. Von 64 Algeriern, mit denen er im Gefängnis in Berührung kam, waren 57 gefoltert worden.

LeMeurs Aussage unterschied sich von allen andern durch die kompromißlose Härte seiner Anklage gegen den Kolonialkrieg. Von beklemmender Eindringlichkeit war folgende Episode in seinem Bericht:

»Als mir mein Oberst einen Posten in der algerischen Verwaltung anbot, sagte er: ›Wir müssen den jungen Arabern zeigen, was Frankreich wirklich ist. Wir müssen erreichen, daß sie gern Franzosen sind.‹

Vielleicht interessiert es das Gericht zu erfahren, wie wir diese zivilisatorische Mission erfüllen, wie wir beispielsweise die Algerier dazu bringen, unsere wohlklingende französische Sprache zu erlernen?

Jeder junge Algerier kennt heute bereits eine Handvoll französischer Wörter. Das ist doch eine großartige kulturelle Leistung, nicht wahr?

Möchten Sie nun vielleicht wissen, welche Wörter das sind? ›Verschwunden‹, ›Razzia‹, ›Elektrizität‹, ›Schlauch‹, ›Draht‹! Es ist empörend und furchtbar für mich gewesen, in einem so armen und aufgewühlten Land zum Symbol des Schreckens und der Angst zu werden!«

Richter und Staatsanwalt versuchten, durch Gelächter den Eindruck dieser Worte abzuschwächen. Aber LeMeur ließ sich nicht verwirren. Mit erhobener Stimme rief er: »Man kann nicht zur gleichen Zeit den Folterknecht verurteilen und den, der die Folter anprangert. Wenn Sie Lindon verurteilen, tragen Sie dazu bei, aus Frankreich ein Land der Folterknechte zu machen und aus dem Richterstand eine Behörde, die die Folter als normale Untersuchungsmethode betrachtet!«

LeMeur erhielt einen Verweis.

Die Verteidigung hatte das zweite Ziel erreicht. Sie hatte nachgewiesen, daß die Folter zur alltäglichen Praxis des Kolonialkriegs gehörte und Soldaten den dienstlichen Befehl erhielten, gesetzwidrige, verbrecherische Handlungen auszuführen oder zu dulden.

Das leitete folgerichtig die dritte Etappe der Verteidigung ein.

Wenn feststand, daß Soldaten zum Verbrechen angehalten wurden, und sie wollten diesem Befehl nicht nachkommen – welche Möglichkeiten hatten sie, sich der verbrecherischen Handlung zu entziehen?

Die Verteidigung zeigte, daß es dazu drei Möglichkeiten gebe:

1. Der Soldat protestiert an höherer Stelle gegen einen solchen verbrecherischen Befehl und bittet um eine amtliche Untersuchung und Bestrafung der Schuldigen.

2. Der Soldat verweigert den Befehl.

3. Er desertiert aus der Armee und schließt sich der Befreiungsfront an.

Die Verteidigung bewies, daß die erste Möglichkeit wirkungslos und damit sinnlos war. Sie befragte die Zeugen, was sie persönlich unternommen hätten, um gegen die rechtswidrigen Befehle zu protestieren.

Der Priester Voreux hatte die von ihm beobachteten Vorfälle dem Kommandierenden General gemeldet. Als nichts weiter geschah, beschwerte er sich beim Präsidenten der Republik. Er erhielt keine Antwort. Darauf berichtete er in einer Flugschrift über seine Erlebnisse. Die Broschüre wurde beschlagnahmt.

Der Sanitäter Mandron wandte sich an den Kommandanten seines Militärbezirks. Dieser versprach eine Untersuchung. Die Untersuchung fand nie statt.

Der Zeuge Barnot schickte einen Bericht an das Generalkommando in Oran. Der betreffende Hauptmann, der Folterungen befohlen hatte und von Mandron namhaft gemacht worden war, fuhr mit Barnot in die Wüste, bedrohte ihn mit der Pistole und schlug ihm die Faust ins Gesicht. Anschließend wurde der Offiziersanwärter Barnot degradiert.

»Wenn Sie also, Herr Präsident, papierne Proteste als Möglichkeit bezeichnen, etwas gegen die Folter unternehmen zu können – dann haben Sie hier den Beweis, daß diese Möglichkeit nicht besteht!« erklärte Rosenfeld knapp.

Dann sagte er: »Nun möchte ich begründen, warum auch die zweite Möglichkeit, die Verweigerung rechtswidriger Befehle, völlig wirkungslos ist!«

Wiederum betrat der ehemalige Leutnant LeMeur den Zeugenstand: »Ich habe dem Verteidigungsministerium meine Weigerung, an Vernichtungsaktionen gegen die Befreiungsfront teilzunehmen, schriftlich zur Kenntnis gegeben. Ich wurde daraufhin zu zwei Jahren Gefängnis verurteilt und degradiert.«

Damit hatte die Verteidigung nachgewiesen, daß weder eine

Beschwerde noch die Befehlsverweigerung wirkungsvolle Maßnahmen gegen die gesetzwidrigen Folterungen waren.

Deshalb konnte Rechtsanwalt Rosenfeld in seinem Plädoyer auch die Schlußfolgerung ziehen, die die Verteidigung während des Prozesses so sorgfältig vorbereitet hatte: »Der ernste und peinigende Gewissenskonflikt, den dieses Buch behandelt, besteht darin, ob man die Folter oder den Ungehorsam vorziehen soll.

Wiedergekehrt ist die Zeit der Tortur. Diejenigen, die in der Uniform oder in der Widerstandsbewegung dafür gekämpft haben, daß der Mensch seine Würde behält, können nicht ruhig schlafen, wenn sie daran denken, daß die Tortur abermals Landsleute von uns vergiftet hat. Deshalb gereicht es Männern wie Jérôme Lindon zur Ehre, daß sie den Mut gehabt haben, dieses Problem aufzugreifen. Man sollte sich vor denen verbeugen, die es schaudern macht, daß andere Menschen unter der Folter sterben!«

In seinem Schlußwort bekannte sich Lindon noch einmal entschieden zu seiner »Tat«.

»Kein Soldat und kein Mensch hat das Recht, sich an einem solchen Verbrechen zu beteiligen. Wenn dieses Verbrechen wieder zur Regel geworden ist und die Schuldigen dabei straffrei ausgehen, dann sage ich: Jawohl, hier liegt eine Anstiftung zum Ungehorsam vor. Aber nicht diejenigen stiften zum Widerstand an, die dieses Verbrechen anprangern, sondern die, die es begehen, die es decken und die es befehlen!«

Eine solche Anklage konnte ihm das Gericht nicht verzeihen.

Es verurteilte den Verfasser des Romans, den Volksschullehrer Hurst, in Abwesenheit, und Jérôme Lindon, seinen Verleger, »wegen öffentlicher Anstiftung von Soldaten zum Ungehorsam" zu einer Geldstrafe von 2 000 Franc.

5 · DER ENDLOSE PROZESS

In der Verpackungsabteilung des Arzneimittelwerkes Chemie Grünenthal GmbH in der Nähe von Aachen arbeitet die dreißigjährige Anneliese Härdrich.

Die mittelgoße blonde Frau, die man für gut fünf Jahre älter halten kann, ist froh, eine leichte Arbeit gefunden zu haben. Ihre Tätigkeit ist zwar eintönig, aber sie kann dabei sitzen. Tag für Tag hat sie nichts weiter zu tun, als Gebrauchsanweisungen in Arzneimittelpackungen zu stecken.

Es ist Februar. Seit Wochen schon gehen täglich Tausende von Tablettenröhrchen eines einzigen Medikaments durch Anneliese Härdrichs Hände: ›Contergan‹. Von ihren Kolleginnen hat sie gehört, dieses Mittel wäre der große Schlager von Grünenthal. Jetzt schon würden mindestens zwanzigmal soviel Pillen das Werk verlassen als noch vor einem Jahr.

Die Dreißigjährige hat inzwischen den Zettel gelesen, den sie den Packungen beilegt. Sie erfährt, ›Contergan‹ wirke beruhigend, beseitige Nervosität und Angst und sei völlig unschädlich.

Frau Härdrich kennt Nervosität und Angst nur zu gut: die Nervosität, die sich mit der Angst einstellt, ihre Arbeit nicht zu schaffen.

Manchmal passiert es, daß ein Tablettenröhrchen zu Boden fällt und zerbricht. Anneliese Härdrich steckt sich dann die Tabletten in die Tasche und freut sich, kostenlos zu einer guten Medizin gelangt zu sein. Im Verlauf der nächsten Monate gewöhnt sie sich an, bei jedem Gefühl der Spannung, der Unruhe, der Nervosität eine Tablette zu nehmen. Ernst, ihr Mann, der als Maurer arbeitet, weiß nichts davon. Er könnte sie auslachen, denn er hält nichts von Tabletten, und von ihrer Nervosität möchte sie ihm erst recht nichts sagen.

Im September des Jahres stellt Anneliese Härdrich fest, daß sie schwanger ist. Ihr Mann und sie haben sich schon seit langem ein Kind gewünscht, sie sind glücklich. Insgeheim allerdings fürchtet Anneliese Härdrich, die Schwangerschaft würde sie überfordern, die durch ›Contergan‹ gedämpfte innere Unausgeglichenheit könnte wieder hervorbrechen. Sie hat aufgehört, bei Grünenthal zu arbeiten. Aber die Tabletten nimmt sie weiter, eine am Tag, zwei vor dem Schlafengehen.

Als eine Freundin sagt, eigentlich sollte man doch in der Schwangerschaft keine Medikamente einnehmen, erwidert Anneliese: »Das ist so eine Meinung von früher. Heute kann man völlig unschädliche Mittel herstellen wie dieses ›Contergan‹. Hier, lies doch, hier schreibt sogar ein Arzt, er habe das Mittel an Schwangeren ausprobiert und keinerlei schädliche Folgen festgestellt.«

Die nächsten Monate vergehen ohne Zwischenfälle. ›Contergan‹, der große Beruhiger, ist immer da. Manchmal verspürt Frau Härdrich ein Kribbeln in Händen und Füßen, aber das schreibt sie ihrem augenblicklichen Zustand zu. An einem Apriltag des nächsten Jahres ist es dann soweit. Anneliese Härdrich entbindet zu Hause. Ein Arzt und eine Hebamme sind rechtzeitig zugegen, ihr Mann holt auch noch eine Nachbarin, die sich nützlich machen will. Wegen eines Dammrisses muß der Arzt eine Narkose geben. Er beruhigt den Mann: »Kein Grund zur Aufregung. Die Geburt verläuft völlig normal.«

Härdrich wartet.

Dann hört er den Schrei des Neugeborenen. Aber als er die Tür aufreißt, treibt ihn ein Ruf der Hebamme wieder hinaus. Es ist merkwürdig still auf einmal. Das Kind ist verstummt. Härdrich hört hastige Schritte, Stimmengemurmel, sieht plötzlich die Tür aufgehen und den Arzt hinausstürzen. Härdrich spürt, irgend etwas ist geschehen. Er springt auf, aber der Arzt eilt an ihm vorbei. An der Schwelle wendet er sich um.

»Das Kind muß sofort in die Klinik, ich rufe einen Krankenwagen!«

Er will noch zu einer Erklärung ansetzen, zuckt dann aber in unverständlicher Resignation die Schulter und verläßt die Wohnung.

Härdrich geht ins Schlafzimmer. Seine Frau ist noch nicht aus der Narkose erwacht. Die Hebamme hält ein Bündel in den Händen, Härdrich geht zu ihr, um sich das Kind anzusehen. Die Frau weicht einen Schritt zurück, dann sagt sie stockend, mit abgewendetem Blick: »Eigentlich hätte der Doktor es Ihnen sagen müssen, aber der war ja nicht zu halten.«

»Er will einen Krankenwagen rufen. Was ist denn mit dem Kind, ist es krank? Und überhaupt, ist es ein Junge oder ein Mädchen?«

»Ein Mädchen, Herr Härdrich.«

»Es soll Dagmar heißen«, erwidert der Mann. »Dagmar muß in die Klinik? Warum denn, warum sagen Sie es mir denn nicht?«

»Herr Härdrich, auch in der Klinik wird man dem Kind nicht helfen können. Das Kind ist ...«

Sie bricht ab, dann sagt sie entschlossen: »Dem Kind fehlen beide Beine.«

Der Maurer hat das Gefühl, seine eigenen Beine werden zu Brei. Er muß sich setzen. Er sucht nach einer Zigarette, doch die Hebamme untersagt ihm zu rauchen.

»Aber wie ist denn das möglich?« murmelt der Mann fassungslos. »Wie ist das bloß möglich?«

»Auch die Arme sind nicht in Ordnung, und die Hände sind völlig verkrüppelt.«

Härdrich hat die letzte Mitteilung schon nicht mehr bewußt aufgenommen. Sein einziger Gedanke ist jetzt: Was wird mit Anneliese, wenn sie aufwacht? Wer wird es ihr mitteilen? Muß ich ihr die Wahrheit sagen? Ich habe Angst, es ist zu entsetzlich.

Dann kommt der Krankenwagen. Die Träger bringen das Kind weg. Der Arzt hat sich nicht mehr sehen lassen. Die Hebamme verabschiedet sich, sie will später noch einmal wiederkommen.

Als Frau Härdrich aus der Narkose erwacht, bringt es der Mann nicht fertig, ihr alles zu sagen. Er teilt ihr nur mit, man hätte das Kind in die Klinik bringen müssen. Bedrückt nimmt sie die Nachricht auf, es bleibt ihr nichts übrig, als sich mit dieser Tatsache abzufinden. Mißtrauen stellt sich erst ein, als Woche um Woche vergeht und den Eltern der Besuch ihres Kindes verwehrt wird. Nach acht Wochen endlich kommt Dagmar aus der Klinik. Nun erst erfährt Anneliese Härdrich die bittere Wahrheit ...

Dagmar Härdrich ist eines von etwa 5 000 Kindern in der Bundesrepublik, die von 1959 bis 1962 als Krüppel geboren worden sind.

Man spricht von Mißbildungen. Aber selbst ein weniger verharmlosendes Wort vermag nichts von dem Leid, der Verzweiflung und der Not auszudrücken, die damit in Tausende von Familien eingezogen sind. Wer diese Kinder sieht, denkt an Schreckgestalten auf mittelalterlichen Gemälden, an Breughels Höllenszene oder an Boschs Visionen. Dem einen fehlen die Beine, dem anderen die Arme. Oder die Arme sind verzogen, weil die Knochen zu kurz geraten sind. Einigen wachsen die Hände gleich aus dem Körper, man nennt das den »Robben-Typus«. Bei manchen gleichen die Hände den Klauen eines Ungeheuers. Anderen fehlen die Ohren, oder sie sind trotz Ohren völlig taub. Dann sind Nervenerkrankungen wie Gesichtslähmungen und Gesichtszuckungen beobachtet worden oder Unbeweglichkeit der Augen, die den Kindergesichtern den Ausdruck puppenhafter Erstarrung gibt. Darmverengung und Magenverschluß sind weitere Symptome.

Der erste Fall dieser »epidemischen Dysmelie« – wie dieses gehäuft auftretende Krankheitsbild angeborener Mißbildungen medizinisch genannt wird – wurde 1959 in München festgestellt. Zwar hat es Mißbildungen schon immer gegeben, noch nie aber traten sie in einzelnen Ländern zu ganz bestimmten Zeiten in einem so ungeheuren Umfang auf.

So begannen sich Mediziner und Wissenschaftler bald für diese Erscheinung zu interessieren und nach ihren Ursachen zu forschen. Der erste Wissenschaftler, der sich systematisch mit dieser Krankheit beschäftigte, war Dr. Widukind Lenz, Professor für Humangenetik an der Universität Münster.

Bei seinen ebenso ausgedehnten wie detaillierten Untersuchungen stellte Professor Lenz fest, daß es bei allen Müttern, die solche mißgebildeten Kinder zur Welt brachten, ein einziges gemeinsames Merkmal gab: Sie hatten während ihrer Schwangerschaft ein Beruhigungsmittel namens ›Contergan‹ genommen.

›Contergan‹ ist ein thalidomidhaltiges Schlafmittel, das das Arzneimittelwerk Chemie Grünenthal GmbH Ende 1957 rezeptfrei in den Handel brachte. Es wurde als völlig unschädlich bezeichnet. Aber Dr. Widukind Lenz, damals noch Dozent für Kinderheilkunde, mißtraute diesem Präparat. Als er durch weitere Nachforschungen einen Zusammenhang zwischen der Einnahme von ›Contergan‹ während der Schwangerschaft und den Mißbildungen der Neugeborenen annehmen zu müssen glaubte, war er entschlossen, die Ärzteschaft vor diesem Medikament zu warnen. Am 18. November 1961 äußerte er seinen Verdacht auf einer Tagung der rheinisch-westfälischen Kinderärzte.

Noch ahnte Dr. Lenz nicht, daß er damit in einen Kampf eintrat, der ihn mehr als ein Jahrzehnt beschäftigen und bis an den Rand seiner physischen und moralischen Widerstandskraft führen sollte. Noch konnte er nicht absehen, daß er vorerst als einzelner einen Privatkrieg gegen ein Ungeheuer auf sich nahm, das wie das antike Fabelwesen Hydra unverwundbar erschien: Schlug man ihm einen seiner neun Köpfe ab, wuchsen ihm zwei andere dafür nach. Und erst recht konnte Dr. Lenz nicht vermuten, daß in diesem Fall nicht allein über Schuld und Unschuld der Angeklagten zu befinden war, sondern deutliche Lücken des Strafgesetzes, der Strafprozeßordnung und des Arzneimittelgesetzes der Bundesrepublik Deutschland vorgeführt werden sollten.

Zwei Tage nach seinem Vortrag vor den Kinderärzten hatten Freunde der Chemie Grünenthal die Konzernleitung bereits informiert. Man führte eine Aussprache mit Dr. Lenz, die ergebnislos verlief. Grünenthal war nicht bereit, die Beweise des Arztes zu akzeptieren. Wenige Tage später fand eine vom Innenministerium von Nordrhein-Westfalen einberufene Konferenz statt. Eine Anzahl Ärzte legte weitere Beweise auf den Tisch. Doch das Ministerium sah keine Veranlassung, gegen den weiteren Verkauf der unheilvollen Droge einzuschreiten, obwohl Zehntausende von Bundesbürgern täglich ›Contergan‹ zu sich nahmen.

Dr. Lenz übergab seine Beweise der Presse. Am 26. November berichtete eine große Tageszeitung über den Zusammenhang von ›Contergan‹-Einnahme und Mißbildungen.

Nun erst sah sich Grünenthal gezwungen, das Medikament aus dem Handel zu ziehen.

Ende Dezember 1961 begann die Staatsanwaltschaft Aachen mit Ermittlungen, die sich über sechs Jahre hinziehen sollten. Dabei stellte sich heraus: Etwa 5 000 ›Contergan‹-Kinder sind allein in der Bundesrepublik geboren worden; niemand besaß einen Überblick über die genaue Zahl, geschweige denn über die Namen der Kinder.

Am 27. Mai 1968 erst beginnt der ›Contergan‹-Prozeß. Angeklagt sind sieben leitende Konzernmitglieder. Darin bestand eine der vielen Besonderheiten des Mammutprozesses, denn der Strafprozeß konnte nicht gegen eine Gesellschaft mit beschränkter Haftung geführt werden, sondern wurde gegen sieben Mitarbeiter eines Großunternehmens angestrengt. Aber wer trägt tatsächlich die strafrechtliche Verantwortung in einem Unternehmen solcher Größenordnung?

Die Anklage lautet auf Körperverletzung und fahrlässige Tötung in Tausenden von Fällen.

Den sieben Angeklagten stehen achtzehn Verteidiger zur Seite, routinierte, im Dschungel des Wirtschaftskampfes erfahrene Männer, viele von ihnen Staranwälte der High Society. Als die Staatsanwaltschaft darauf dringt, einige Ersatzanwälte zu benennen – oft kommt nur ein Teil der Verteidiger zum Prozeß –, erklären die Staranwälte, sie würden es zu verhindern wissen, daß Außenseiter in ihre Reihen Eingang fänden. Von Anfang an wird sichtbar, welches Übergewicht die Verteidigung gegenüber der

Anklage besitzt: Drei Staatsanwälten stehen achtzehn Verteidiger gegenüber.

Grünenthal gibt pro Tag durchschnittlich 40 000 Mark für die Verteidigung aus. Die Firma hat sich einen »Generalstab« von etwa vierzig Mitarbeitern geschaffen, vom Stenografen bis zum Informationschef. Diese Gruppe veröffentlicht täglich Protokolle, Stellungnahmen, Lageberichte und informiert aus der Sicht der Firma regelmäßig sechzigtausend Ärzte der Bundesrepublik über den Fortgang des Prozesses.

Hier steht nicht nur ein einzelner Arzneimittelkonzern vor Gericht, sondern vom Ausgang dieses Prozesses sind weitreichende Folgen für die gesamte chemisch-pharmazeutische Industrie der Bundesrepublik zu erwarten.

Im Gerichtssaal erhebt eine Anzahl von Ärzten Anklage gegen das völlig unzulängliche Arzneimittelgesetz der Bundesrepublik.

Die wiederholte Forderung der Ärzteschaft, neue Medikamente nicht für den Massenbedarf freizugeben, sondern sie so lange rezeptpflichtig zu halten, bis sie hinreichend erprobt sind, war bislang auf taube Ohren gestoßen. So kämpfte beispielsweise der Göttinger Pharmakologe Professor Werner Koll als Präsident der Arzneimittelkommission der Ärzteschaft anderthalb Jahrzehnte lang vergeblich gegen dieses unzureichende Arzneimittelgesetz.

Die Sachverständigen wiesen aber auch immer wieder darauf hin, daß die gesetzlichen Prüfungsbestimmungen für neue Arzneimittel völlig veraltet seien und den modernen Erkenntnissen in keiner Weise Rechnung trügen. ›Contergan‹ hätte sich niemals so katastrophal für Tausende von Kindern auswirken können, wenn man im Stadium der Erprobung präzise untersucht hätte, welche Nebenwirkungen die Pillen hervorrufen.

Nun, nachdem die Öffentlichkeit durch den ›Contergan‹-Prozeß alarmiert worden war, stand zu erwarten, daß die Regierung der Forderung nach einem fortschrittlicheren Arzneimittelgesetz endlich nachkommen mußte. Das aber würde den pharmazeutischen Unternehmen mehr Sorgfalt und Gewissenhaftigkeit bei der Entwicklung der Medikamente auferlegen und einen Mehraufwand an Forschung, Experiment und klinischer Erprobung erzwingen.

Nicht umsonst fällt während des Prozeßverlaufes immer wieder der Satz, »daß hier der Ruf der chemisch-pharmazeutischen Industrie auf dem Spiel stehe« – Anlaß genug für diese Branche, alle ihr zur Verfügung stehenden Mittel einzusetzen, um der Anklage eine Niederlage zu bereiten und den Angeklagten zu einem vollen Sieg zu verhelfen.

Es kann hier nicht auf die vielen juristischen Spitzfindigkeiten, Verschleppungsmanöver, Paragraphenreitereien und prozessualen Fallstricke, die in diesem jahrelangen Gerichtsverfahren täglich von neuem zutage traten, eingegangen werden. Im Zusammenhang mit diesem Prozeß interessiert uns hier allein die Rolle des Rechtsanwalts.

Abgesehen von rein politischen Prozessen, ist wohl noch bei keinem Strafverfahren emotional und politisch so erbittert gekämpft worden wie im ›Contergan‹-Prozeß. Dieser Prozeß ist wie ein Magnet, der eine Polarisierung bewirkt: die Polarisierung von Rechtsanwälten in zwei Gruppen, die auf entgegengesetzten Positionen stehen: Hier die Anwälte, die die Konzernleitung verteidigen, und dort die Anwälte, die als Nebenkläger Tausende von geschädigten Familien vertreten und damit selbst zu Anklägern werden. Es gibt heftige Rededuelle zwischen Verteidigern und Staatsanwälten.

Mit allen Mitteln versucht die Verteidigung von Grünenthal, ihrer Mandantschaft zum »Recht« zu verhelfen. Sie schreckt nicht vor der Behauptung zurück, in letzter Konsequenz seien die Mütter selbst schuld am Elend ihrer Kinder. Sie hätten ja keine Pillen zu schlucken brauchen! Dabei verschweigt die Verteidigung aber, mit welchem Riesenaufwand an Werbung Grünenthal die »Wunderdroge ›Contergan‹« angepriesen hatte: Sie sei unschädlicher als Zucker!

Einige Gutachter der Verteidigung, so u. a. der Schweizer Professor Berchie-Rouchaix, erklären die durch das ›Contergan‹ hervorgerufenen Nervenschäden schlicht als eingebildete Modekrankheit, die sich die Opfer selbst eingeredet hätten!

Selbstverständlich läßt sich mit derartigen Methoden keine ernsthafte Verteidigung aufbauen. Aber die Verteidiger setzen ihre Hoffnung sogar auf solche demagogischen Winkelzüge, in der Annahme, einige Leute könnten doch darauf hereinfallen und die Opfer für Schuldige halten.

Ihre eigentliche Stoßkraft richtet die Verteidigung jedoch gegen das strategische Hauptziel der Anklage: wissenschaftlich nachzuweisen, daß ›Contergan‹ eine schädigende Wirkung auf den menschlichen Organismus ausgeübt hat.

Die Anklage versucht, dieses Ziel in mehreren Etappen zu erreichen. Zuerst muß die Kausalität zwischen der Einnahme von ›Contergan‹ und den danach aufgetretenen Schäden bewiesen, also unwiderlegbar festgestellt werden, daß allein das ›Contergan‹ und nichts anderes diese Schäden verursacht hat. Es geht dabei um zwei gesundheitliche Schädigungen: um eine der Polyneuritis ähnliche Nervenerkrankung und um die angeborenen Mißbildungen. Die Untersuchung dieser beiden Schäden kennzeichnet also die zwei Stufen der ersten Prozeßphase.

Hier kommen die Sachverständigen zu Wort, Neurologen und Kliniker, Genetiker und Embryologen. Wochenlang hört man im Gerichtssaal nichts anderes als die Fachgutachten medizinischer Kapazitäten, die sich gegenseitig ihre Autorität durch Rang, Titel und Namen zu beweisen suchen. Kein Mensch versteht diese Gutachten. Immer deutlicher wird die groteske Situation: Richter, die ebensowenig etwas von solchen medizinischen Spezialfragen verstehen wie die Zuhörer im Saal, sollen sich inmitten eines Wusts von naturwissenschaftlichen Argumenten und Gegenbeweisen, Hypothesen und Antithesen ein Urteil über die Schuld der Angeklagten bilden.

Die Verteidigung erkennt hellsichtig hier ihre große Chance.

Sie bietet alles auf, um zu beweisen, daß es zweierlei Arten von Kausalität gebe: eine naturwissenschaftlich feststellbare und eine juristisch verstandene Kausalität. Und sie besitzt auch ihre Experten, die mit einem Anflug von Zynismus das Ziel dieser Strategie offen verkünden, wie etwa einer der Verteidiger, Professor Bruns:

»Die Meinungsverschiedenheiten der Sachverständigen mögen das Verfahren erschweren. Aber letzten Endes ist das kein Grund zur Aufregung. Wenn Sie etwa davon ausgehen, daß bei fünfzig Sachverständigen dreißig sagen, das Mittel war kausal, und zwanzig sagen nein, dann ist es für den Juristen kinderleicht; denn der Jurist ist nicht dazu aufgerufen und erst recht nicht kompetent zu entscheiden, wer von den fünfzig Medizinern recht hat. Für den Juristen ist die Lösung absolut klar: Innerhalb der Medizin ist die Sache umstritten, also ist die Kausalität nicht nachgewiesen, also müssen die Angeklagten freigesprochen werden. Und selbst wenn Kausalität und Verschulden erwiesen wären – dann würde hier immer noch das Strafgesetz fehlen. Es gibt in den Strafgesetzbüchern der Welt keinen Tatbestand analog der Körperverletzung am geborenen Menschen, den man etwa Embryoverletzung nennen könnte.«

Mit solchen und ähnlichen Erklärungen versucht die Verteidigung, den Prozeß in die ihr genehme Richtung zu lenken, so daß im Oktober 1968, nach mehreren Monaten Prozeßdauer, »Die andere Zeitung« resigniert feststellt, die Hoffnungen auf eine juristische Klärung des Prozesses seien inzwischen äußerst gering geworden. Es muß daher wie eine Farce erscheinen, wenn die Anklage in der zweiten Prozeßphase noch versucht, den Angeklagten ihre Schuld nachzuweisen, indem sie erforscht, ob ›Contergan‹ ausreichend erprobt und klinisch genügend getestet worden sei.

Der Ausgang des Prozesses ist längst entschieden. Die Verteidigung sieht ihn so: »Sechs Jahre lang ist ermittelt worden. Wenn alles glatt läuft, dauert dieses Verfahren drei Jahre. Sind neun

Jahre. Ein Jahr Revision, Zurückverweisung ein Jahr. Sind elf. Neuer Prozeß, wenig gerechnet zwei Jahre. Sind dreizehn. Wieder Revision. Vierzehn. Unterstellt, es käme dann zu einer Verurteilung, könnten also nach vierzehn Jahren Zivilprozesse beginnen. Bis zu einem Urteil dauert das mindestens zwei Jahre. Wieder Revision. Vielleicht würde das Urteil aufgehoben. Mindestens ein Jahr für neue Einarbeitung und so weiter und so weiter. Zusammen einundzwanzig Jahre bringe ich Ihnen in so einer Sache bequem hin. Und nach einundzwanzig Jahren kann die Lösung sein, daß die Firma so viel Geld gar nicht hat.«

In dieser Situation als Anwalt der Geschädigten, der Tausende verkrüppelter Kinder, aufzutreten, erscheint wahrlich wie der tragikomische Kampf Don Quichotes gegen die Windmühlenflügel. Diese Anwälte, die als Nebenkläger einen fast aussichtslosen Kleinkrieg gegen den Chemiegiganten führen, opfern Jahre ihres Lebens dem Sieg der Wahrheit und des Rechts. Männer wie die brillanten Rechtsanwälte Dr. Schreiber oder Schulte-Hillen arbeiten ohne Honorar, und so spielt sich in diesem Gerichtssaal, wie »Die Zeit« etwas verbrämt berichtet, ein heftiger fight ab, ein Kampf dieser ehrenhaften Anwälte gegen »die tadellose Eleganzentfaltung des Angeklagten-Verteidiger-Teams ...«

An einzelnen Höhepunkten des Prozesses wird dieser erbitterte Kampf in aller Deutlichkeit sichtbar.

Ein solcher Höhepunkt wird in der zweiten Stufe der ersten Prozeßphase erreicht. Der Hauptgutachter der Anklage, Professor Lenz, hat in einem umfangreichen Gutachten die Kausalität zwischen ›Contergan‹ und Mißbildungen nachgewiesen.

Nachdem Lenz noch einmal auf die Vorgeschichte seiner Entdeckung, ›Contergan‹ sei schuld an den Mißbildungen, eingegangen ist, baut er seine Beweistheorie auf fünf Punkten auf.

Erstens weist er nach, daß es einen deutlich sichtbaren Zusammenhang zwischen den Umsatzziffern des Konzerns und den Mißbildungen gebe. 1957 seien 33 Kilogramm ›Contergan‹ in Deutschland verkauft worden, 1958 bereits mehr als das Zwanzigfache. 1960 waren es bereits knapp 15 000 Kilogramm. Dem rapid angestiegenen Umsatz entsprechend habe auch die Zahl der Mißbildungen rapid zugenommen.

Zweitens: Neun Monate nach Zurückziehen des Medikaments sei die Mißbildungswelle ebenso plötzlich abgeebbt, wie sie 1958 überraschend eingesetzt habe. Ebenso bezeichnend sei die Tatsache, daß diese Mißbildungsepidemie nur in den Ländern aufgetreten sei, in denen ›Contergan‹ gehandelt wurde: in der Bundesrepublik, in Japan, England, Kanada und Schweden.

Drittens weist er auf genaue wissenschaftliche Forschungsergebnisse hin, die in Schweden den Beweis der Kausalität erbracht haben.

Viertens berichtet er über Tierversuche in den USA. Dort hatte man Affenweibchen im Frühstadium der Schwangerschaft ›Contergan‹ gegeben. Sie brachten mißgebildete Nachkommen zur Welt, deren Deformationen denen der menschlichen Kinder glichen.

Fünftens geht er darauf ein, in welcher Weise ›Contergan‹ die krankhaften Veränderungen am menschlichen Embryo verursacht habe. Anhand von neunzig Fällen mißgebildeter Kinder, bei denen die ›Contergan‹-Einnahme der Mütter genau auf den Tag festzulegen war, stellte Lenz einen »Zeitplan« der Kausalität auf. Danach wirkte ›Contergan‹ nur in der Zeit zwischen dem fünfunddreißigsten und vierzigsten Tag der Schwangerschaft, in einer Zeit also, da sich beim Embryo die Extremitäten auszubilden beginnen. Eine einzige Tablette habe unter Umständen genügt, um ein mißgebildetes Kind zur Welt zu bringen.

Natürlich mußte sich das Kreuzfeuer der Verteidigung gegen diese Beweisführung richten.

Wochenlang stellt sich Professor Lenz den Angriffen der Verteidiger, die nicht vor persönlichen Verunglimpfungen zurückschrecken. Ruhig, überlegen und seiner Sache sicher, kontert der Gutachter alle Argumente, die seine Thesen in Zweifel zu ziehen versuchen.

Er findet dabei einen aktiven Mitstreiter in Rechtsanwalt Schulte-Hillen, einem der Nebenkläger.

Während des Prozesses wird immer deutlicher, daß Schulte-Hillen seine Energie aus zwei Quellen schöpft. Schulte-Hillen hat selbst ein ›Contergan‹-Kind. So braucht er nicht den Umweg über Mitleid und Einfühlung, um die Interessen verzweifelter Eltern zu vertreten. Er kennt ihren Kummer, ihre Sorgen, aber auch ihre Ungeduld, mit der sie die Bestrafung der Schuldigen fordern. In einer solchen Lage wird man empfindlich gegenüber den Winkelzügen der Juristen, und als jener schon erwähnte Verteidiger, Professor Bruns, erklärte, man könne die Angeklagten gar nicht zur Rechenschaft ziehen, weil das Delikt der Körperverletzung Ungeborener juristisch nicht faßbar sei, entgegnete ihm Schulte-Hillen mit dem verständlichen Zorn eines Betroffenen: »Wenn mein Sohn, der verkürzte Arme hat und an den Händen weder Daumen noch Zeigefinger, der keine Gallenblase hat und Nierenschäden – wenn er nicht körperverletzt sein soll, möchte ich mal wissen, was Körperverletzung ist!«

Als zweite Quelle erweist sich zweifellos seine politisch-wissenschaftliche Bildung, sein agiles Denken. Er wird deshalb auch von der Verteidigung wütend angegriffen und in erschreckender Manier als »Heckenschütze« diffamiert.

Es erregt Angeklagte und deren Verteidiger an Schulte-Hillen immer wieder, daß er fähig ist, aus dem Gestrüpp von Paragraphen, medizinischen Problemen und taktischen Verdunkelungen das Entscheidende herauszufinden und aufzudecken, was der Gegner unbedingt verhüllen möchte.

Nachdem Lenz in seinem Gutachten zum Beispiel seine fünf Beweise vorgelegt hat, wirft er Grünenthal auch vor, diesem Konzern habe die Rendite höher gestanden als menschliches Interesse.

Diese aus persönlichen Erfahrungen gewonnene Einsicht löst auf der Seite der Schuldigen und ihrer Verteidiger wütende Reaktionen aus. Fieberhaft arbeitet die Verteidigung einen vierundsiebzig Seiten umfassenden Antrag aus, in dem sie fordert, das Gericht solle Lenz für befangen erklären und ihn nicht mehr als Gutachter der Anklage zulassen. Schulte-Hillen, unterstützt von seinem Kollegen, Rechtsanwalt Dr. Schreiber, ebenfalls Nebenkläger, springt für Professor Lenz in die Bresche. Es kommt zu heftigen Duellen zwischen Nebenklägern und Verteidigern der Angeklagten. Diese Auseinandersetzung zeigt Anwälte auf völlig entgegengesetzten Positionen.

Schulte-Hillen verteidigt nicht nur die Person und die Beweisführung von Professor Lenz. Er geht weit darüber hinaus und macht deutlich, daß sich hier in diesem Gerichtssaal ein Kampf abspielt um die Frage, ob Gerechtigkeit käuflich ist.

Das sind Worte, wie man sie in einem Strafprozeß zu dieser Zeit bisher kaum gehört hat.

In seinem Plädoyer für den Gutachter der Anklage, Professor Lenz, erklärt Schulte-Hillen: »Ich bin mir im klaren, Hohes Gericht, daß man nicht nur dem Gericht, sondern uns allen von politischer Seite eine unerhörte Bürde auferlegt hat. Aufgabe der Regierung wäre es gewesen, diese Frage vorab zu klären. Aber das enthebt uns nicht der Verpflichtung, die Ursächlichkeit in diesem Verfahren festzustellen. Neunzehnhunderteinundsechzig war es ein einziger Mann, der im Alleingang dieser riesigen Katastrophe Einhalt gebot. Dieser Mann hat Tausenden von Eltern in der ganzen Welt neuen Mut gegeben und wahrscheinlich Tausenden von Kindern die Gesundheit gerettet. Dieser Mann mußte am vierundzwanzigsten November neunzehnhunderteinundsechzig bei der Diskussion im Innenministerium hören, daß die Firma Grünenthal aus finanziellen Gründen Bedenken hatte, das Mittel aus dem Handel zu ziehen. Professor Lenz hat jahrelang dagegen angekämpft, daß die Wahrheit vehement unterdrückt wurde. Ich betrachte den Ablehnungsantrag der Verteidigung als einen offenen Skandal!

Es gibt daneben aber auch einen versteckten Skandal: die rigorose Ausnutzung finanzieller Macht!

Auch verwahre ich mich entschieden gegen die Tendenz, die in den letzten Tagen in der Presse aufgetreten ist: Ein Urteil könne die Katastrophe auch nicht mehr ungeschehen machen.

Soll denn ein Verfahren daran scheitern, daß eine Katastrophe zu groß gewesen ist?

Umgekehrt: Je größer die Katastrophe war, je schlimmer sie sich für die gesamte Bevölkerung ausgewirkt hat, desto genauer müssen die Ermittlungen geführt werden, um zu ergründen, ob hier ein Verschulden vorliegt. Das Ziel muß sein, in Zukunft derartige Katastrophen zu vermeiden. Wenn aber die Größe dieser Katastrophe den Staatsanwalt – wie die Verteidigung jetzt fordert – daran hindern soll zu untersuchen, ob entweder ein unmittelbares Verschulden vorliegt oder ob an unserem großen Gesellschaftssystem etwas falsch ist – dann habe ich kein Verständnis dafür.«

Und Nebenkläger Dr. Schreiber erklärt, im Ablehnungsantrag der Verteidigung komme die Absicht des Konzerns zum Ausdruck, einen Mann mundtot zu machen, der sich nicht einer erhöhten Rendite unterordne.

In diesem Zusammenhang stellt Anwalt Schulte-Hillen die Frage, ob er noch einmal beweisen müsse, daß Grünenthal mit Hilfe von Geld und wirtschaftlicher Macht ›Contergan‹-freundliche Gutachten manipuliert habe.

Schulte-Hillen ruft damit jene Vorfälle ins Gedächtnis, die immer wieder zu heftigen Zusammenstößen zwischen Anklage und Verteidigung führten. Der Anwalt stellt nämlich während des Prozesses allen Gutachtern, die von der Verteidigung benannt wurden, um die Unschädlichkeit von ›Contergan‹ zu beweisen, eine recht peinliche Frage: »In welcher Beziehung stehen oder standen Sie zur Firma Grünenthal?« Dabei wurden aufschlußreiche Zusammenhänge sichtbar.

Dr. Heinz Esser gehörte zu den Klinikern, die ›Contergan‹ an Klinikpatienten erprobten. Er gab zu, sein Gutachten, in dem die Unschädlichkeit des Medikaments behauptet wurde, nicht durch eigene Versuchsreihen überprüft, sondern unkontrolliert Formulierungen der Firma Grünenthal in sein Gutachten übernommen zu haben.

Der Schweizer Internist Professor Löffler, ebenfalls ein Gutachter der Verteidigung, mußte auf die Fragen Schulte-Hillens zugeben, daß er sich bei seinem Gutachten nicht auf eigene Beobachtungen stützte, sondern auf Angaben, die ihm die Verteidigung zur Verfügung gestellt hatte.

Professor Gottschewski, Leiter eines Max-Planck-Instituts, gab an, für Tierversuche habe sein Institut von Grünenthal eine Zuwendung von 22 000 Mark erhalten. Zwar erklärte Professor Gottschewski, er würde für eine solche Summe nicht seinen guten Ruf als Wissenschaftler riskieren – aber nun war das Wort von der Bestechlichkeit der Wissenschaft gefallen.

Und mit diesem Problem war auch ein Aufsatz des Tübinger Rechtsphilosophen Professor E. Fechner in den Mittelpunkt des Interesses gerückt. Immer wieder wurden von seiten der Anklage und der Nebenkläger die Untersuchungen dieses Juristen zitiert, in denen er einen verhängnisvollen Zusammenhang zwischen Marktstrategien und Wissenschaft nachwies. Fechner erklärte, es lassen sich »drei Hauptgruppen manipulierender Maßnahmen unterscheiden, bei denen es sich durchweg um das Bestreben handelt, auf staatliche Instanzen einzuwirken, um Recht zu manipulieren«.

Erstens erhält die Presse von den Konzernen Subventionen, wodurch die öffentliche Meinung beeinflußt wird. Zweitens nimmt das Unternehmen unmittelbar Einfluß auf gesetzgebende Instanzen, also auf Abgeordnete und Ministerien. Drittens versucht sich die Industrie Einfluß auf die Wissenschaft zu verschaffen. Bei dem großen Ansehen, das die Wissenschaft in der modernen Gesellschaft besitzt, ist diese Methode nach Fechners Ansicht besonders erfolgversprechend.

Fechner nennt zwei Arten der Beeinflussung: »Im einzelnen handelt es sich um die Subventionierung von wissenschaftlichen Instituten und wissenschaftlichen Organisationen (sachliche

Subventionierung) sowie um das persönliche Engagement von Wissenschaftlern in Form von Anstellungsverträgen oder auf dem Wege über die Gutachterpraxis ...«

Fechner geht dann näher auf solche Subventionen ein, die sich jeglicher Kontrolle entziehen. Hier werden »unmittelbare Subventionen gewährt, sei es in Form laufender Beiträge zu allgemeinen Zwecken der Organisation, einmaliger Zuwendungen zu bestimmten Zwecken, laufender Inseratvergaben oder hoch honorierter Gutachteraufträge, die wiederholt an Leiter oder Mitglieder von Instituten und Organisationen verteilt werden. Dabei kommt es auf die Höhe dieser Subventionen im Verhältnis zum regulären Etat der betreffenden Institutionen oder Personen nicht entscheidend an. Schon geringfügige zusätzliche Beiträge können einen Anreiz bieten, derartige Quellen nicht versiegen zu lassen, da sie in ihrer Verwendung meist weniger gebunden sind als die in den öffentlichen Haushalten ausgewiesenen Zuschüsse von amtlichen Stellen.

Auf der anderen Seite geht es um die Frage, ob die menschliche Natur eine so große moralische Widerstandsfähigkeit aufweist, daß sie durch mehrmalige oder laufende Zuwendungen, die in irgendeiner Weise auch persönliche Vorteile darstellen, weder bewußt noch unbewußt in ihrer Wahrheitsforschung und Meinungsbildung zugunsten derjenigen, die diese Vorteile gewähren, beeinflußt wird. Das Ansehen eines Institutsleiters hängt nicht zuletzt auch von der Größe und Leistungsfähigkeit seines Instituts ab. In der Forschung spielen persönliche wie sachliche Mittel eine entscheidende Rolle. Es gibt heute in der Bundesrepublik Institute, die ohne laufende unmittelbare Zuschüsse von wirtschaftlichen Geldgebern ... nicht aufrechterhalten werden können. Stellung und Ansehen des Institutsleiters werden damit unmittelbar abhängig von diesen Zuwendungen, die ihrerseits kaum ohne Einfluß auf dessen subjektive Haltung bleiben ... Es besteht zumindest die Gefahr, daß wissenschaftliche Feststellungen, die sich bei objektiver Auswertung der Forschungen ergeben, unterdrückt werden, wenn sie den Geldgebern abträglich sind ... Solche Gutachten sind dann bekanntlich gefährlich nicht durch das, was sie sagen, sondern durch das, was sie verschweigen.«

Daß diese Untersuchung des Rechtsphilosophen Fechner genau ins Schwarze trifft, zeigt die Tatsache, wie oft Fechners Aufsatz von Anklägern und Nebenklägern zitiert wird. Aber auch die von der Staatsanwaltschaft beschlagnahmten internen Betriebsprotokolle von Grünenthal bestätigen immer wieder, daß die Manipulierung der Wissenschaft zum festen strategischen Programm des Unternehmens gehört. So heißt es in einer Notiz vom 22. Januar 1962: Dr. Werner, ein Mitarbeiter von Grünenthal, habe einen Journalisten, dessen Spezialgebiet die medizinische Berichterstattung sei, so beeinflußt, daß er die Öffentlichkeit »in unserm Sinne orientiert«. In einem Monatsbericht vom Februar 1961 wird notiert: »Die Bemühungen um beschleunigte Beschaffung positiver und die Abänderung negativer Publikationen über ›Contergan‹ wurden gemeinsam mit der Forschungsabteilung intensiv fortgesetzt.«

Der Angeklagte Leufgens schreibt in einem Bericht vom Februar 1962: »In gemeinsamer Beratung mit den Herren der Inlandsabteilung wurde festgestellt, daß alle Ärzte und besonders die Meinungsbildner, die negative Kritik tun, mit aller Kraft bearbeitet werden, um diese Leute umzustimmen oder zumindest zu neutralisieren.«

Am 28. November 1961 empfiehlt Grünenthal, den unliebsamen Kritiker Professor Lenz »vollkommen fertigzumachen«.

In der Aktennotiz eines anderen leitenden Grünenthal-Mitarbeiters wird berichtet, ein Dr. Lang von der Universitätsklinik in Bonn habe ›Contergan‹ geprüft und negative Erfahrungen gemacht, »aber Dr. Lang ist uns wohlwollend verbunden und wird nach außen von seinen Feststellungen keinen Gebrauch machen«.

In einer anderen Notiz wird Klage darüber geführt, daß eine bestimmte medizinische Fachzeitschrift »trotz aller Beeinflussung von unserer Seite« die Veröffentlichung eines ›Contergan‹-freundlichen Gutachtens abgelehnt habe.

Je schärfer die Kritik an ›Contergan‹ wird, um so hektischer werden die Abwehrmaßnahmen des Unternehmens. »Die Löscharbeiten an Unruheherden durch ›Contergan‹ sind ein schwieriges Kapitel«, heißt es im Jahresbericht für 1960, und Anfang 1961 wird ein Sonderbeauftragter des Konzerns zu einer Art »werkseigenen Feuerwehrmanns für die Schwerpunktbearbeitung von Unruheherden« benannt, zwei weitere Mitarbeiter werden ausgeschickt, um Tausende von Ärzten und Apotheken zu überreden, ›Contergan‹ weiterhin zu empfehlen.

Der zweihundertste Sitzungstag des Prozesses findet am 27. Januar 1970 bei Aachen statt. Nur noch gegen fünf Angeklagte wird verhandelt. Einer ist erkrankt, ein weiterer verstorben. Der Prozeß, so scheint es, hat eine Grenze überschritten: Irgendwann übersteigt der Preis für die Annäherung an die Wahrheit den möglichen Gewinn an Erkenntnis. Eine Zeitschrift bemerkt: »Im ›Contergan‹-Prozeß kann niemand mehr siegen, weder die Staatsanwaltschaft noch die Verteidigung der Angeklagten. Eine Verurteilung würde genauso wie ein Freispruch im Schatten der Tatsache stehen, daß jene Kinder die Verlierer sind, die zwischen 1958 und 1962 fehlgebildet geboren wurden.«

Ein Ergebnis ist nicht absehbar.

Der Vorsitzende des Gerichts, Landgerichtsdirektor Weber, erklärt in einer öffentlichen Sitzung, daß es das Gericht »begrüßen würde, wenn ein rechtlich fundierter und vertretbarer Weg beschritten werden kann, der dazu führen würde, daß den Kindern bald, recht bald und nachdrücklich fühlbar geholfen werden könnte.«

Epilog

Auch dieser Prozeß ging zu Ende. Allerdings ohne Urteil. Im Dezember 1979, nach 283 Verhandlungstagen, stellte das Gericht das Strafverfahren ein. Wegen »geringer Schuld« der Angeklagten, lautete die juristische Begründung. Eine Kapitulation der Gerechtigkeit, wie manche meinten? Oder war es doch die Erkenntnis, daß sich Tragödien wie diese ereignen können, ohne daß sie sich auf die individuelle Schuld eines einzelnen, »bösen« Täters zurückführen lassen?

Von einer – strafrechtlich schwer faßbaren – »Pflichtwidrigkeit einer Personenmehrheit« hatte schon die Anklage gesprochen.

Für die geschädigten Kinder und ihre Familien gab es in ihrem namenlosen Leid wenigstens finanzielle Hilfe. Nach zähen Verhandlungen unterschrieben die Chemie Grünenthal GmbH und Rechtsanwalt Dr. Schreiber einen Vergleich: 100 Millionen DM als pauschale Entschädigung. Weitere 100 Millionen zahlte die Bundesregierung. Es war offenbar geworden, daß das mangelhafte Arzneimittelrecht zu der Tragödie beigetragen hatte.

Die mit diesen Mitteln gegründete Stiftung »Hilfswerk für das behinderte Kind« zahlte eine monatliche Rente an etwa 2 500 Leistungsberechtigte. Im Mai 1997 waren die Mittel verbraucht. Seither werden die Renten aus dem Bundeshaushalt finanziert.

Die juristisch vielleicht wichtigste Reaktion auf das Verfahren ließ noch Jahre auf sich warten: Erst 1978 trat das neue Arzneimittelgesetz in Kraft. Wurden Arzneimittel zuvor ohne Prüfung einfach nur registriert, dürfen sie seither in Deutschland nur noch verkauft werden, wenn sie vom Bundesgesundheitsamt zugelassen sind. Qualität, Wirksamkeit und vor allem die Unbedenklichkeit des Mittels sind hierfür nachzuweisen. Kommt es dennoch zu Schäden, können die Geschädigten unter gewissen Voraussetzungen auch dann Schadensersatz verlangen, wenn eine Schuld des pharmazeutischen Unternehmens nicht festgestellt werden kann.

6 · AN EIDES STATT

An einem schwülen Montagmorgen, es war der 10. Juli, griff der englische Rechtsanwalt Godfrey Higgs im Frühstückszimmer seines New-Yorker Hotels nach der Zeitung, um die jüngsten Nachrichten zu lesen. Nachdem er die Meldungen überflogen hatte, blieb sein Blick an einer dicken Balkenüberschrift hängen: »Marigny mordet um 100 000 Dollar!«

Higgs war es, als spürte er einen Stich im Herzen. Marigny hieß einer seiner Klienten; Higgs beriet ihn seit Jahren in geschäftlichen Dingen. Das Bild zeigte, wie zwei Polizeibeamte einen Mann in Handschellen abführten. Darunter stand: »Graf de Marigny auf dem Weg ins Untersuchungsgefängnis von Nassau.«

Nun gab es keinen Zweifel mehr. Der des Mordes Beschuldigte war sein Klient!

Higgs zwang sich zur Ruhe. Sorgfältig las er die Nachricht. Dem Wust von Informationen, skandalöser Aufbauschung und wilden Vermutungen entnahm er folgende Fakten: Graf de Marigny, der sich vor mehreren Jahren in Nassau, einer Hafenstadt auf den britischen Bahamainseln, niedergelassen und einige Hotels erbaut hatte, wurde beschuldigt, seinen Schwiegervater, den Goldminenbesitzer und Multimillionär Oakes, aus Geldgier ermordet zu haben. Die Beweise für seine Täterschaft waren so erdrückend, daß der Polizeichef von Nassau nach mehreren Verhören Marignys Verhaftung angeordnet hatte. Higgs, der selbst aus Nassau stammte, sagte sofort seine New-Yorker Verabredung ab und flog mit dem nächsten Flugzeug auf die Bahamas zurück.

Während des Fluges versuchte er vergeblich, sich den Tathergang vorzustellen. Man hatte den alten Oakes gegen Morgen in seinem Schlafzimmer gefunden. Mit zertrümmertem Schädel lag er auf seinem Bett, das noch glimmend brannte.

Ist Marigny eine solche Tat zuzutrauen, fragte sich Higgs immer wieder. Er merkte, wie sich seine Gedanken im Kreis drehten. Ich kenne Marigny doch seit Jahren, dachte er, ich kenne ihn als ehrlichen Geschäftsmann, als fairen Sportler, als anständigen Menschen. Sicher, er ist sehr selbstbewußt, manchmal fast bis zum Hochmut, sagt rücksichtslos seine Meinung; ich kenne auch seine gelegentlichen Zornesausbrüche. Hieße es, er hätte seinen Schwiegervater in einer erregten Auseinandersetzung niedergeschlagen – das würde mich wohl nicht überraschen. Doch ein nächtlicher Meuchelmord? Und dieses sinnlose Inbrandsetzen der Bettdecke, eine Handlung, die vielleicht einem Irrsinnigen zukäme?

Wo aber beginnt der Irrsinn, grübelte Higgs weiter. Wo ist die Grenze zum Krankhaften? Gab es nicht genug Mörder, die innerlich zerfressen waren von Minderwertigkeitsgefühlen, Angst und Haß, bis zur Stunde ihrer Tat aber für ihre Umwelt als gutmütige, harmlose Bürger galten? Was weiß ich eigentlich von diesem Marigny? Higgs mußte sich eingestehen, daß das nicht sehr viel war, jedenfalls nicht mehr, als was man sich in Marignys Kreisen offen oder versteckt erzählte. Der jetzt zweiunddreißigjährige Marigny war zwar auf der englischen Insel Mauritius geboren, seiner Abstammung nach aber kein Engländer. Seine französischen Vorfahren hatten sich als Siedler auf der Insel niedergelassen und waren auf dem üblichen Wege, durch Zuckerrohrplantagen, reich geworden. Alfred de Marigny hatte trotz dieses Reichtums eine freudlose Jugend gehabt. Die frühe Scheidung seiner Eltern hatte seinen Vater verbittert; Alfred wuchs in Internaten auf, ohne daß sein Vater sich noch um ihn gekümmert hätte. Seine Mutter war mit ihrem Liebhaber nach Paris gezogen. Die sittenstrengen Puritaner in Mauritius sahen in Alfred eine Art Hurensohn, den man meiden mußte. Higgs erinnerte sich, daß Marigny trotzdem mit einem gewissen Stolz von jener Zeit erzählte, da Einsamkeit und Mißtrauen endgültig von ihm Besitz ergriffen hatten. Damals, so hatte Marigny ihm anvertraut, sei ihm bewußt geworden, daß er sich nur auf sich selbst verlassen könne. Higgs ahnte, daß Marignys Stolz nur Ausdruck seiner inneren Verwundbarkeit war und seine gefürchtete Ironie nichts weiter als Notwehr.

Marigny hatte dann in Paris das Studium der Landwirtschaft begonnen, mit seinem wenigen selbstverdienten Geld spekuliert, einen guten Coup gemacht und beschlossen, in die USA zu gehen und dort sein Studium zu beenden. Aber noch vor Abschluß seines Studiums hatte er auf einer Party die Frau kennengelernt, die sein Leben entscheidend verändern sollte: Ruth Fahnestock-Schelmerhorn. Mrs. Fahnestock, die Frau eines mächtigen Bankiers und Mutter eines sechsjährigen Kindes, verliebte sich sofort in diesen jungen Mann, der so ganz anders war als die Männer aus ihren Kreisen – zurückhaltend, verschlossen, wenig zu Komplimenten und Flirts geneigt. Sie setzte es sich in den Kopf, diesen Mann zu erobern, und riskierte dabei alles, was sie besaß: ihr Kind und ihr Vermögen.

Marigny vermochte sich diesem Ansturm von Leidenschaft nicht zu entziehen. Noch im selben Jahr ließ sich Ruth scheiden und heiratete den drei Jahre jüngeren Marigny. Das Ehepaar siedelte auf die Bahamainseln über. Marigny richtete eine Geflügelfarm ein, später baute und erwarb er mehrere Hotels. Als die Bahamainseln zu einem exklusiven Touristenzentrum wurden, erwiesen sich diese Hotels für ihren Besitzer als wahre Goldgruben. Doch von nun an bekam Marigny, der Fremde, der Eingewanderte, den Konkurrenzneid der einheimischen Mitbewerber zu spüren.

Den ersten Schlag gegen Marigny führte der stellvertretende Gouverneur der Insel, Hallinan. Er sperrte Ruths Gelder, die sie sich aus den USA überweisen ließ, denn nach britischem Gesetz legte der Staat seine Hand auf das ausländische Vermögen seiner Bürger. Ruth war Amerikanerin, aber infolge ihrer Heirat mit Marigny, der britischer Staatsbürger war, galt sie als Britin. Higgs erinnerte sich noch mit Vergnügen an den Schachzug der Marignys gegenüber Hallinan: Sie ließen sich formell scheiden, wodurch Ruth wieder ihre amerikanische Staatsbürgerschaft erlangte und ihr Vermögen dem Zugriff Hallinans entzog. Hallinan hatte Marigny diese Niederlage niemals verziehen. Bald aber sollte die formelle Scheidung zu einer wirklichen Trennung werden. Marignys Leidenschaft war seit Jahren der Segelsport. Er hatte dabei eine Meisterschaft gewonnen, nahm an verschiedenen amerikanischen Wettkämpfen teil und erhielt mehrere Preise.

Seine Jacht galt als das schnellste Schiff der Bahamas. Das ärgerte den Millionär Henry Oakes, der zu den großen Wettkämpfen stets auch eine Jacht zu schicken pflegte. Er hätte den Namen Marigny jedoch nicht so oft nennen sollen. Denn Oakes' siebzehnjährige Tochter Nancy begann sich für den erfolgreichen Mann zu interessieren.

Damit geriet Marigny erneut in den Bann einer Frau. Was ihn zu Nancy zog, war vielleicht die Erinnerung an seine eigene freudlose Jugend. Obwohl der alte Oakes zu den reichsten Männern der Welt gehörte, wuchs Nancy in einer Dürftigkeit auf, in der es auch die letzte Stenotypistin des Goldminenbesitzers nicht lange ausgehalten hätte. Nancy besaß drei Kleider, als sie Marigny kennenlernte, das vierte war ein gekürztes ihrer Mutter.

Die Heirat mit Nancy bedeutete die endgültige Trennung von Ruth. Marigny wußte, daß er sich Ruth damit zur unversöhnlichen Feindin gemacht hatte. Um den Vorwurf zu widerlegen, er habe Nancy nicht aus Liebe, sondern ihres Geldes wegen geheiratet – obwohl Nancy bei ihrer Heirat keinen Penny besaß –, ließ er seinen Anwalt Higgs einen Gütertrennungsvertrag aufsetzen. Das bedeutete, Marigny erhob keinen direkten Anspruch auf das Geld, das seine Frau einmal von ihrem Vater erben würde.

Higgs blickte nach unten. Hell stiegen die Inseln aus dem Meer auf. Gleich würde das Flugzeug landen.

War ein anderes Motiv für den Mord denkbar?

Er versuchte sich zu vergegenwärtigen, was er über Marignys Verhältnis zu seinem Schwiegervater wußte. Nancys überraschende Heirat, von der Oakes erst nach vollzogener Trauung durch ein

Telegramm erfuhr, hatte den despotischen und launischen Millionär weniger schockiert, als Nancy befürchtet hatte. Im Gegenteil, Oakes empfand die Heirat als eine Art Husarenstreich, der ihm Hochachtung abnötigte. Später wollte Oakes seinem Schwiegersohn, von dessen geschäftlicher Begabung er sich überzeugt hatte, sogar eine leitende Stellung in seinem weltweiten Bankunternehmen verschaffen. Doch Marigny lehnte ab – er wollte seine Unabhängigkeit bewahren. Oakes war Widerstand gegenüber seinen Plänen nicht gewohnt – und so begann sich das zunächst kameradschaftliche Verhältnis der beiden Männer merklich abzukühlen.

Aber war das Grund für einen Mord?

Higgs würde jetzt auf diese Frage keine Antwort finden. Gleich nach seiner Ankunft mußte er versuchen, mit Marigny selbst zu sprechen.

Die Polizei gab ihm jedoch keine Besuchserlaubnis. Hallinan, der stellvertretende Gouverneur und Leiter der Untersuchungskommission, ließ sich nicht sprechen. Dann erschien Nancy bei Higgs und flehte ihn an, die Verteidigung ihres Mannes zu übernehmen, sie sei von seiner Unschuld fest überzeugt. Erneut suchte Higgs zu seinem Klienten vorzudringen, indem er auf die verfassungsmäßigen Rechte eines Häftlings hinwies, mit seinem Anwalt sprechen zu dürfen. Vergeblich.

Mehrere Tage vergingen. Die Zeitungen warteten mit immer neuen Spekulationen auf. In Nassau gab es nur eine Meinung: Oakes' Mörder heißt Marigny.

Endlich, am achten Tag nach Marignys Verhaftung, erhielt Higgs die Besuchsgenehmigung.

Bestürzt sah er, daß Marigny Fesseln trug. Marigny lächelte etwas mühevoll. »Da sie meine Zunge nicht fesseln konnten, mußten die Hände dafür herhalten. Setzen Sie sich doch, Higgs. Wie geht es meiner Frau?«

Higgs hörte die Angst in Marignys Stimme. Schon vor Tagen hatte die Boulevardpresse berichtet, Nancy habe sich von ihrem

Mann getrennt. Sicherlich hatte man Marigny diese Nachricht zu lesen gegeben.

»Ich habe auch für Ihre Frau eine Sprecherlaubnis erhalten«, erwiderte er. »Sie steht zu Ihnen, sie glaubt an Ihre Unschuld.«

Marigny atmete auf. Nach kurzem Schweigen blickte er Higgs ins Gesicht: »Und Sie? Glauben Sie auch daran?«

Higgs zögerte mit der Antwort einen Augenblick zu lange. Wie ein trotziges Kind wandte sich Marigny von ihm ab und starrte die Wand an. »Marigny«, sagte Higgs ruhig, »bis jetzt glaube ich gar nichts. Ich kann nur hoffen, Sie respektieren diese Antwort.«

»Dann wollen Sie meine Verteidigung nicht übernehmen?« fragte der Häftling, ohne sich umzuwenden.

»Sie wissen, ich bin kein Strafverteidiger. Ich kann Ihnen nur einen Rat geben: Nehmen Sie sich den besten Anwalt, den es in den Staaten gibt.«

»Aber ich vertraue Ihnen, Higgs.«

Higgs ließ sich auf einem Schemel nieder. Behutsam legte er seine Hand auf Marignys Arm. »Bevor ich mich entscheide, müssen Sie mir erzählen, was geschehen ist. Die Beweise, die die Untersuchungskommission bisher veröffentlicht hat, sind vernichtend. Das wissen Sie so gut wie ich. Sie haben kein Alibi für die Zeit des Mordes, und man hat Ihre Fingerabdrücke am Tatort gefunden.«

»Ich schwöre Ihnen beim Leben meiner Frau, ich habe Oakes nicht umgebracht!« schrie Marigny.

»Erzählen Sie mir bitte alles«, erwiderte der Anwalt bestimmt. »Schwüre helfen uns nicht weiter, ich brauche Fakten.« Und erklärend fügte er hinzu: »Bisher hat man mir jede Einsicht in die Akten verweigert. Ich kann daraus vorläufig nur einen Schluß ziehen: daß die Anklage auf schwächeren Füßen steht, als sie es in die Welt hinausposaunt. Ich kann Ihnen nur dann helfen, wenn Sie mir jetzt helfen.«

Marigny hatte ein vorzügliches Gedächtnis. In allen Einzelheiten berichtete er, was in den Tagen vor seiner Verhaftung geschehen war.

Am Abend des 7. Juli – Nancy befand sich seit mehreren Tagen wegen einer Kieferoperation im Krankenhaus – hatte er für einen Architekten, für seinen Freund und Mitarbeiter Georges und einige andere Leute eine kleine Party gegeben. Dann war ein Hurrikan über die Insel gekommen. Beim Versuch, die Fensterladen zu schließen, brach eine Lade ab, streifte Marigny und warf ihn fast zu Boden. Dabei war er für einen Augenblick dem Leuchter, den Georges hielt, zu nahe gekommen und hatte sich einige Haare seines Kinnbartes versengt. Die Party dauerte bis etwa Mitternacht, dann brachen die Gäste einer nach dem andern auf. Schließlich blieben nur Georges, der seine Wohnung in Marignys Haus hatte, dessen Freundin Betty und zwei andere Frauen zurück. Marigny erbot sich, die beiden Frauen heimzufahren. Das war etwa gegen eins. Er setzte sie vor ihrer Wohnung ab und kam gegen halb zwei wieder nach Hause. Georges war bereits fort. Marigny ging über die Außentreppe zu Georges' Wohnung und rief nach seinem Freund. Georges antwortete durch das offene Fenster. Marigny fragte, ob er Betty heimfahren solle, aber Georges erwiderte, das würde er später selbst tun. Marigny kehrte ins Haus zurück und ging zu Bett.

Am nächsten Morgen erfuhr er von der Ermordung seines Schwiegervaters. Er begab sich sofort zu Oakes' Villa, wo sich bereits eine neugierige Menschenmenge angesammelt hatte. Später ließ ihn die Polizei ein. In der Vorhalle wartete er stundenlang und hörte inzwischen, daß der Gouverneur die Bildung einer Untersuchungskommission, mit seinem Stellvertreter Hallinan als Leiter, angeordnet sowie zwei Detektive aus den USA angefordert hätte, Captain Barker und Captain Melchen, die als Mordspezialisten dem Polizeichef von Nassau, Oberst Pemberton, zur Seite stehen sollten.

Gegen Mittag sah er dann zum ersten Mal Captain Barker, der einige belanglose Worte mit ihm wechselte. Marigny fuhr nach Hause. Er traf Georges, der ihm erzählte, er habe in der Stadt allerhand Gerüchte über den mutmaßlichen Täter gehört. Immer wieder würde dabei auch Marignys Name genannt.

Marigny unterbrach seinen Bericht an Rechtsanwalt Higgs und stand auf. Dann fuhr er fort: »Ich lachte. Ich nahm das Gerede nicht ernst. ›Gehen wir essen?‹ fragte ich Georges. Er ging mit. Im Hotel wurde ich ans Telefon gerufen. Oberst Pemberton ließ mir mitteilen, daß ich sofort zu Oakes' Villa kommen solle, man wolle mit mir sprechen. Das war gegen zweiundzwanzig Uhr. Seit dem Mord waren mehr als zwanzig Stunden vergangen. Ich fuhr also hin. Zwei Konstabler brachten mich zur Untersuchungskommission, die in Oakes' Arbeitszimmer saß. Ich habe ein Gefühl für Atmosphären, Higgs. Und gleich bei meinem Eintritt merkte ich an den Blicken dieser Leute, daß sie etwas vorhatten mit mir ...«

»Wollen Sie eine Zigarette?« fragte Higgs.

Marigny schüttelte den Kopf. Er hatte sich wieder gesetzt und begann nun, den Verlauf seiner ersten Vernehmung zu rekapitulieren: »Captain Barker teilte mir mit, nach dem gerichtsmedizinischen Befund sei Oakes nachts zwischen ein und drei Uhr ermordet worden. Barker fragte mich, wann ich die beiden Frauen heimgefahren habe. Ich sagte, so zwischen eins und halb zwei. Barker ließ sich genau den Weg beschreiben. Ich konnte es nicht leugnen, die Fahrt hatte an Oakes' Villa vorbeigeführt. Schlußfolgerung Barkers: Ich sei zur Mordzeit am Tatort gewesen.«

»Moment mal, Marigny«, warf Higgs ein, »dagegen steht doch das Zeugnis Ihres Freundes Georges, der die Zeit Ihrer Rückkehr bestätigen kann!«

»Wenn das so einfach wäre, Tatsachen gegen Vermutungen! Fakten werden hier anscheinend gar nicht berücksichtigt. Und Sie kennen doch meinen Freund Georges, Higgs. Sie wissen, er ist ein Schürzenjäger. Im puritanischen Nassau kommt das einem moralischen Todesurteil gleich. Georges wird als Zeuge nicht ernst genommen. Von Anfang an ließ Barker durchblicken, Georges bestätigte meine Aussage nur, um mir einen Freundschaftsdienst zu erweisen. Deshalb konnte mir Georges' Aussage auch nicht im geringsten helfen, einen zweiten, weit schlimmeren Schuldbeweis zu widerlegen. Bei meiner Vernehmung hatte mich Barker gebeten, einige Haare von mir untersuchen zu dürfen – von Kopf, Bart, Handrücken und Brust. In meiner Anwesenheit legte er sie unters Mikroskop und stellte fest, daß die Bart-, Hand- und Brusthaare versengt waren! Er ließ auch Oberst Lindorpt, der zur Untersuchungskommission gehörte, ins Mikroskop schauen und diese Entdeckung bestätigen. Vergeblich wies ich darauf hin, daß ich mich beim Schließen der Laden während des Hurrikans an einer Kerze verbrannt hatte und daß Georges dies bezeugen könne. Georges' Bestätigung wurde einfach ignoriert!«

Higgs hatte sich einige Notizen gemacht. »Das sind handfeste Indizien gegen Sie. Aber beide wiegen nicht so schwer wie das dritte: Ihre Fingerabdrücke. Als ich Barkers Bericht las, er habe im Mordzimmer Ihre Fingerabdrücke entdeckt – lieber Marigny, Sie werden verstehen, das war auch für mich ein harter Brocken.«

Marignys Schweigen beunruhigte Higgs. Er drängte: »Waren Sie also doch im Mordzimmer?«

»Nein!« rief Marigny, und es klang fast wie ein Aufschrei. »Ich kann Ihnen nur versichern, ich hatte seit Monaten Oakes' Villa nicht mehr betreten. Ich weiß keine Erklärung.«

Higgs hatte sein Notizbuch zugeklappt. »Barker behauptet, es seien frische Fingerabdrücke.«

Marigny schwieg.

»Wann erfuhren Sie von der Entdeckung der Fingerabdrücke?« fragte Higgs.

»Nach der ersten nächtlichen Vernehmung bestellte mich Barker am nächsten Vormittag erneut in die Villa. Im Gegensatz zum ersten Verhör gab sich der Captain höflich und freundlich. Er bot mir Zigaretten an, Getränke, plauderte mit mir, als habe er jeglichen Verdacht gegen mich aufgegeben. Sie können sich meine Erleichterung vorstellen. Nachmittags erschienen zwei Beamte und holten mich zu einer weiteren Vernehmung.

Die gesamte Untersuchungskommission war anwesend: Oberst Pemberton, Oberst Lindorpt, Hallinan, Barker und Melchen. Barker eröffnete mir, er habe bei einer nochmaligen gründlichen

Untersuchung des Mordzimmers an einem chinesischen Wandschirm, der nahe am Bett stehe, einen Fingerabdruck von mir gefunden.«

»*Einen* Abdruck?« fragte Higgs rasch. »In der Presse ist immer die Rede von Fingerabdrücken – also von mehreren.«

»Er sprach von einem einzigen Abdruck. Ich war fassungslos. Ich wiederholte vergeblich, daß ich wegen der Spannungen mit meinem Schwiegervater seit Monaten sein Haus nicht mehr betreten habe. Aber der Haftbefehl war bereits ausgeschrieben. Pemberton ließ mir von den beiden Konstablern Handschellen anlegen und mich ins Untersuchungsgefängnis bringen. Das ist alles, Higgs, mehr kann ich Ihnen nicht sagen, und ich möchte jetzt eine klare Entscheidung von Ihnen: Werden Sie meine Verteidigung übernehmen? – Bevor Sie antworten«, fügte Marigny rasch hinzu, »möchte ich Ihnen noch meine persönliche Meinung über diesen Fall sagen. Ich stehe hier einer festgefügten Front von Feinden gegenüber – Higgs, glauben Sie mir, ich weiß, was ich sage. Diese Leute sind sich aus den unterschiedlichsten Gründen über meine Vernichtung einig. Versuchen Sie bitte nicht, mir einzureden, ich litte unter Haftpsychose. Ich habe vom ersten Augenblick meiner Vernehmung an die Feindseligkeit dieser Untersuchungskommission gespürt. Ihr Leiter, Hallinan, dieser verknöcherte Kolonialoffizier, kennt nur eines: blinden Gehorsam. Er hat mir niemals seine Niederlage verziehen, als er damals seine Hand nach Ruths Vermögen ausstreckte. Er hat mir auch seine zweite Niederlage nicht vergessen, die Sie ihm bereiteten, indem Sie ihn des Verfassungsbruchs überführten, als er mich wegen jenes kritischen Artikels, den ich über die Zustände auf dieser Insel für die Zeitung ›Time Magazine‹ geschrieben hatte, deportieren lassen wollte.«

»Was Hallinan betrifft, so mögen Sie recht haben, Marigny«, erwiderte Higgs. »Aber der Gouverneur, der die Kommission eingesetzt hat, ist doch wohl über jeden Zweifel erhaben.«

»Vergessen Sie nicht, daß er für seine Finanzmanipulationen einen Mann wie Oakes brauchte, daß Oakes und seine Frau im

Haus des Gouverneurs ein und aus gingen, daß meine Schwiegermutter seit der Heirat eifersüchtig greint, ich hätte ihr die Tochter genommen, daß sich meine frühere Frau mit meiner Schwiegermutter zusammengetan hat und mich nach besten Kräften verleumdet und …« Er brach ab und bemerkte: »Das klingt alles absurd, nach Verfolgungswahn, aber Sie wissen doch, die Beziehungen dieser Leute untereinander sind so verfilzt, ihre Intrigen sind so schwer zu beweisen, man ist ihnen einfach wehrlos ausgeliefert.«

Higgs nickte.

»Aber«, wandte er ein, »Captain Barker und Captain Melchen stammen nicht aus Nassau, sie kommen aus den Staaten. Welches Interesse sollten sie an einer nicht objektiven Untersuchung des Mordfalles haben?«

»Sie haben bisher so nachlässig, so dilettantisch gearbeitet, daß sie schließlich einen Mörder vorweisen *mußten*. Und als sie endlich einen gefunden hatten, haben sie pausenlos, in Dutzenden von Presse- und Funkinterviews, versichert, was für tüchtige Burschen sie gewesen seien. Ihr Ruf, ihre Karriere steht und fällt doch mit dem Sieg oder Zusammenbruch ihrer angeblichen Beweisführung!«

Higgs hörte sich spontan sagen: »Wenn Sie es immer noch wünschen, Marigny, übernehme ich Ihre Verteidigung.« Marigny sprang auf. »Sie werden es schaffen, ich bin fest davon überzeugt.«

Higgs unterdrückte einen Seufzer. »Vergessen Sie trotzdem nicht, es ist mein erster Strafprozeß. Ein Prozeß, auf den sich die Skandalpresse der ganzen Welt stürzen wird.«

Wenige Wochen später fand die gerichtliche Voruntersuchung statt, in der die Geschworenen zu entscheiden hatten, ob genügend Beweise gegen Marigny vorlagen, um einen Mordprozeß in die Wege zu leiten.

Higgs ging mit einiger Zuversicht in die Verhandlung. Er kannte die schwächste Stelle der Anklage: Noch immer war sie nicht in der Lage, ein glaubwürdiges Motiv nachzuweisen, das Marigny zu dem scheußlichen Verbrechen getrieben haben sollte. Zwar hätte Captain Melchen in der Voruntersuchung gern ein solches Motiv konstruiert. Er verwies darauf, daß Marignys frühere Frau Ruth kürzlich einen Prozeß gegen ihn angestrengt habe, in dem sie auf die Besitzherausgabe von hunderttausend Dollar klagte. Marigny habe nicht so viel Geld besessen. Deshalb sei es möglich, daß er sich durch den Mord an Oakes in den Besitz dieser Summe bringen wollte.

»Sie scheinen zu glauben, Oakes habe hunderttausend Dollar einfach in der Hosentasche mit sich herumgetragen. Also brauchte man ihn nur zu erschlagen, in seine Tasche zu greifen, und schon war man um hunderttausend Dollar reicher«, erwiderte Higgs ironisch.

»So habe ich es nicht aufgefaßt«, sagte Melchen.

»Wie dann? Ich kenne meinen Mandanten seit Jahren, und ich kenne auch seinen Schwiegervater. Hätte Marigny wirklich Geld gebraucht, so hätte er nur die Stellung anzunehmen brauchen, die ihm Oakes angeboten hatte. Er hätte dann genug Geld zur Verfügung gehabt. Aber von einem toten Oakes hatte Marigny doch kaum etwas zu erhoffen. Der Gütertrennungsvertrag zwischen Marigny und Nancy gibt Marigny keine Möglichkeit, vom Tode seines Schwiegervaters direkt zu profitieren.«

»Sie drücken sich da sehr vorsichtig aus, Mr. Higgs«, entgegnete Melchen trocken. »Dieser Gütertrennungsvertrag kann eine raffinierte Finte des Angeklagten gewesen sein, um später sagen zu können: Ich profitiere ja nicht vom Tod meines Schwiegervaters, also hatte ich keinen Grund, ihn umzubringen! Mit juristischen Spitzfindigkeiten über einen Gütertrennungsvertrag wollen wir uns doch hier nicht aufhalten! Marigny steht sich gut mit seiner Frau. Wenn sie die Millionen ihres Vaters erbt, hat er schon seinen Nutzen davon, direkt oder indirekt, das ist doch ziemlich gleichgültig. Das Geld bleibt jedenfalls in der Familie!«

Higgs zuckte mit den Schultern und wandte sich nun einem anderen Problem zu. Bei seinen Gesprächen mit Marigny war er auf einen Widerspruch zwischen Bericht und Vernehmungsprotokollen gestoßen. Noch war er sich über den Grund und die Bedeutung dieses Widerspruchs nicht klar. Also mußte er versuchen, sich im Kreuzverhör langsam heranzutasten. Higgs fragte den Captain: »Captain Melchen, wann vernahmen Sie und Captain Barker den Angeklagten zum letzten Mal?«

»Am Freitagnachmittag, zwei Tage nach der Entdeckung der Tat.«

»Um welche Zeit?«

»Ungefähr halb fünf.«

Higgs nickte. In diesem Augenblick hörte er Marignys Stimme aufgeregt hinter sich: »Higgs! Das stimmt nicht!« Higgs wandte sich um, hob mit einer beruhigenden Geste die Hand und sagte dann zum Vorsitzenden: »Ich bitte jetzt den Zeugen der Anklage, Captain Barker, zum Kreuzverhör.«

Barker betrat den Zeugenstand.

»Sie also haben die Fingerabdrücke im Mordzimmer entdeckt?«

»Jawohl, auf dem chinesischen Wandschirm, der neben dem Bett des Ermordeten stand. Ich fand etwa fünfzig Abdrücke darauf, von Sir Oakes, der Dienerschaft und einen schließlich auch von Marigny.«

»Um welche Zeit entdeckten Sie den Abdruck?«

»Am Freitagvormittag, gegen elf.«

»Unmöglich!« rief Marigny und sprang auf. »Um elf waren Sie mit dabei, als mich Melchen verhörte!«

Melchen erhob sich langsam von der Zeugenbank und sagte: »Sie irren sich da bestimmt, Marigny. Ihre Vernehmung fand nicht vormittags, sondern am Nachmittag statt – nachdem Barker Ihren Fingerabdruck entdeckt hatte.«

Marigny fuhr sich nervös mit der Hand durch das Haar und wandte sich wieder Barker zu: »Sie müssen sich doch daran erinnern, Barker!«

»*Ich* erinnere mich genau«, erwiderte Barker. »Aber anscheinend hat *Ihre* Erinnerung etwas gelitten.«

Der Vorsitzende unterbrach Marignys Auseinandersetzung mit den Zeugen der Anklage. Er forderte Higgs auf, sein Kreuzverhör fortzusetzen. Während der Anwalt rasch versuchte, eine Erklärung für diese Widersprüche zu finden und die Fortsetzung seines Verhörs darauf abzustimmen, hörte er plötzlich, wie Marigny hinter ihm mit sich fast überschlagender Stimme rief: »Sie Schwein, Sie gemeines, dreckiges Schwein!« Marigny wies mit ausgestrecktem Arm auf Barker. »Am Vormittag vernahmen Sie mich! Ohne Erfolg! Sie boten mir Ihre Zigaretten an! Was hatten Sie in das verdammte Kraut getan, daß ich danach so durstig wurde und zu trinken verlangte? Was haben Sie mit dem Wasserglas gemacht, das Sie mir brachten? Sind Sie auf diese Weise zu meinem Fingerabdruck gekommen?«

Nur verschwommen nahm Higgs den Tumult wahr, der sich nach diesen Worten erhob. Er sah nicht die Finger, die auf Marigny zeigten, er hörte die Rufe der Leute nicht, nicht den Hammer des Vorsitzenden, der vergeblich die Ruhe wiederherzustellen versuchte. Higgs dachte nur eins: Das ist die Lösung!

Er wandte sich zu Marigny um und fragte leise: »Marigny, denken Sie nach. Gibt es noch irgendeinen Beweis, daß Sie an jenem Tag zweimal verhört worden sind, vormittags und nachmittags?«

»Natürlich«, erwiderte Marigny, » die beiden Konstabler waren ja dabei.«

»Kennen Sie ihre Namen?«

»Knowles und Tynes.«

Higgs nickte. »Jetzt haben wir Barker in der Zange und lassen nicht mehr locker.« Higgs hob den Arm. Langsam legte sich der Lärm.

Noch bevor Higgs seinen Antrag stellen konnte, rief der Anklagevertreter Adderley: »Ich erhebe schärfsten Protest gegen dieses Verhalten des Angeklagten. Aber er hat nun vor unser aller Augen die zynische Skrupellosigkeit bewiesen, mit der er von seiner Tat abzulenken und über jeden Zweifel erhabene Zeugen zu verdächtigen sucht!«

Higgs entgegnete ihm: »Nun, Sir, wir sind in der Lage, Beweise auf den Tisch zu legen!« Er wandte sich an den Vorsitzenden und beantragte, Knowles und Tynes sofort als Zeugen vorzuladen.

Während der kurzen Verhandlungspause, die bis zum Eintreffen der Zeugen notwendig wurde, unterhielt sich Higgs mit seinem Mandanten. Marigny hoffte, daß jetzt eine erste Bresche in die Front seiner Feinde geschlagen war. »Sie werden sehen, Higgs, Sie können sich auf mein Gedächtnis verlassen.« Higgs nickte. Marignys Zuversicht gab auch ihm ein Gefühl der Sicherheit und Stärke. Vielleicht war das die Wende, und es würde niemals zu einem Prozeß kommen.

»Trotzdem verstehe ich immer noch nicht«, sagte Marigny, »warum Barker und Melchen so hartnäckig leugnen, daß sie mich nicht am Vormittag, sondern lediglich nach meiner Verhaftung am Nachmittag verhört haben.«

»Ich glaube, die Erklärung ist ganz einfach. Barker besaß keinerlei Beweise gegen Sie. Er sah seinen Versuch gescheitert, Sie zu überführen, obwohl er alle seine Energie nur darauf konzentriert hatte, Ihnen die Täterschaft nachzuweisen.«

»Also beschaffte er sich, um nicht mit leeren Händen dazustehen, vormittags einen Fingerabdruck von mir und legte ihn am Nachmittag der Kommission als Beweisstück vor!«

Higgs antwortete nicht. Marignys Gedanke entsprach seinen eigenen Schlußfolgerungen. Aber sollte Barker seine Beweise wirklich auf eine so beispiellos heimtückische Art manipuliert haben? Dann natürlich mußte er leugnen, daß es ein Verhör am Vormittag gegeben hatte, dessen Fiasko ihn zu solch einem verzweifelten Schritt trieb. Diese Überlegungen, dachte Higgs, sind zwar in sich völlig logisch. Doch er war sich klar darüber, daß diese Logik zugleich die Annahme eines ungeheuerlichen Rechtsbruchs durch zwei Kriminalbeamte voraussetzte. Und vor einer solchen Annahme schreckte er einfach zurück.

Marigny schien nichts von seinen Bedenken zu ahnen. Er sagte: »Nur eines verstehe ich nicht. Wie hat Barker meinen

Fingerabdruck von dem Wasserglas auf den Wandschirm übertragen?«

»Das ist meine geringste Sorge«, antwortete Higgs ungeduldig, »jetzt kommt alles darauf an, Barker der Lüge zu überführen, und ich hoffe nur, daß uns die beiden Konstabler dabei helfen werden.«

Nachdem die beiden Zeugen erschienen waren, beantragte Higgs, sie zu vereidigen. Die Beamten betraten den Zeugenstand und legten ihren Eid ab. Der Vorsitzende belehrte sie über die Folgen einer wissentlich falschen Aussage. Dann stellte er die Polizisten Higgs zur Verfügung.

»Wer von Ihnen hielt am Freitag, an jenem Tag also, als Marigny verhaftet wurde, im Vorsaal Wache?«

»Ich«, sagte Knowles.

»Demnach bewachten Sie das Mordzimmer«, wandte sich Higgs an Tynes, »in dem Marignys Vernehmung stattfand?«

»Ja, Sir.«

»Wie lange taten Sie am Freitag Dienst, Mr. Knowles?«

»Den ganzen Tag.«

»Und Sie, Mr. Tynes?«

»Ebenfalls, Sir«, antwortete Tynes.

»Dann sahen Sie also beide, wie Captain Melchen und Captain Barker mit Mr. Marigny zur Vernehmung ins Mordzimmer gingen?«

»Ja, Sir.«

Als sei es eine ganz nebensächliche Sache, stellte nun Higgs die entscheidende Frage: »Wissen Sie noch, wann das war?«

»Ja, Sir«, erwiderte Tynes. »Am Nachmittag, so gegen vier oder halb fünf.«

Higgs war es, als habe er einen Schlag auf den Kopf erhalten. In einer reflexhaften Bewegung wandte er sich zu Marigny um, der mit weit aufgerissenen Augen Tynes anstarrte. Marignys Schock wirkte so echt, daß Higgs erneut schwankend wurde. Er verließ seinen Platz und trat dicht vor den Polizeibeamten. Der im Saal entstandene Lärm hatte sich inzwischen wieder gelegt. Halblaut, aber so, daß jeder es hören konnte, sagte Higgs zu Tynes: »Mann, haben Sie vergessen, daß Sie unter Eid aussagen?«

Tynes blickte Higgs ruhig an. »Mr. Marigny wurde nur einmal vernommen, am Nachmittag gegen vier.«

»Genauso war es«, fügte Knowles hinzu.

Für einen Augenblick stand Higgs unschlüssig da. Verzweifelt wurde ihm seine Unerfahrenheit in Strafprozessen bewußt, seine mangelnde Wendigkeit, seine Unfähigkeit im Gebrauch all jener Tricks, mit denen routinierte Anwälte die Zeugen verwirren und dadurch selbst Gangster und Massenmörder vor dem Strick retten.

Du darfst nicht aufgeben, du darfst nicht, sagte er eindringlich zu sich selbst. Während er auf seinen Platz zurückging, suchte er fieberhaft nach einem Ausweg. Und wirklich glaubte er ihn gefunden zu haben. Er wandte sich an den Vorsitzenden: »Die Antwort auf meine Frage ist von so großer Bedeutung für die Wahrheitsfindung, Sir, daß ich auch noch die Vereidigung von Captain Barker und Captain Melchen beantrage.«

Der Vorsitzende blickte zum Anklagevertreter. Adderley nickte. »Dem Antrag wird stattgegeben«, sagte der Vorsitzende. Barker und Melchen betraten den Zeugenstand. Der Vorsitzende belehrte sie über die Folgen einer falschen Aussage unter Eid. Die beiden Detektive leisteten den Eid.

Wieder trat Higgs dicht vor die Zeugen. Er blickte in das harte, vierkantige Gesicht Barkers und sagte: »Captain, Sie stehen jetzt unter Eid.«

Es war Higgs, als lächle ihn der Captain leicht belustigt an. »Ich bin bereits darüber belehrt worden, Sir.«

»Dann frage ich Sie: Bleiben Sie bei Ihrer Aussage, es habe an jenem Freitag nur *eine* Vernehmung, und zwar nachmittags, stattgefunden?«

»Nur eine, am Nachmittag.«

Higgs richtete mechanisch seinen Blick auf Melchen, der, ohne daß Higgs seine Frage zu stellen brauchte, erklärte: »Auch ich habe meiner Aussage nichts hinzuzufügen.«

Higgs wußte, seine Niederlage stand nun fest. Und so war es auch. Die Voruntersuchung bestätigte die Anklage. Der Mordprozeß gegen Marigny würde in zwei Monaten stattfinden.

An diesem Abend war der Anwalt in niedergeschlagener, fast verzweifelter Stimmung. Sollte er den aussichtslosen Kampf fortführen oder die Verteidigung niederlegen? Die Sympathiegefühle für seinen langjährigen Klienten stritten mit dem Zweifel an dessen Unschuld. Marigny zu glauben bedeutete anzunehmen, daß vier Polizeibeamte niederträchtig logen, ja noch mehr: daß hier eine staatlich gebilligte Verschwörung vom kleinen Konstabler bis zum Gouverneur im Gange war. Sollte dies tatsächlich stimmen, dann durfte er nicht aufgeben, dann mußte er alles tun, um Marigny zu retten. Wem aber sollte er glauben, wem? Den Polizeibeamten, den Detektiven, deren Beruf es war, das Recht zu verteidigen, oder einem Mann, für dessen verbrecherische Tat jene Gesetzeshüter sichere Beweise hatten?

Higgs griff zum Telefon. Er rief Callander an, einen jungen Anwalt, mit dem er schon mehrfach zusammengearbeitet hatte, und bat ihn zu sich.

Während er noch auf seinen Kollegen wartete, ließ sich Nancy Marigny melden. Sehr bald spürte sie Higgs' Unentschlossenheit.

»Mr. Higgs, Sie dürfen jetzt nicht aufgeben. Ich habe meinen Mann während des Prozesses nicht aus den Augen gelassen, seine Empörung über die Lügen der Polizisten war so natürlich, so echt ...«

Dann erschien Callander. Higgs berichtete ihm in Nancys Gegenwart vom Verlauf des Prozesses, ohne ihm seine Zweifel zu verheimlichen. Der junge Anwalt merkte sehr bald, warum ihn der Ältere zu sich gerufen hatte. Er brauchte seinen Rat.

Behutsam begann er: »Ich verstehe Ihre Lage, Higgs. Ich verstehe Sie, wenn ich die Dinge mit Ihren Augen sehe. Sie sind nur dann bereit, die Verteidigung fortzuführen, wenn Sie fest von Marignys Unschuld überzeugt sind. Ein ehrenwerter Standpunkt. Aber ich bin da anderer Meinung. Warum muß denn der Anwalt selbst glauben, was er sagt! Der Anwalt hat die Munition zu sammeln, mit der er die Anklage, verdammt noch mal, zu durchlöchern hat.«

»Nein, Callander, nein. Sehen Sie, ich brauche dieses Gefühl, daß ich mich auf meinen Mandanten verlassen kann.«

»Ja, Sie möchten für eine gerechte Sache kämpfen, statt den Geschworenen Ihre Version des Rechts beizubringen.«

»Ich kann mich nur dann mit meiner ganzen Person einsetzen, wenn ich überzeugt bin, das Recht ist auf meiner Seite.«

»Dann sollten Sie vielleicht doch lieber die Verteidigung niederlegen«, sagte Callander kühl.

»Sie zweifeln also auch an der Unschuld meines Mannes?« rief Nancy unbeherrscht. Callander zuckte die Schultern. »Ich kann nicht zweifeln, weil ich nichts weiß. Wenn die Wahrheit schon vor dem Prozeß feststünde, wozu brauchten wir dann überhaupt noch einen Prozeß?«

»Da irren Sie sich, Callander«, widersprach Higgs. »Die meisten Fälle werden nicht erst im Gerichtssaal entschieden, sondern vorher.«

»Ich würde Ihnen gern das Gegenteil beweisen.«

Higgs blickte Callander forschend an. »Soll das heißen, Callander, daß Sie an meine Seite treten wollen?«

»Genau das soll es heißen.« Er fügte hinzu: »Mordfälle sind nun mal das Interessanteste in unserer Arbeit, weil es da um Leben und Tod geht.«

Nancy erhob sich abrupt.

Callander ergriff ihre Hand und sagte in einem unerwartet warmen Ton: »Liebe Nancy, ich habe nur gesagt, was wir alle denken, jedoch nicht auszusprechen wagen. Verlangen Sie um Himmels willen kein Bekenntnis von mir, ob ich Ihren Mann für unschuldig halte. Ich weiß es nicht. Aber ich werde Munition sammeln, mit der wir hoffentlich verdammt gut schießen werden.«

Das Telefon klingelte. Higgs griff zum Hörer. Callander holte eine Whiskyflasche vom Bücherregal und goß Nancy, Higgs und sich einen Schluck ein. Schweigend erwarteten die beiden das Ende des Telefonats. Endlich legte Higgs den Hörer auf. In einem Zug trank er sein Glas aus, dann sagte er: »Das war Miller, der Gefängnisdirektor. Hallinan hat vorhin überraschend eine neue Vernehmung Marignys angeordnet, und zwar im Rathaussaal. Hallinan gab Miller den ausdrücklichen Befehl, Marigny ohne große Eskorte dorthin zu bringen. Der Direktor hatte inzwischen erfahren, daß sich vor dem Rathaus eine große Menschenmenge angesammelt hatte. Nun konnte er sich einen Reim auf diesen merkwürdigen Befehl machen. Man hatte die Menge in eine richtige Lynchstimmung versetzt und erwartete eine bestimmte Reaktion. Marignys Tod – das wäre für Hallinan und seine Kumpane sicherlich die bequemste Lösung gewesen. Aber Miller ordnete großen Geleitschutz für Marigny an, so daß niemand wagte, sich an ihm zu vergreifen.«

In das drückende Schweigen hinein sagte Callander: »Welche Angst müssen diese Leute vor einem Prozeß haben, wenn sie zu solchen Mitteln greifen. Und da wollen Sie kapitulieren, Higgs?«

Higgs fuhr fort: »Das ist noch nicht alles. Miller hat einen Sohn. Der arbeitet als Polizeioffizier in Afrika. Seine Spezialität: Fingerabdrücke. Er verbringt gerade seinen Urlaub in Nassau und hat sich unseren Prozeß angehört. Sein Vater richtete es ein, daß er von Marigny einen Fingerabdruck nehmen konnte. Dann verglich Miller junior diesen Abdruck mit der Kopie des Abdrucks vom Wandschirm. Er sagte zu seinem Vater: Marignys Verteidiger sollte sich ein Modell des Wandschirms anfertigen lassen und es einem Fingerabdruckexperten zum Vergleich vorlegen.«

»Das ist 'ne Patrone für meinen Colt!« rief Callander fröhlich.

Higgs wehrte ab: »Es gibt auch Platzpatronen, Callander.«

Callander grinste und wandte sich zu Nancy: »Merken Sie's? Er will unsern Optimismus bremsen. Aber ich wette, bei Ihnen hat er damit keinen Erfolg.«

In den nächsten Tagen entwickelten die beiden Anwälte ihren Feldzugsplan. Sie verzichteten von Anfang an darauf, nach neuen Beweisen für Marignys Unschuld zu suchen. »Das ist nicht unsere Aufgabe«, meinte Callander, »Alibibeweise und dieses ganze Arsenal lückenloser Logik. Wir müssen die Hypothese der Anklage zerschlagen, bis nichts mehr übrigbleibt. Wir kommen nur dann weiter, wenn wir jede Behauptung, jeden angeblichen Beweis des Staatsanwalts in Frage stellen. Nichts hinnehmen! Alles bezweifeln! Und beim wichtigsten Indiz fangen wir an, beim Fingerabdruck!«

Callanders Elan gab Higgs neue Zuversicht. Noch in der gleichen Woche fuhr er in die Vereinigten Staaten, um die drei wichtigsten Aufgaben in Angriff zu nehmen, die die Verteidigung zu bewältigen hatte: den Beweis der Anklage hinsichtlich des Fingerabdrucks zu widerlegen, den Beweis hinsichtlich der versengten Bart-, Brust- und Kopfhaare zu zerschlagen und die Arbeitsmoral Captain Barkers bis ins kleinste Detail zu überprüfen. Higgs war sich darüber klar, daß das weit über die übliche Routine eines Strafverteidigers hinausging: daß er, allein auf sich gestellt, ohne Unterstützung der Behörden, ja mehr oder weniger offen gegen sie, eine Arbeit zu leisten hatte, die eigentlich Aufgabe der Kriminalpolizei und der gerichtlichen Ermittlung gewesen wäre.

Der Anwalt mußte zum Detektiv werden. Es galt nun, Leute zu finden und zur Mitarbeit zu gewinnen, die ihm mit kriminalistischer Erfahrung helfen konnten.

Zwei Wochen vor Beginn des Prozesses kehrte Higgs aus den USA nach Nassau zurück. Mit ihm kamen zwei Männer, auf deren Scharfsinn er sich verlassen zu können glaubte. Der eine, Professor Leonhard Keeler, war Chef des kriminaltechnischen Labors der North-Western-University, ein hochspezialisierter Wissenschaftler, der sich durch eine Reihe von Erfindungen auf kriminaltechnischem Gebiet bereits einen internationalen Namen gemacht hatte. Der zweite hieß Schindler und galt als einer der fähigsten amerikanischen Privatdetektive.

Nachdem sich Callander mit den beiden Mitarbeitern bekannt gemacht hatte, nahm er Higgs beiseite. »Das gleicht einem Vabanquespiel, Higgs«, sagte er. »Professor Keeler ist genauso ein Narr wie Sie. Er will nur dann für uns arbeiten, wenn er fest von Marignys Unschuld überzeugt ist. Was sollen wir mit solchen Wahrheitsfanatikern anfangen?«

»Warten Sie ab«, erwiderte Higgs. »Keeler hat einen legendären Ruhm. Es heißt, ihm entgeht kein Schuldiger. Es gibt niemanden in den USA, der raffinierter eine Vernehmung führen kann als er. Er will sich jetzt einige Tage mit Marigny beschäftigen, und wenn er sich dann vergewissert hat, daß Marigny nicht der Täter sein kann ...«

»Gerade das ist ja das Vabanquespiel!« rief Callander.

Einige Tage später erklärte Keeler, er sei fest von Marignys Unschuld überzeugt. Erst jetzt begann er, sich dem Fingerabdruck zu widmen.

Privatdetektiv Schindler unternahm inzwischen einige Reisen, nach Miami und nach Florida begleitete ihn Higgs, der das dortige gerichtsmedizinische Institut aufsuchte, während Schindler verschiedene Recherchen auf dem Flugplatz unternahm.

Schließlich war der Tag gekommen, an dem der Mordprozeß gegen Marigny begann. Hallinan, Adderley, Barker und Melchen hatten es verstanden, während der Wochen zuvor die Aufmerksamkeit der Öffentlichkeit auf Sparflamme zu setzen. Nun genügten einige wenige Informationen, um die Sensationsgier sofort wieder zum Kochen zu bringen. Die großen amerikanischen Zeitungen und eine Reihe internationaler Pressebüros hatten ihre Korrespondenten nach den Bahamas geschickt.

Der Gerichtssaal war überfüllt. Dicht gedrängt saßen die Zuschauer auf den Bänken. Eine gespannte Atmosphäre lag über der Menge. Niemand zweifelte an Marignys Täterschaft. In zahlreichen Interviews hatten Adderley und Barker immer wieder betont, ihre Beweise gegen Marigny seien unwiderlegbar. Es war aber auch nicht verborgen geblieben, daß die Verteidigung einen Sachverständigen hinzugezogen hatte. Das Publikum erwartete also harte Kämpfe zwischen den beiden Parteien.

Der Richter Sir Oscar Daly leitete den Prozeß. Daly, ein alter erfahrener Jurist, war sich darüber klar, vor welche Schwierigkeiten ihn dieser Prozeß stellen würde. Er stammte nicht aus Nassau, hatte also keine Rücksichten auf die lokalen Machtverhältnisse und Intrigen zu nehmen. Er war entschlossen, den Prozeß so objektiv wie nur möglich zu führen. Die Anklage vertrat wiederum John Adderley. Seines Sieges bereits sicher, konzentrierte sich der Staatsanwalt in der kurzen Anklageschrift auf wenige Beweise:

1. Für die Mordzeit besitzt der Angeklagte kein Alibi.

2. Die versengten Haare an Kopf, Hand und Brust sind ein Indiz dafür, daß er den Brand im Bett des Ermordeten gelegt hat.

3. Er hatte sein Oberhemd, das Brandspuren aufweisen mußte – die versengten Brusthaare ließen keinen anderen Schluß zu –, bereits beseitigt, als am nächsten Tag die Haussuchung bei ihm stattfand.

4. Der Fingerabdruck am Wandschirm beweist Marignys Anwesenheit im Mordzimmer.

Adderley wies noch darauf hin, daß die Verteidigung in der Voruntersuchung keinen seiner Beweise überzeugend zu widerlegen vermocht hatte.

Die Anklageschrift brachte den meisten Zuschauern nichts Neues. Sie wußten, daß Marignys Alibi auf sehr schwachen Füßen stand, daß er nur einen Menschen, seinen Freund Georges, als Zeugen benannt hatte und daß dieser Zeuge in Nassau einen sehr zweifelhaften Ruf besaß. Trotzdem sah das Publikum nun mit Spannung dem Kreuzverhör des Zeugen der Verteidigung durch Adderley entgegen, in der Hoffnung, etwas mehr über Georges' Frauen- und Bettgeschichten zu erfahren. Das Verhör nahm auch genau den Verlauf, den die Leute erwartet hatten. Genußvoll zwang Adderley Georges, sich über seine Liebschaft mit Betty

Roberts zu verbreiten, die die Nacht in seinem Zimmer verbracht, aber bei Marignys Rückkehr bereits geschlafen hatte. So blieb Georges tatsächlich der einzige, der Marignys Rückkehr zu einem für diesen günstigen Zeitpunkt bezeugen konnte.

Higgs hatte nicht damit gerechnet, Georges' Aussage könnte ihm diesmal mehr helfen als in der Voruntersuchung. Was nun aber geschah, machte Georges' Zeugnis nicht nur völlig wertlos, sondern verwandelte es zunächst direkt in einen Beweis gegen Marigny. Adderley wies den Geschworenen das Vernehmungsprotokoll vor, das Oberst Pemberton während des Verhörs von Georges kurz nach dem Mord geschrieben hatte. In dem Protokoll stellte sich Georges' Aussage so dar: »Ich sah Marigny zuletzt gegen elf Uhr abends, als ich mich mit Betty in mein Zimmer zurückzog, und dann erst wieder am nächsten Morgen um zehn.«

»In der Voruntersuchung und vorhin haben Sie aber ausgesagt«, rief Adderley, »daß Sie Marigny nachts noch einmal gesehen hätten, bei seiner Rückkehr, gegen eins. Wann haben Sie nun gelogen, Zeuge? Ich nehme an, Sie sagten beim ersten Verhör die Wahrheit. Da wußten Sie noch nicht, was für Marigny auf dem Spiel stand. Erst nachdem Sie am nächsten Tag geschworen hatten, für sein Alibi zu sorgen, da behaupteten Sie dann plötzlich, Sie hätten ihn nachts um eins gesehen!«

Georges erwiderte verwirrt, er erinnere sich nicht mehr an die Aussage, die er Oberst Pemberton gegenüber gemacht haben solle. Adderley hielt ihm das Dokument vor Augen. Der verhängnisvolle Satz stand im Protokoll, und Georges hatte die fragliche Seite mit seinem Namen gezeichnet und damit die Richtigkeit bestätigt!

Das Publikum hatte seine erste Sensation: Der bisher wichtigste Zeuge der Verteidigung war als Lügner überführt!

Higgs war entsetzt. Er hatte nicht gewußt, daß dieses Protokoll existierte. Er blickte zu Georges. Der war so verstört, daß nicht mehr damit zu rechnen war, er könne diesen Widerspruch erklären. Higgs verständigte sich kurz mit Callander, dann erhob er sich und beantragte, die Verhandlung zu unterbrechen. Daly gab

Higgs' Antrag statt. Adderley genoß scheinbar bescheiden seinen Triumph.

In der Verhandlungspause suchten Higgs und Callander sofort Adderley auf und verlangten das fragliche Protokoll einzusehen. Adderley sagte: »Sie werden Schwierigkeiten haben, es zu lesen. Oberst Pemberton besitzt nicht gerade eine gestochene Handschrift.«

»Das Protokoll liegt nur handschriftlich vor?« fragte Callander scharf.

Adderley nickte. »Sie wollen doch nicht etwa behaupten, Pemberton habe das Protokoll gefälscht?«

»Ich mache Sie darauf aufmerksam, daß Sie es waren, der soeben das Wort ›Fälschung‹ aussprach.«

»Bei Ihnen bin ich auf alles gefaßt«, meinte Adderley ironisch.

Callander und Higgs nahmen sich die betreffende Seite des Protokolls vor. Mühsam entzifferten sie den handgeschriebenen Bericht. Und dann entdeckten sie es ... Als die beiden Anwälte wieder den Gerichtssaal betraten, wandten sich ihnen alle Blicke zu. Ließ sich die endgültige Niederlage bereits auf ihrem Gesicht ablesen? Higgs' Miene war undurchdringlich. Aber in Callanders Gang, in jedem seiner raschen federnden Schritte, lagen Zorn und Empörung. Mit dem Protokoll in der Hand trat Callander zu Georges.

»Ist dies das Protokoll, das Ihnen Sir Adderley vorgehalten hat?« fragte er.

Georges antwortete: »Ja.«

»Haben Sie diese Seite mit Ihrem Namen unterzeichnet?«

»Ja, das ist meine Unterschrift.«

»Auf dieser Seite stehen folgende Sätze: ›Gegen elf verließ ich mit meiner Freundin die Party. Ungefähr gegen ein Uhr nachts kam Marigny an die Tür meines Zimmers und fragte mich, ob er Betty heimfahren solle ...‹ Ist das Ihre Aussage?«

»Ja.«

Callander drehte sich plötzlich zu Adderley um: »Warum haben Sie uns diesen Satz verschwiegen, Sir Adderley?«

Unruhe erhob sich im Saal. Callander ging zum Richtertisch und übergab Sir Daly das Protokoll. Daly las es aufmerksam durch. Als er es beiseite legte, war es totenstill im Saal. Dalys Stimme blieb leise, aber Groll und Verachtung schwangen darin, als er sich an Adderley wandte: »Ich wiederhole die Frage von Mr. Callander: Warum haben Sie uns diesen Satz verschwiegen? Warum versuchten Sie bei den Geschworenen und uns den Eindruck zu erwecken, der Zeuge habe etwas völlig anderes, ja Entgegengesetztes gesagt als bei seiner ersten Vernehmung? Ich bitte um eine Antwort, Sir!«

Ein winziges Lächeln erschien auf Adderleys Mund, als er sich erhob und in unschuldigem Ton fragte: »Habe ich denn bezweifelt, Mylord, daß Georges um eins mit Marigny *sprach*? Ich habe lediglich auf seine Aussage verwiesen, daß er ihn nicht *sah*!«

»Ich bitte, in Zukunft solche Spitzfindigkeiten zu unterlassen, Sir!« sagte Daly mit ungewöhnlicher Schärfe. »Sie scheinen zu vergessen, daß es hier um Leben oder Tod eines Menschen geht!«

Adderley versuchte, sich seine erste Niederlage nicht anmerken zu lassen. Callanders Triumph war mehr rhetorischer Art; er hatte zwar einen Winkelzug des Anklägers enthüllt, aber alle Zweifel in Georges' Aussage und alle Vorbehalte gegenüber diesem Zeugen doch nicht beheben können. Adderley vertraute auf seine anderen Beweise.

Higgs dagegen, dessen Zurückhaltung Adderley bisher für Unsicherheit gehalten hatte, nahm nun, Zug um Zug, für alle immer sichtbarer, die Führung in die Hand. Er hatte eines endgültig begriffen: daß die Anklage entschlossen war, mit allen nur möglichen Tricks zu bluffen und ihre Position zu verteidigen. Wie schwach mußte diese Position in Wirklichkeit sein!

Higgs bewegte sich wie ein witternder, nach allen Seiten sichernder Fuchs vorwärts und gewann unaufhaltsam an Boden. Seinen ersten wirklichen Erfolg errang er über Captain Melchen.

In der Nachmittagsverhandlung hatte ihm Daly die Zeugen der Anklage zum Kreuzverhör zur Verfügung gestellt. Higgs eröffnete die Kreuzverhöre mit der Vernehmung Melchens. Von der Auseinandersetzung mit dem Captain hing viel ab. Denn Melchen hatte die versengten Haare entdeckt und damit der Anklage die Beweise Nr. 2 und 3 geliefert.

»Captain Melchen«, eröffnete Higgs die Vernehmung, »Sie haben angeblich noch vierundzwanzig Stunden nach dem Mord am Körper des Angeklagten versengte Haare entdeckt.«

»Ja.«

»Um welche Haare handelte es sich dabei?«

»Um Kopf- und Barthaare, Haare auf dem Handrücken und auf der Brust.«

»Können Sie uns diese Proben zeigen?«

»Ich habe diese Haare unter das Mikroskop gelegt und Oberst Lindorpt, den Polizeichef von Nassau, als Zeugen hineinschauen lassen. Die protokollarische Aussage von Oberst Lindorpt liegt dem Gericht vor.«

»Wo befinden sich die Beweisstücke selbst?«

»Im gerichtsmedizinischen Institut von Florida.«

»Können Sie das nachweisen?«

»Unter den Akten befindet sich eine Bescheinigung des Instituts.«

»Nun, Captain Melchen, ich habe das gerichtsmedizinische Institut in Florida aufgesucht.«

Higgs machte eine Pause. Er fühlte die Spannung, die sich nach diesen Worten unter den Zuschauern breit machte. Er fuhr fort: »Ich habe die Bescheinigung, die Sie dem Gericht übergaben, kopieren lassen und der Leitung des Instituts vorgelegt. Und was wurde festgestellt? Daß das Institut niemals solche Haare zur Untersuchung erhalten und niemals eine solche Bescheinigung ausgestellt hat!«

Unruhe entstand im Saal, aber sogleich ebbte der Lärm wieder ab.

»Und noch etwas wurde von der Institutsleitung festgestellt: Die Unterschrift unter dieser Bescheinigung stammt von keinem Mitarbeiter des Instituts! Diese Unterschrift ist erfunden!«

Noch ehe Melchen etwas erwidern konnte, prasselten Higgs' Worte wie ein Wolkenbruch auf ihn nieder: »Ich habe hier eine Reihe von Dokumenten, die mir die Institutsleitung ausgestellt hat. Darin heißt es: Captain Melchen aus Florida ist uns gut bekannt, er geht in unserem Institut ein und aus und kommt deshalb auch ungehindert an die amtlichen Formulare unseres Instituts heran. Weiter: Die von Captain Melchen vorgelegte und in der Voruntersuchung zur Belastung Marignys verwendete Bescheinigung ist mit einer Schreibmaschine geschrieben, deren Typen im Institut nicht vorhanden sind.«

Melchen starrte den Anwalt an. Adderley schien damit beschäftigt, sich eifrig Notizen zu machen.

»Haben Sie sonst noch einen Zeugen, der die versengten Haare gesehen hat, Captain Melchen? Ah, ich vergaß: Oberst Lindorpt, den Sie ins Mikroskop blicken ließen. Nun bitte. Ich möchte Ihnen gern Gelegenheit geben, sich Ihre Beobachtungen bestätigen zu lassen. Ich beantrage die Vernehmung von Oberst Lindorpt unter Eid!«

Noch bevor sich Daly zu diesem Antrag äußern konnte, sagte Adderley, ohne von seinen Notizen aufzublicken: »Oberst Lindorpt befindet sich zur Zeit nicht hier. Er wurde nach Trinidad abkommandiert.«

»Das ist bedauerlich«, sagte Higgs freundlich. »Oberst Lindorpt hat mir nämlich vor seiner Abreise eidesstattlich versichert, daß er unter dem Mikroskop nichts von verbrannten Haaren gesehen hat. Die Anklage würde mit diesem Zeugen nicht viel Freude erleben. Also hat man ihn vorsorglich aus Nassau entfernt.«

Tumult brach aus. Nur mühsam konnte Richter Daly die Ruhe wieder herstellen.

»Ich bin mit meinen Fragen noch nicht am Ende, Captain. Nahmen Sie damals alle angeblich versengten Haare an sich?«

»Natürlich nicht.«

»Demnach befanden sich also an Kopf, Hand, Kinn und Brust des Angeklagten noch mehr versengte Haare?«

Melchen sah die Falle, aber er konnte ihr nicht mehr entgehen.

»Ich nehme an«, sagte er zögernd.

»Ja oder nein?«

»Ja.«

»Wie erklären Sie sich dann, daß die beiden Gerichtsmediziner, die Marigny sofort nach Ihrer Vernehmung untersuchten, weder an Brust noch am Kopf noch an den Händen versengte Haare fanden?«

Higgs beantragte die Vernehmung der beiden Ärzte. Sie bestätigten ihren damaligen Befund unter Eid.

Nachdem Higgs nachgewiesen hatte, daß Melchen den Beweis der versengten Haare nicht nur erfunden, sondern ihn mit Hilfe eines gefälschten Berichts zum dokumentarischen Beweismaterial gegen Marigny gemacht hatte, konnte er folgerichtig damit auch Punkt 3 der Anklage widerlegen. Punkt 3 besagte, daß beim Versengen der Brusthaare auch das Hemd versengt worden sein mußte. Da man bei der Haussuchung aber kein Hemd mit Brandspuren gefunden hatte, wurde dies ebenfalls als Indiz gegen Marigny verwendet: Er habe wichtiges Beweismaterial beseitigt, um damit seine Täterschaft zu vertuschen. Gab es aber keine versengten Brusthaare, so konnte es auch kein versengtes Hemd geben, und der Vorwurf, Marigny habe Beweisstücke beseitigt, entfiel.

Callanders und Higgs' Plan, keine einzige der Thesen der Anklage unbezweifelt zu lassen und mit kriminalistischen Mitteln jedes Beweismittel neu zu überprüfen, hatte einen ersten sichtbaren Erfolg erbracht.

Zwei Beweise der Anklage waren zerschlagen, widerlegt. Higgs wußte, nun stand er auf sicherem Boden. Von hier aus konnte er den schwierigsten und zugleich entscheidendsten Angriff gegen das sicherste Fundament der Anklage wagen: den Fund von Marignys Fingerabdruck im Mordzimmer. Higgs täuschte sich nicht darüber, daß ihm in Captain Barker Marignys entschlossenster und hartnäckigster Feind gegenüberstand. Barker, aus der Anonymität eines Polizeioffiziers aufgetaucht, hatte mit seinem Namen

Schlagzeilen in der Weltpresse gemacht. Nun sah er sich hier im Zeugenstand gezwungen, Ruhm, Karriere und Existenz zu verteidigen. Seine verhärteten Gesichtszüge deuteten darauf hin, daß er dies mit aller Rücksichtslosigkeit tun würde.

Higgs wandte sich dem Zeugen zu: »Bevor ich mit meinen Fragen beginne, möchte ich gern von Ihnen wissen, ob Sie alle Ihre in der Voruntersuchung unter Eid gemachten Aussagen aufrechterhalten.«

Barkers Wangenmuskeln sprangen scharf hervor. »Ja, ich erhalte alle meine Aussagen in vollem Umfang aufrecht.«

Higgs nickte. Er blickte zu Daly.

Der Richter erteilte ihm die Genehmigung, mit dem Kreuzverhör zu beginnen.

»Mir ist aufgefallen, daß Sie eine Anzahl von Interviews gaben, seit sie am Fall Oakes arbeiten, Captain.«

»Kein Wunder, die Presse ist an jeder Information interessiert.«

»Was waren das für Informationen? Untersuchungsergebnisse? Oder auch eigene Spekulationen?«

»Natürlich habe ich der Presse nur exakte Untersuchungsergebnisse mitgeteilt.«

»Also Tatsachen?«

»Tatsachen.«

Higgs sprang auf ein anderes Thema über. »Wann wurde Marigny verhaftet?«

»Am neunten Juli, nachmittags.«

»Genauer bitte.«

»Gegen achtzehn Uhr, nach einer Vernehmung. Ich hatte ihm seinen Fingerabdruck, den ich am Vormittag fand, als Beweis vorgelegt.«

»Und Sie irren sich nicht in der Zeit?«

»Ich habe bereits in der Voruntersuchung unter Eid erklärt ...«

»Antworten Sie mit ja oder nein!« unterbrach ihn Higgs schroff.

»Nein, ich irre mich nicht.«

»Ich möchte noch einmal auf Ihre Vorliebe für Interviews zurückkommen, Captain. Sie erklärten vorhin, sie hätten der Presse nur exakte Untersuchungsergebnisse mitgeteilt. Am neunten Juli, gegen achtzehn Uhr, als Sie Marigny gerade verhaftet hatten, gaben Sie dem ›Miami Herald‹ ein Interview.«

Higgs blickte Barker an. Der zuckte mit den Schultern. Higgs hielt ihm eine Zeitung entgegen und deutete auf einen mit Rotstift unterstrichenen Absatz. »Lesen Sie! Und bitte so, daß es alle hören.«

Widerwillig las Barker: »Der Mörder wurde soeben verhaftet. Ich fand vor einer Stunde seine Fingerabdrücke im Mordzimmer. Es ist der Schwiegersohn des Ermordeten, Alfred de Marigny.«

Barker warf die Zeitung auf die Bank: »Alles erstunken und erlogen, dieses Interview!«

»Sie erinnern sich nicht daran?«

»Nein!«

»Dann müssen wir Ihrem Gedächtnis etwas nachhelfen, Captain«, sagte Higgs freundlich. »Mr. Schindler, darf ich bitten?«

Privatdetektiv Schindler erhob sich und trat neben Barker in den Zeugenstand. Er schlug sein Notizbuch auf und wandte sich an Sir Daly.

»Im Auftrag der Verteidigung habe ich einige Ermittlungen hinsichtlich dieses Interviews geführt. Ich kann mit allen dazu erforderlichen schriftlich vorliegenden Unterlagen beweisen: Zwanzig Minuten vor achtzehn Uhr meldete die Redaktion des ›Miami Herald‹ ein Gespräch mit Captain Barker persönlich an. Das Fernamt Nassau vermittelte die Anmeldung in Oakes' Villa. Als sich Mr. Barker sprechbereit erklärte, stellte Nassau die Verbindung her. Der Redakteur Trinnie, der sich ebenfalls als Zeuge hier im Saal befindet, nahm das Gespräch an und leitete es dann zum Nachrichtendienst der Redaktion weiter. Ein Stenograf nahm Barkers Mitteilungen auf, die dann sofort noch gesetzt und in die Abendausgabe übernommen wurden. Was haben Sie darauf zu antworten, Captain?«

»Weiß der Teufel, was der Stenograf verstanden hat. Telefonische Mitteilungen sind kein Beweismittel.«

»Alle Angaben dieses Interviews sind so detailliert, daß keine Redaktion sie erfinden konnte. Die Informationen können nur von Ihnen stammen.«

»Ich bestreite ja gar nicht, daß ich das Interview gegeben habe«, knurrte Barker. »Aber was die Zeitangabe betrifft, so hat sich der Stenograf verhört. Ich fand den Abdruck vormittags.«

»Sie fanden überhaupt keinen Abdruck, Barker! Wenigstens nicht auf dem Wandschirm im Mordzimmer!«

Einen Augenblick war es totenstill im Saal. Ein Bildreporter reagierte als erster. Er stürmte vor und bekam Barkers erstarrtes Gesicht in die Linse. Das Blitzlicht flammte auf. Und als Tumult unter den Zuschauern ausbrach, wußte niemand, gegen wen sich die empörten Rufe richteten: gegen den Captain oder den Verteidiger. Vergeblich versuchte sich der Staatsanwalt Gehör zu verschaffen: »Ich fordere Beweise für diese ungeheuerliche Behauptung!«

Erst nach Minuten trat wieder Stille ein. »Selbstverständlich haben wir Beweise«, sagte Higgs ruhig. In der Aufregung hatte niemand bemerkt, daß der Konstabler Knowles zu Higgs getreten war und ihm eine Mitteilung gemacht hatte.

»Ich beantrage, den Konstabler Knowles als Zeugen zu hören.«

Knowles hatte sich erhoben. Alle Blicke richteten sich auf ihn. Seine Aussage hatte in der Voruntersuchung dazu beigetragen, Barkers Behauptung zu bekräftigen. Daly gab dem Antrag statt, Knowles trat in den Zeugenstand. Der Zeuge war bleich, sein Blick auf den Boden gerichtet.

»Sie möchten eine Aussage machen?« fragte Higgs.

Knowles setzte zum Sprechen an, aber nur ein heiserer Laut kam von seinen Lippen. Er räusperte sich anhaltend, die Nervosität hatte sich auf seine Stimme gelegt. Endlich gelang es ihm, seiner Heiserkeit Herr zu werden. »Tynes und ich möchten mitteilen, daß unsere Aussage in der Voruntersuchung auf einem Irrtum beruhte. Wir hatten erklärt, Marigny sei nur einmal, und zwar am späten Nachmittag verhört worden.«

Er brach ab und suchte nach Worten. Zögernd fuhr er fort: »Aber jetzt erinnern wir uns, daß bereits am Vormittag ein Verhör stattfand. Ja.«

Knowles nickte noch einmal bekräftigend und wollte hastig den Zeugenstand verlassen.

»Halt!« rief ihm Daly zu. Knowles blieb stehen. Noch nie war Dalys Stimme so scharf gewesen wie in diesem Augenblick: »Wie lange sind Sie schon Polizist, Knowles?«

»Dreizehn Jahre«, meldete der Konstabler.

»Dann mußten Sie auch wissen, was Ihre falsche Aussage für den Angeklagten bedeutete!« rief Daly erregt. »Denn diese falsche Aussage bekräftigten Sie noch durch Ihren Eid! Und die gesamte Untersuchungskommission nahm wider besseres Wissen Ihren Meineid hin! – Mr. Hallinan!«

Hallinan, der stellvertretende Gouverneur, Chef der Untersuchungskommission, wußte bereits in diesem Augenblick, daß die Niederlage seiner Clique kaum noch aufzuhalten war. Obwohl vom Richter angesprochen und aufgefordert, sich zu äußern, zog er es vor zu schweigen. Aber Daly gab sich damit nicht zufrieden. »Mr. Hallinan, was geht hier vor? Weshalb hat die gesamte Untersuchungskommission, Sie nicht ausgenommen, ein falsches Zeugnis abgelegt?«

Hallinan antwortete immer noch nicht.

»Ich werde nicht dulden, daß die Gerechtigkeit derart mit Füßen getreten wird«, fuhr Daly mit fester Stimme fort. »Deshalb ordne ich eine strenge Überprüfung der Polizei von Nassau an. Und ich werde veranlassen, daß Sie, Mr. Hallinan, als erster überprüft werden!«

Higgs kam der überraschende Zusammenbruch der beiden Konstabler, die sich sicherlich aus Furcht vor dem bevorstehenden Kreuzverhör zu einem Geständnis entschlossen hatten, natürlich sehr gelegen. Die Front der Gegner bröckelte ab. Jetzt hieß es, die

Stimmung des Publikums, die zugunsten Marignys umgeschlagen war, rasch zu nutzen und ohne Umwege Barker als den Hauptzeugen der Anklage endgültig zur Strecke zu bringen.

Sozusagen im Vorbeigehen wies Higgs die Geschworenen darauf hin, daß nicht nur die Polizeibeamten einen Meineid geschworen hatten, sondern auch Captain Barker. Dann wandte er sich mit fast jovialer Freundlichkeit an Barker: »Sie behaupten also, Marignys Fingerabdruck stamme von dem Wandschirm im Mordzimmer.«

Barker war zäh. Er sah seine letzte Chance darin, alles zu leugnen, was ihm Higgs nicht beweisen konnte. Nur befand er sich in der fatalen Lage, nicht zu wissen, welche Beweise der Anwalt noch in der Hand hatte. Higgs bat Professor Keeler, über das Ergebnis seiner Untersuchung zu berichten. Keeler trat vor. Er erklärte daß er zusammen mit O'Neill, einem amerikanischen Fingerabdruckspezialisten, überprüft habe, ob der Fingerabdruck Marignys tatsächlich von dem Wandschirm im Mordzimmer stamme. Higgs unterbrach mehrmals den Bericht, um Barker immer wieder ins Kreuzverhör zu nehmen. Dabei kamen weitere Tatsachen zum Vorschein, die Barker stark belasteten. Es stellte sich heraus, daß Barker zum Fotografieren der Fingerabdrücke weder die dafür vorgesehene Spezialkamera benutzt hatte, obwohl ihm diese zur Verfügung stand, noch daß er bei der Abnahme des Fingerabdrucks einen Zeugen hinzugezogen hatte, wie es das Gesetz vorschreibt.

»Warum?« fragte Higgs aggressiv. »Was hatten Sie zu verbergen, Captain?«

»Oh, ich glaube, ich kann an seiner Statt antworten«, sagte Keeler, Higgs zuspielend. Er breitete eine Reihe von Fotos vor den Geschworenen aus und nahm eines davon in die Hand. »Sehen Sie, dieses Foto ist eine Vergrößerung von Captain Barkers Aufnahmen des Fingerabdrucks. Und dieses Foto hier habe *ich* angefertigt. Es zeigt die Stelle des Wandschirms, an der sich angeblich der Fingerabdruck befand. Und nun, meine Herren, vergleichen

Sie bitte den Hintergrund beider Fotos. Der Hintergrund ist ja nichts anderes als das Material, auf dem sich der Fingerabdruck abgebildet hat, also die Oberfläche des chinesischen Wandschirms. Was fällt Ihnen bei diesem Vergleich auf? Dieser Hintergrund hat eine andere Beschaffenheit als jener! Mein Foto zeigt die stark vergrößerte Oberfläche des Wandschirms mit seinem charakteristischen Muster. Barkers Hintergrund besitzt dieses Muster nicht, sondern ein ganz anderes. Schlußfolgerung: Barker hat den Fingerabdruck nicht vom Wandschirm genommen!«

Keeler machte eine Pause. Er verließ die Geschworenen und trat zu Barker: »Vielleicht verraten Sie uns nun, woher der Abdruck stammt, Barker!«

Barker schwieg. Higgs sagte vorwurfsvoll: »Sie sollten das Hohe Gericht wirklich nicht so lange auf die Folter spannen, Barker!«

Wieder trat der Wangenmuskel in Barkers Gesicht bedrohlich hervor. Higgs wandte sich an Keeler: »Nun, Professor, dann teilen Sie uns bitte das Ergebnis Ihrer Analyse mit.«

»Ich ließ von Barkers Fotohintergrund eine Reihe von Mikroskopaufnahmen herstellen und dann durch Strukturprüfungen das Material der Oberfläche feststellen. Es ist ein – Wasserglas!«

Reporter stürmten vor. Blitze flammten auf. Vergeblich versuchte Barker, sein Gesicht abzuschirmen.

Keeler fuhr fort: »Ferner machten wir die Firma ausfindig, die dieses Glas herstellte. Wir haben dann schließlich das Originalglas in Oakes' Villa wiedergefunden.«

Das war das Ende des Hauptzeugen der Anklage. Higgs hatte keine Fragen mehr. Barker verließ wortlos den Saal. Wegen Meineids konnte er nicht verhaftet werden, weil er amerikanischer Staatsbürger war. Und der Gouverneur hatte kein Interesse daran, sich wegen dieses verhaßten Marigny mit den amerikanischen Behörden anzulegen.

Als Higgs zu Adderley hinüberblickte, sah er, daß der Platz hinter dem Staatsanwalt leer war. Hallinan hatte es ebenfalls vorgezogen zu verschwinden. Adderley wirkte plötzlich sehr allein und verlassen. In diesem Augenblick empfand Higgs Mitleid mit ihm, denn er wußte, daß Adderley in gutem Glauben gehandelt hatte und selbst ein Opfer der Intrigen geworden war, die die Hallinan-Clique so fein gesponnen zu haben glaubte.

Higgs erhob sich: »Die Verteidigung schließt ihre Beweisaufnahme. Sie stellt fest, daß vier Männer einen Meineid geschworen haben, um meinen Mandanten an den Galgen zu bringen. Sie bewies, daß zwei Kriminalisten durch Fälschung und Lüge Beweismaterial produzierten. Diese vier Männer hatten nicht den Mut zur Wahrheit, sie beugten sich der öffentlichen Abneigung und Hetze gegen meinen Mandanten und dem Einfluß mächtiger Persönlichkeiten auf dieser Insel. Barker und Melchen taten das nur zu gern, denn sie ernteten dadurch Beifall, Vorteile und Ruhm. Ich führe meine Praxis seit Jahrzehnten. Aber so viel Gemeinheit, Hinterlist und Grausamkeit wie in diesem Prozeß habe ich noch nicht erlebt.«

Higgs bemühte sich, kühl und leidenschaftslos zu sprechen. Aber jedermann spürte, wie sich seine angestaute Empörung immer kräftiger Bahn brach. »Und noch etwas möchte ich hier das Gericht fragen. Was wäre wohl geschehen, wenn der Angeklagte kein so vermögender Mann gewesen wäre wie Marigny, der es sich leisten konnte, die berühmtesten Kapazitäten für den Beweis seiner Unschuld arbeiten zu lassen? Was wäre mit irgend jemandem unter uns passiert, der einer solchen Clique und solchen Indizien ausgeliefert gewesen wäre? Geben Sie sich, meine Herren Geschworenen, die Antwort auf diese Frage selbst.«

Die Geschworenen sprachen Marigny frei.

Aber auch dann gab es immer noch Leute in Nassau, die von Marignys Schuld überzeugt waren. Ihre hartnäckigen Verdächtigungen verstummten erst, als einige Jahre später wirklich Oakes' Mörder entdeckt wurde. Es war ein Taxichauffeur, der bereits ein Jahr vor Oakes' Ermordung auf gleiche Weise einen Raubmord in Nassau begangen hatte: Er hatte sein Opfer mit einem Beil erschlagen und dann das Bett angezündet.

7 · ZWEI SCHRITTE IN DEN TOD

Der Morgen weiß nicht, was der Abend bringt.

Als der Bauer Andrej Gormilow und sein zehnjähriger Sohn Stanislaw an diesem Augustmorgen in den Zug nach Orjol stiegen, hing die Sonne an einem wolkenlosen Himmel.

»Es wird ein schöner Tag«, sagte Gormilow.

»Da esse ich viel Eis«, freute sich Stanislaw.

Es wurde ein heißer Tag, und der Junge bekam gleich dreimal Eis. Die Zeit verging rasch, die beiden machten ihre Einkäufe, besuchten Stanislaws verheiratete Schwester, sahen sich eine Nachmittagsvorstellung im Kino an und machten sich schließlich auf den Heimweg, zum Bahnhof.

»Wir haben noch viel Zeit«, sagte Gormilow.

Dann bemerkte er, daß ihnen bis zur Abfahrt des Zuges kaum noch eine Viertelstunde zur Verfügung stand. Gormilow holte mit seinen Schritten weit aus, Stanislaw konnte ihm kaum folgen.

»Wie weit ist es denn noch?« fragte das müde Kind.

»Höchstens fünf Minuten.«

»Aber dann brauchen wir doch nicht so zu rennen.«

»Wir haben noch keine Fahrkarten, und nachmittags stehen bestimmt viele Leute am Schalter.«

Endlich sahen sie den Bahnhof vor sich. Bis zur Abfahrt des Zuges blieben ihnen zehn Minuten.

»Nur noch neun Minuten!« sagte Gormilow ungeduldig und blickte bald auf die Bahnhofsuhr, bald auf die Straße, die sie vom Bahnhof trennte.

Und dann: »Nur noch acht Minuten! Haben sich denn alle Autos der Stadt verabredet, uns nicht über die Straße zu lassen?«

»Immer ruhig, Väterchen«, brummelte ein alter Mann neben ihm, »kommst du jetzt nicht, kommst du später.«

»Aber wir müssen doch den Zug schaffen!« rief Gormilow ärgerlich. In seiner Aufregung ließ er Stanislaws Hand los, der rechts von ihm stand. Gormilow schaute nach links. Schon wieder schob sich eine dichte Wagenkette heran.

Stanislaw blickte nach rechts. Er sah, drüben auf der anderen Straßenseite kam kein Auto mehr.

»Jetzt!« rief er seinem Vater zu und lief auch schon los. Als er zwei Schritte getan hatte, sah er etwas groß und dunkel vor sich aufwachsen. Instinktiv warf er beide Arme empor und versuchte, sich von dem Ungetüm wegzustoßen. Er taumelte, fiel rücklings mit dem Kopf aufs Pflaster und blieb reglos liegen.

Kreischende Bremsen der nachfolgenden Wagen, Rufe, ein Durcheinander von Leibern. Starr vor Schreck sah Gormilow, wie einige Männer Stanislaw emporhoben und in die Sicherheit des Fußweges zurückbrachten.

Aber die Hilfe kam zu spät. Stanislaw war bereits tot.

Kurz darauf traf die Miliz ein.

Gormilow zitterte. Er war kaum fähig zu sprechen. Hilflos stammelte er, sein Junge sei von einem Lastwagen zu Boden geworfen worden.

»Wo ist der Fahrer des Wagens?«

In der Aufregung hatte es niemand bemerkt. Der Wagen war verschwunden. Ein Durcheinander von Rufen: »Fahrerflucht, natürlich!« Dann meldete sich ein Mann: »Ich habe das Lastauto gesehen. Es hatte das Kennzeichen SIL 150.«

Die Nummer wurde an alle Funkstreifenwagen durchgegeben. Während das tote Kind weggebracht wurde, vernahmen die Milizionäre einige Augenzeugen. Mit dem Bandmaß stellten sie fest, wie weit Stanislaw vom Bordstein entfernt gewesen war, als ihn der Tod ereilte. Es waren genau fünfundneunzig Zentimeter.

Später, als Gormilows Erregung einer stumpfen Teilnahmslosigkeit gewichen war, forderten ihn die Milizionäre auf, eine kurze Darstellung des Vorgangs niederzuschreiben. Gormilow versuchte, sich alle Einzelheiten des tödlichen Augenblicks ins

Gedächtnis zurückzurufen. So schrieb er denn eigenhändig ins Protokoll:

»Mein Junge stand neben mir auf der rechten Seite. Als die Autos auf der gegenüberliegenden Straßenseite vorbeigefahren waren, muß Stanislaw losgelaufen sein. Er hatte mich gerufen, ihm zu folgen. Deshalb sah ich zu ihm hin. Er war schon auf der Straße. In diesem Augenblick kam von links ein Auto, das ihn niederriß.«

Noch keine Stunde war vergangen, als sich eine Funkwagenstreife einem Lagergelände am Stadtrand näherte.

»Wo sind die Garagen?« fragten die Milizionäre den Pförtner. Er zeigte auf eine Halle. Die Polizisten gingen hinüber.

In der Halle standen fünf Lastwagen. Einer von ihnen hatte das Kennzeichen SIL 150. Die Tür der Fahrerkabine stand offen. Ein Mann stieg gerade heraus. Er war etwa vierzig Jahre alt, klein, untersetzt, mit einem vollen runden Gesicht, das einem Kind zu gehören schien.

»Sind Sie Alexej Stojanow?« fragte ein Milizionär.

Der Mann wischte sich die Hände an seiner Jacke ab und streckte dem Polizisten die Hand entgegen: »Stojanow, jawohl.«

Der Milizionär übersah die Hand. »Kommen Sie von einer Fahrt zurück?«

»Ja, ich habe mich soeben von einem Transport zurückgemeldet.«

»Sind Sie durch die Bahnhofstraße gefahren?«

»Durch die Bahnhofstraße. Ja.«

»Dann möchten wir uns jetzt einmal Ihren Wagen etwas näher ansehen«, sagte der Milizionär.

»Ja, warum denn, was ist denn passiert?« fragte Stojanow beunruhigt.

»Das wissen Sie doch. Sie haben ein Kind totgefahren.«

Stojanow starrte die Polizisten an, als versuchten sie ihm weiszumachen, er befände sich jetzt auf dem Mond oder der Venus.

»Ein Kind überfahren?« murmelte er. »Wo denn? Wann?« Und fast schreiend rief er: »Das ist doch Unsinn! Das müßte ich doch bemerkt haben!«

Inzwischen waren die anderen Milizionäre zum Lastwagen getreten. Sie untersuchten ihn sehr genau, um Spuren des Zusammenpralls festzustellen. Es fanden sich auch einige Eindrücke im Blech der Karosserie, aber zwei davon lagen auf der linken Seite und konnten deshalb mit dem Unfall nichts zu tun haben. Auf der rechten Seite gab es eine Delle. Doch war sie anscheinend schon älteren Ursprungs, denn der Lack war abgeblättert und das darunterliegende Blech angerostet. Blutspuren waren nirgends zu entdecken.

Nachdem sich die Milizionäre Stojanows Anschrift notiert und ihm die Fahrerlaubnis entzogen hatten, verließen sie die Garage. Stojanow werde schon am nächsten Tag zur Vernehmung vorgeladen.

Das Verhör endete mit Stojanows Inhaftierung. Die Staatsanwaltschaft arbeitete ein Anklagegutachten aus, das Stojanow beschuldigte, durch überhöhte Geschwindigkeit den Tod des zehnjährigen Kindes verursacht und Fahrerflucht begangen zu haben.

Als Rechtsanwalt Filipow den Kraftfahrer zum ersten Mal aufsuchte, fand er einen ruhigen, gefaßten, beinahe fröhlichen Mann vor.

»Das ist alles ein Irrtum«, sagte Stojanow zuversichtlich, »der sich bald aufklären wird.«

»Ich freue mich, daß Sie Optimist sind«, erwiderte Filipow. »Aber wie stellen Sie sich das vor: Es werde sich alles bald aufklären? Von allein klärt sich nichts. Da müssen wir schon ganz hübsch nachhelfen.«

»Nein, nein«, sagte Stojanow lächelnd, »Sie wollen mir nur Angst machen. Sie wollen mir einreden, ich bräuchte einen Anwalt. Ist es nicht so?«

Filipow blickte Stojanow lange an, bis er entgegnete: »Ich wünschte, es wäre so, Herr Stojanow.«

Der Anwalt setzte sich und öffnete seine Aktentasche, um verschiedene Papiere herauszuholen. Dabei sagte er: »Bleiben Sie ruhig Optimist, das wird Ihnen über einige recht schwere Wochen hinweghelfen. Aber Sie sollten sich trotzdem immer vor Augen halten, daß wir uns in einer ziemlich unangenehmen Situation befinden. Man wirft Ihnen vor, ein Kind überfahren zu haben. Und Sie wissen ja wohl auch: Wird ein Kind Opfer eines Verkehrsunfalls, dann neigen die Leute immer dazu, allein dem Kraftfahrer die Schuld zu geben. Rücksichtsloses Fahren, Unvorsichtigkeit – mit solchen Vorurteilen ist man dann schnell bei der Hand.«

»Aber ich habe das Kind doch nicht überfahren!«

»Die Anklage glaubt, dafür Beweise zu haben. Wir müssen also von Anfang an nicht nur mit diesen Beweisen rechnen, sondern auch mit all jenen Emotionen, die Sie und ich zu spüren bekommen werden.«

Stojanow wurde jetzt doch ernst.

»Nun«, sagte Filipow, »bewahren Sie sich Ihre Zuversicht, aber vergessen Sie dabei nicht, daß es einen harten Kampf kosten wird ...«

Zehn Wochen später fand der Prozeß statt. Es schien ein alltäglicher Fall zu werden, einer unter vielen, der keine Sensationen versprach. Der Tatbestand schien klar, die Beweisführung des Staatsanwalts einleuchtend.

»Auf der Bahnhofstraße ist die Geschwindigkeit für Kraftfahrzeuge auf dreißig Stundenkilometer begrenzt. Wie aus Zeugenaussagen hervorgeht, fuhr Stojanow mit überhöhter Geschwindigkeit. Er riß Stanislaw Gormilow nieder und fügte ihm dadurch tödliche Verletzungen zu. Stojanow entzog sich seiner Verantwortung durch Flucht ...«

Rechtsanwalt Filipow war von Anfang an von Stojanows Unschuld überzeugt. Er hielt das Beweismaterial der Anklage für falsch und arbeitete zielbewußt auf einen Freispruch hin.

So kam es, daß sich dieser Prozeß, der zuerst unkompliziert ausgesehen hatte, über mehrere Tage hinzog. Filipow war entschlossen, Stojanow völlig zu rehabilitieren. Aber gleich zu Beginn seines Plädoyers erschwerte er sich seine Position beträchtlich. Denn er richtete seinen ersten Angriff gegen einen Mann, der sich der Anteilnahme der meisten Anwesenden gewiß sein durfte: den Vater des toten Kindes, Andrej Gormilow.

Filipow sah sich gezwungen, Gormilow anzugreifen, denn auf Gormilows Aussage stützte sich die Anklage in der Hauptsache. Gormilow hatte während des Prozesses versucht, die Ereignisse anders darzustellen, als sie sich tatsächlich und gemäß seiner eigenen ersten Aussage abgespielt hatten.

Zunächst rekonstruierte Filipow noch einmal kurz den wirklichen Ablauf der Geschehnisse. Er berief sich dabei auf die Protokolle der Miliz, die Zeugenaussagen und den Bericht, den Gormilow selber kurz nach dem Unfall niedergeschrieben hatte.

Nach dieser Rekonstruktion fragte Filipow: »Wir haben uns jetzt noch einmal unvoreingenommen das Unfallgeschehen in Erinnerung gerufen. Ist aus dem Ablauf der Ereignisse nicht bereits klar, daß das Kind unmittelbar vor dem Lastwagen auf die Straße lief? Es ist klar. Um so mehr müssen wir uns fragen: Worüber wird dann hier eigentlich noch verhandelt?«

Nach dieser rhetorischen Frage erhob sich Unruhe im Saal. Aber Filipow ließ sich von der deutlich spürbaren Antipathie des Publikums nicht beeindrucken. Mit einer ausholenden Geste wies er auf Gormilow: »Verhandelt wird über die Aussage des Vaters, der neuerdings behauptet, sein Sohn sei gar nicht auf die Straße gelaufen, sondern habe rechts neben ihm auf dem Fußweg gestanden, als ihn der Lastwagen erfaßte und niederriß.

Wir brauchten von dieser Behauptung gar keine Notiz zu nehmen, wenn nicht der Herr Staatsanwalt gerade diese Behauptung als Beweis gegen den Kraftfahrer wertete. Wie ist so etwas möglich?

Wir wissen, es kommt immer wieder vor, daß Zeugen oder

Angeklagte in der Gerichtsverhandlung etwas anderes aussagen als in der Voruntersuchung.

Was macht nun das Gericht in solch einem Fall? Hält es einfach die spätere Aussage für richtig? Oder die erste für wahr? Sie sehen, man kann diese Frage nicht prinzipiell entscheiden oder gar opportunistisch, indem man einfach die Aussage für richtig hält, die einem am besten in die eigene Theorie paßt. Das Gericht kann nur eines: Es muß untersuchen, warum der Betreffende seine Aussage änderte. Und es muß unter Prüfung aller Beweise herausfinden, wann er die Wahrheit gesprochen und wann er eine falsche Aussage gemacht hat.

Nach Meinung der Verteidigung hat das Gericht diese seine Aufgabe nicht gelöst. Deshalb wird die Verteidigung versuchen, darauf eine Antwort zu geben.

Nach § 69 d unserer Strafprozeßordnung ist es gestattet, die Aussage von Leidtragenden als Beweismaterial zu werten. Der Leidtragende wird als Zeuge betrachtet. Aber müssen wir seine Aussage nicht besonders vorsichtig beurteilen? Einem solchen Zeugen wurden ja durch das Verbrechen moralischer oder körperlicher Schaden oder eine schwere seelische Wunde zugefügt. Deshalb ist es nur zu verständlich, daß er dem Angeklagten voreingenommen oder sogar feindselig gegenübersteht.

Nun versichert also der Leidtragende, Gormilow – dessen Schmerz uns zu Herzen geht und dessen Trauer wir ehren –, seine Aussage in der Voruntersuchung sei falsch niedergeschrieben worden.

Es handelt sich um die Aussage, Stanislaw sei auf die Straße gelaufen und dort von einem Auto erfaßt worden. Heute behauptet Gormilow, der Junge sei gar nicht auf die Straße gelangt!

Aus dem Protokoll der Miliz wissen wir jedoch, daß Stanislaw sich bereits einen Meter vom Fußweg entfernt hatte. Genau das finden wir auch in Gormilows eigenhändig niedergeschriebenem Protokoll bestätigt. Wir fragen deshalb Gormilow, wer denn nun eigentlich seine Aussage falsch niedergeschrieben hat. Er behauptet damit doch nichts anderes, als daß Gormilow den Gormilow gefälscht habe!

Nehmen wir nun aber einmal an, der Zeuge habe tatsächlich – weil er vielleicht nach dem Unfall unter Schockwirkung stand – den Gang der Ereignisse nicht richtig wiedergegeben. Das kann ja vorkommen. Bei ruhigem Nachdenken fällt einem dies und jenes wieder ein, was man im ersten Schreck nicht mehr gegenwärtig hatte. Nehmen wir also an, es sei so gewesen, wie er es jetzt vor Gericht behauptet und wie es der Staatsanwalt wiederholt: Stanislaw habe rechts von seinem Vater gestanden, als der Wagen von links kam und den Jungen umriß.

Wir brauchen nicht viel Phantasie, um uns vorzustellen, was bei einer solchen Konstellation unweigerlich geschehen wäre: Der von links kommende Wagen hätte natürlich zuerst den links stehenden Vater erfassen müssen!«

»Nicht, wenn der Junge ganz vorn am Rand gestanden hätte, vor seinem Vater«, warf der Staatsanwalt ein.

»Dafür spricht, außer Gormilows eigener Behauptung, nichts! Also muß ich mich an die Indizien halten«, entgegnete Filipow. »Deshalb vertraue ich dem Bandmaß der Miliz, mit dem nachgewiesen wurde: Der Junge befand sich bereits auf der Straße, als ihn der Wagen erfaßte. Damit wird wohl endgültig klar, daß der Zeuge Gormilow in der Voruntersuchung die Wahrheit gesagt, sie aber vor Gericht entstellt hat!

Also stützt sich die Anklage in ihrer Beweisführung auf eine unwahre Aussage!

Sicherlich müßte sich das Gericht nun fragen: Warum hat Gormilow jetzt die Unwahrheit gesprochen? Wir wissen es nicht, wir können es nur ahnen. Wenn ein Vater sein Kind verliert, so ist das ein mit nichts vergleichbarer Schmerz. Dieser Kummer vervielfacht sich noch, wenn sich der Vater am Tode seines Kindes mitschuldig gemacht hat. Ja, man mag mich für herzlos halten, wenn ich es hier in aller Deutlichkeit ausspreche, aber meine Pflicht als Verteidiger fordert es von mir: Andrej Gormilow hat es versäumt, seinen Jungen angesichts des dichten Verkehrs an die Hand zu nehmen. Sonst würde Stanislaw heute noch leben. Spräche man aber den Lastwagenfahrer schuldig am Tode Stanislaws – wäre dann nicht der Vater vor dem Gesetz und seinem eigenen Gewissen aller Schuld ledig? Der Widerruf seiner ersten Aussage ist mir menschlich verständlich. Doch wir dürfen nicht zulassen, daß der Leidtragende neue Schuld auf sich lädt, indem er einem andern, einem unschuldigen Menschen, seine eigene Schuld aufbürdet!«

Eine bedrückende Stille folgte diesen Worten.

War Filipow zu weit gegangen?

Der Vorsitzende sagte: »Die Zeit ist schon weit fortgeschritten. Die Verhandlung wird morgen mit dem Plädoyer des Verteidigers fortgesetzt!«

Als Filipow den Gerichtssaal verließ, trat eine junge Frau auf ihn zu. Es war Anna, Gormilows verheiratete Tochter, Stanislaws Schwester.

»Herr Filipow«, sagte sie, »ich muß Sie sprechen.«

Ihre Stimme war erregt. Dem Anwalt schien es, als zittere die junge Frau am ganzen Körper. »Wir wollen doch nicht hier im Gang stehenbleiben«, erwiderte er.

Sie hatten kaum in einem kleinen Zimmer Platz genommen, als Anna auch schon heftig hervorstieß: »Es ist schändlich, wie Sie über meinen Vater hergefallen sind! Haben Sie denn gar kein Gefühl mehr? Wissen Sie wirklich nichts Besseres, als Mörder zu rechtfertigen?«

Der Anwalt blickte sie aufmerksam an. Gelassen erwiderte er: »Ich fürchte, wenn Sie so erregt sind, werden wir uns nicht ruhig unterhalten können.«

»Ich will keine ruhige Unterhaltung, ich will ...«

Sie brach ab und fing plötzlich an zu weinen.

»Aber beruhigen Sie sich doch bitte. Sie wollen doch genau wie ich, daß die Wahrheit gefunden wird.«

»Gerechtigkeit will ich!«

»Nur die Wahrheit gestattet es uns, ein gerechtes Urteil zu finden.«

»Wie kann man bloß zulassen, daß ein Verbrecher wie dieser Stojanow auch noch verteidigt wird!«

»Das Gesetz gewährt jedem Bürger das Recht auf Verteidigung. Die Gleichberechtigung aller Bürger kann doch nicht plötzlich vor den Schranken des Gerichts zu Ende sein! Wenn es aber ein Recht auf Verteidigung gibt, muß es auch Verteidiger geben. Wahrscheinlich haben Sie jedoch eine ganz falsche Vorstellung von unserer Arbeit.«

»Es ist bekannt, daß die Anwälte aus Schwarz Weiß machen; davon leben sie ja!« murmelte die junge Frau.

»Wissen Sie, wenn unser Beruf eines absolut ausschließt, dann sind es Lügen. Ein Anwalt kämpft nicht mit ungesetzlichen Mitteln um die Einhaltung der Gesetzlichkeit. Im Gegenteil – er hilft mit, die Wahrheit zu finden.«

»Wie kann man die Wahrheit finden, wenn man die Dinge so einseitig sieht wie Sie?«

»Natürlich sieht der Anwalt den Fall aus seiner Sicht. Aber gerade diese gewisse Einseitigkeit versetzt den Verteidiger in die Lage, auf Dinge aufmerksam zu machen, die das Gericht oder der Ankläger übersehen haben, Lücken in der Beweisführung aufzudecken und selbst Beweise zu erbringen. Nur durch diese gemeinsame Arbeit von Anwalt, Gericht und Staatsanwalt kann schließlich die Wahrheit gefunden werden.«

»Das klingt alles schön und gut, in der Theorie. Aber praktisch versuchen Sie doch nichts anderes, als einen Mörder seiner gerechten Strafe zu entziehen!«

»Nein. Ich verteidige die berechtigten Interessen des Angeklagten.«

»Welches Interesse hat denn dieser Mensch? Er will freigesprochen werden. Das ist sein einziges Interesse!«

»Ist das denn nicht berechtigt, wenn er unschuldig ist?«

»Stojanow ist nicht unschuldig!«

»Woher wollen Sie das wissen? Wenn sich jemand vor Gericht schuldig bekennt, nun gut, dann ist in der Regel die Sache klar. Dann wird der Anwalt nach Gründen suchen, um die Schuld des Angeklagten zu mildern. Aber wenn dieser Mensch nun wirklich unschuldig ist? Sehen Sie, Stojanow hält sich nicht für schuldig. Seine Schuld oder Unschuld kann sich nur in diesem Prozeß herausstellen.«

Anna erwiderte nichts.

Sie stand plötzlich auf. Im Hinausgehen sagte sie: »Unsere Meinungen gehen da eben auseinander, Herr Filipow.«

»Sicher, Sie sehen die Dinge aus Ihrer Sicht und ich aus meiner. Es kommt aber darauf an, welche Seite die Beweise beibringen kann.«

Anna hatte die Tür bereits geöffnet, als sie Filipow noch hinzufügen hörte: »Ich hoffe, auch Sie noch von meinen Beweisen überzeugen zu können."

Am nächsten Tag wurde der Prozeß mit dem Plädoyer des Verteidigers fortgesetzt.

Tags zuvor hatte Filipow nachgewiesen, daß Gormilows erste Aussage, Stanislaw sei auf die Straße gelaufen, mit den anderen Zeugenaussagen und den Feststellungen der Miliz übereinstimmte.

Nun wandte sich der Verteidiger einem anderen Punkt der Anklage zu.

Der Staatsanwalt hatte Stojanow beschuldigt, er habe die auf der Bahnhofstraße vorgeschriebene Höchstgeschwindigkeit von dreißig Stundenkilometern nicht eingehalten.

Dazu sagte Filipow: »Die Anklage scheint also der Meinung zu sein, wäre Stojanow langsamer gefahren, hätte er rechtzeitig bremsen und den Unfall vermeiden können.

Entschuldigen Sie, Herr Staatsanwalt, aber liegt in dieser Behauptung nicht ein Widerspruch? Wäre Stojanow – wie es

Gormilow jetzt darstellt – bis an den Fußweg herangekommen und hätte das dort stehende Kind umgerissen, dann wäre das auch bei einer Geschwindigkeit von dreißig Stundenkilometern passiert. Wenn Sie nun sagen, Stojanow hätte bei dieser niedrigen Geschwindigkeit noch rechtzeitig bremsen können, dann setzen Sie doch voraus, daß eine unvorhergesehene Situation eintrat. Welches war denn aber die unvorhergesehene Situation? Daß ein Kind plötzlich auf die Straße lief!

Stojanow wird eine höhere Geschwindigkeit vorgeworfen, als gestattet war. Die Verteidigung ist in der Lage, eine amtliche Bescheinigung der Stadtverwaltung vorzulegen. Darin heißt es: ›Ein Verkehrsschild, das die zulässige Geschwindigkeit von Lastwagen auf der Bahnhofstraße mit dreißig Stundenkilometern festlegt, wurde dort am siebenundzwanzigsten August angebracht.‹ Der Unfall jedoch geschah am fünfundzwanzigsten August!

Weiter: Was versteht die Anklage unter überhöhter Geschwindigkeit? Sie stützt sich auf die Aussage der Straßenbahnschaffnerin Solojewa. Diese Zeugin gab an, Stojanow sei mit mindestens fünfunddreißig Stundenkilometern gefahren.

Ich möchte ganz schlicht bezweifeln, daß ein Mensch wie die Straßenbahnschaffnerin Solojewa, die selber noch niemals einen Kraftwagen gefahren hat, durch bloßen Augenschein die Geschwindigkeit eines Kraftfahrzeuges bis auf fünf Stundenkilometer genau anzugeben vermag.

Aber machen wir uns trotzdem den Standpunkt der Anklage zu eigen und räumen wir ein, Stojanow sei mit fünfunddreißig Stundenkilometern gefahren, vielleicht sogar mit vierzig, was am fünfundzwanzigsten August auf der Bahnhofstraße, wie wir inzwischen wissen, nicht untersagt war.

Ich frage: Hätte denn Stojanow bei einer Geschwindigkeit von dreißig Stundenkilometern den Zusammenstoß mit dem Kind vermeiden können?«

Filipow ließ sich nun detailliert über den Zusammenhang zwischen Geschwindigkeit und Bremsweg aus und erläuterte im einzelnen die Bedingungen, auf denen der Bremsweg eines Fahrzeuges beruht. Und er wies nach: »Selbst bei einer Geschwindigkeit von dreißig Stundenkilometern fährt das Fahrzeug vom Augenblick, da der Fahrer eine plötzliche Gefahr erkennt, bis zum Augenblick des Stillstands noch mindestens acht Meter.

Da der Junge aber erst auf die Straße lief, als der Wagen sich fast auf gleicher Höhe mit ihm befand, hätte Stojanow den Wagen auf gar keinen Fall mehr rechtzeitig zum Stehen bringen können.«

Dasselbe besagte auch das kraftfahrzeugtechnische Gutachten, auf das Filipow verwies: »Vom technischen Gesichtspunkt aus gesehen, gab es keinerlei Möglichkeit, das Fahrzeug noch rechtzeitig zu bremsen, gleich mit welcher Geschwindigkeit es sich auch bewegt hätte.«

Damit hatte der Verteidiger einen weiteren Punkt der Anklage widerlegt. Er hatte nachgewiesen, daß am Tage des Unfalls die Geschwindigkeit in der Bahnhofstraße noch nicht auf dreißig Stundenkilometer begrenzt war und daß in der gegebenen Situation der Wagen auch bei einer sehr niedrigen Geschwindigkeit nicht mehr rechtzeitig hätte gebremst werden können.

Zum Schluß seines Plädoyers beschäftigte sich Filipow mit der Anschuldigung, Stojanow habe Fahrerflucht begangen. Der Verteidiger machte darauf aufmerksam, daß Angeklagte, die schuldig seien, oft zu Lügen Ausflucht nähmen. Diese Erfahrung dürfte aber das Gericht trotzdem nicht dazu verleiten, die Aussagen von Angeklagten grundsätzlich mit Mißtrauen aufzunehmen.

»Darin besteht doch der Sinn der gerichtlichen Untersuchung: Sie ist ein Laboratorium, in dem die Qualität aller vorgelegten Beweise geprüft wird. Hier werden die Aussagen auch des Angeklagten bestätigt oder widerlegt. Wie nun können wir die Glaubhaftigkeit des Angeklagten prüfen? Indem wir seine Aussagen mit den objektiven Beweisen vergleichen.«

Filipow betonte, Stojanows Aussage, er habe den Unfall nicht bemerkt und sei deshalb weitergefahren, stünde nicht im Widerspruch zum Beweismaterial. Das zeige sich an zweierlei Tatsachen.

Erstens: Am Lastwagen seien keine Spuren gefunden worden, die auf einen direkten Zusammenstoß mit dem Körper des Kindes hindeuteten.

Zweitens besage das gerichtsmedizinische Gutachten: »Stanislaw G. lief, während er die Straße zu überqueren begann, an ein unerwartet vor ihm auftauchendes Fahrzeug, stieß sich von ihm mit den Armen zurück und schlug, fallend, mit Rücken und Hinterkopf auf die Asphaltdecke der Straße, wobei er alle im Gutachten beschriebenen Verletzungen erlitt. Daß der Junge durch das Vorder- oder Seitenteil des Fahrzeugs erschlagen oder daß er gar überfahren wurde, ist mit Bestimmtheit ausgeschlossen.«

Nachdem Filipow diese Zeilen verlesen hatte, fügte er hinzu: »Sie kennen, meine Herren, die vorsichtigen Formulierungen der gerichtsmedizinischen Sachverständigen aus Erfahrung. Da finden wir immer wieder Ausdrücke, die Zweifel in dieser oder jener Richtung offenlassen. Da heißt es: ›Es ist mit Wahrscheinlichkeit anzunehmen‹ oder ›Mit an Sicherheit grenzender Wahrscheinlichkeit ist zu vermuten‹ ... Aber dieses gerichtsmedizinische Gutachten hier hat angesichts der eindeutigen Symptome eine solche Vorsicht in seinem Urteil nicht nötig, es spricht klar und bestimmt davon, wie sich der Unfall zugetragen hat.

Und er hat sich nicht so abgespielt, wie es Gormilow in seiner zweiten Aussage und der Ankläger darstellen. Nun haben wir gesehen, daß dem Herrn Staatsanwalt auch das gerichtsmedizinische Gutachten nicht genügte. Er hat ein Obergutachten angefordert. Zwei bedeutende Kapazitäten der gerichtlichen Medizin haben daraufhin ein neues Gutachten angefertigt und dabei das Erstgutachten in jeder Hinsicht bestätigt. Also stellen wir fest, drei gerichtsmedizinische Gutachten bestätigen Stojanows Aussage. Er konnte nicht sehen, wie sich der Unfall abspielte, denn das Kind befand sich nicht in Stojanows Gesichtsfeld, als es sich von seinem Wagen zurückstieß. Der Tatbestand der Fahrerflucht ist also nicht gegeben.«

Damit hatte der Anwalt alle Punkte der Anklage widerlegt. Aber er wollte mehr. Der Unglücksfall sollte seiner Meinung nach dazu beitragen, künftig ähnliche Fälle zu vermeiden. Wenn dieser Prozeß überhaupt einen Sinn gehabt hatte, dann konnte das nur seine prophylaktische Wirkung sein.

»Dieser Prozeß war lang und schwer, und er war traurig, weil es um den Tod eines Kindes ging. Mit vollem Recht verlangt der Gesetzgeber, daß wir Gesundheit und Leben vor allem unserer Kinder schützen. Das hat dieser traurige Unglücksfall wohl deutlich genug bewiesen.«

Der Anwalt wandte sich um und wies auf Stojanow: »Hohes Gericht! Gestützt auf die vorgebrachten Beweise, beantrage ich seine völlige Rehabilitierung. Er ist unschuldig.«

Dann deutete Filipow auf die Zeugen und Sachverständigen: »Ich bin nicht der erste, der hier das Wort ›unschuldig‹ ausgesprochen hat. Wir hörten das gleiche Wort aus dem Mund der gerichtsmedizinischen Gutachter, und es klang aus der Aussage des kraftfahrzeugtechnischen Sachverständigen. Und deshalb bin ich gewiß: In dem Urteil des Hohen Gerichts wird nicht stehen ›schuldig am Tode‹, sondern gerechterweise ›unschuldig‹!«

Das Gericht schloß sich nach langer Beratung den Beweisen der Verteidigung an und sprach Stojanow wegen erwiesener Unschuld frei.

8 · SKALPIERT

Gerber gibt es in dieser sächsischen Kleinstadt heute nicht mehr. Nur der Name der Gasse und ein Graben mit trübem Rinnsal sind von damals übriggeblieben.

Die Häuser in der Gerbergasse stehen dicht gedrängt, wie Zähne, die, zu groß geworden, sich gegenseitig wegdrücken, bis sie, quer und schief, ganz durcheinandergeraten sind.

Das Haus Nr. 8 mit seiner fliehenden grünnarbigen Stirnwand liegt einige Schritt weiter zurück als seine Nachbarn. In diesem Haus wohnen drei Mieter: unten, links und rechts vom Eingang, jeweils eine alte Frau und im oberen Stockwerk die Familie Kaltenborn. Zu ihr gehören fünf Personen: der Hilfsarbeiter Helmut Kaltenborn, seine Frau Hella, die als Reinigungskraft in der Schule arbeitet, zwei halbwüchsige Söhne und neuerdings der siebenjährige Bernd, der nach jahrelangem Aufenthalt in einem Kinderheim wieder in die Hände seiner Mutter zurückgegeben worden ist.

An einem Nachmittag im Februar, gegen siebzehn Uhr, kommt Hella Kaltenborn von der Arbeit nach Hause. Die vierundvierzigjährige Frau mit dem mageren, verlebten Gesicht steigt die Treppe empor, öffnet die Tür, die geradewegs ins Wohnzimmer führt, und legt den Einkaufsbeutel auf den Tisch. Während sie sich den Mantel aufknöpft, ruft sie: »Bernd! Wo steckst du denn schon wieder!«

Die Tür aus dem Schlafzimmer öffnet sich. Ein Junge schiebt sich auf die Schwelle. Er läßt die Tür hinter sich offen und lehnt den Kopf an den Pfosten. In seiner Haltung liegt etwas Verschüchtertes. So kommt ein Hund näher, der Prügel erwartet.

»Hast du schon was gegessen?« fragt die Mutter.

Bernd schüttelt den Kopf.

»Kannst du nicht reden? Muß ich erst wieder jedes Wort aus dir 'rausprügeln? So was Mundfaules! Los, hol das Brot aus der Küche!«

Bernd huscht an der Mutter vorbei, holt das Brot und legt es auf den Tisch.

»Glaubst du, ich kann mit den Fingern schneiden? Ein Messer, aber bißchen dalli!«

Während das Kind das Messer holt, leert die Frau den Einkaufsbeutel – sie packt ein Stück Butter aus, einen Ring Blutwurst, Stangenkäse, ein Päckchen Kaffee und eine halbe Flasche Weinbrand.

Die Anwesenheit des Kindes scheint sie vergessen zu haben. Erst als ihr Bernd das Messer vors Gesicht hält, blickt sie auf. Sie schneidet einen Kanten Brot ab, bestreicht ihn mit Butter und gibt ihn dem Kind.

Bernd beißt hinein. Anscheinend hat er nicht viel Hunger. Er steht mitten im Zimmer, unschlüssig, als warte er auf den nächsten Befehl oder das nächste Schimpfwort.

»Schaff das Zeug in die Küche!« sagt die Mutter. Bernd greift zuerst nach der Flasche. »Die bleibt hier«, bestimmt Frau Kaltenborn und nimmt sie ihm wieder aus der Hand.

Jetzt sind draußen auf der Treppe Schritte zu hören. Bernd versucht, Butter, Käse, Kaffee und Wurst in beide Hände zu nehmen. Es gelingt ihm auch. Inzwischen öffnet sich die Tür, Helmut Kaltenborn tritt ein. Das Kind verschwindet in der Küche. Kaltenborn murmelt einen Gruß. Man sieht ihm nicht an, daß er dreizehn Jahre jünger ist als seine Frau. Sein stumpfer, verdrossener Blick bleibt an der Flasche hängen.

»Bernd!« ruft die Mutter.

Der Junge kommt mit ängstlichem Rücken heraus. Die Mutter zeigt aufs Brot. Bernd nimmt es, um es in die Küche zu bringen. Im Vorbeigehen blickt er zu Helmut Kaltenborn, der gerade den Verschluß der Weinbrandflasche absprengt. »Glotz nicht so blöd!« sagt der Mann und hebt die Hand. Aber der Junge ist schneller und entwischt in die Küche.

Kaltenborn trinkt einige Schluck, reicht danach die Flasche seiner Frau. Sie holt ein leeres Senfglas und gießt es viertel voll. Nach dem ersten Schluck setzt sie nur einen Atemzug ab, dann trinkt sie das Glas aus. Ein wohliger Seufzer folgt, und sie schiebt die Flasche ihrem Mann wieder zu.

Gegen sechs kommen die beiden großen Jungen heim, der fünfzehnjährige Thomas und der sechzehnjährige Wolfgang. Hella Kaltenborn läßt Bernd die Eßwaren wieder aus der Küche holen. Sie stellt Teller auf den Tisch, legt einige Messer hinzu. Das Abendessen läuft hastig ab, als habe keiner auch nur eine Minute länger Zeit als dazu nötig; die beiden Jungen gehen tatsächlich auch gleich wieder fort. Hella befiehlt Bernd, sich die Hände zu waschen, dann entkleidet sie ihn und bringt ihn ins Schlafzimmer, wo sein Bett neben dem der Eltern steht.

Kaltenborn sitzt in einer Art unruhiger Reglosigkeit am Tisch und starrt auf das schmutzige Geschirr.

Seine Frau kommt zurück und setzt sich neben ihn. Sie gießt sich den Rest Weinbrand ins Senfglas. Kaltenborn blickt auf die leere Flasche.

»Ist nichts mehr da?«

»Hast du noch Geld?« fragt die Frau.

Der Mann steht auf. »Ich hole noch eine Flasche im Stadtcafé.« Er setzt sich die Mütze auf und geht ohne Mantel in die Kälte hinaus.

Hella bleibt sitzen. Sie schiebt den Teller in die Mitte des Tisches. Wieder kein Geld, denkt sie. Es wird schon noch so weit kommen, daß mir Helmut durch die Lappen geht. Kann ich ihm auch gar nicht krummnehmen, denn wenn ich mit der Arbeit aufhöre, ist überhaupt kein Geld mehr da. Helmut ist eben nicht in der Lage, regelmäßig zu arbeiten, weiß der Teufel warum, er kann es eben nicht. Armes Schwein. – Ich darf meine Arbeit nicht aufgeben. Doch wenn ich weiter arbeiten gehe, kann ich mich nicht so um Bernd kümmern, wie ich soll. Was denken die sich bloß. Warum haben die den Jungen zurückgeschickt aus dem Heim.

Dort war er doch gut aufgehoben. Die machen sich's leicht, und ich habe ihn nun auf dem Hals. Aber die wissen schon, warum sie ihn abgeschoben haben, weil er doch blöd ist, geistig minderwertig. Der hat ja einen Dachschaden, der hat nicht alle Tassen im Schrank, der Bernd. Hat ihnen sicher dauernd das Bett vollgepißt, das Mistvieh, wie zu Hause. Ich soll mich um dieses Miststück kümmern, wie komme ich dazu, der gehört in ein Heim, was soll der hier, was soll ich mit dem anfangen, der ist doch dumm wie Bohnenstroh, dem kann man's 'reinprügeln, er kapiert nichts.

Helmut läuft mir noch davon. Kann ich ihm gar nicht verdenken, mit so einem Idioten im Haus. Seit der Junge da ist, gibt's doch dauernd Krach mit Helmut. Und Ärger mit der Fürsorge. Was soll ich bloß machen – seit Bernd da ist, geht alles drunter und drüber, das ist ein richtiger Teufel, der muß weg. Er muß weg, dann hätte ich endlich wieder Ruhe. Weg! Ist ja nicht schade um ihn, der ist doch sowieso minderbemittelt. Totschlagen, das wär' das einzig Richtige. Man muß es gleich erledigen, morgen getrau' ich mir's schon wieder nicht, da tut mir der Mistkerl wieder leid.

Hella Kaltenborn steht auf. Sie blickt sich suchend um. Dann geht sie zum Kohlenkasten und nimmt einen Handfeger heraus, der auf den Briketts liegt. Sie hört Schritte draußen und wirft den Handfeger wieder in den Kasten.

Kaltenborn kommt mit einer Flasche »Hirschblut« zurück. Er kratzt den Verschluß ab und drückt den Korken gleich in den Flaschenhals hinein. Die Frau holt ein zweites Senfglas. Der Mann gießt ein. Beide setzen sich wieder an den Tisch. Das schmutzige Geschirr steht noch immer da. Kaltenborn schneidet sich ein Stück Blutwurst ab und schiebt es in den Mund. Noch kauend, hebt er das Glas und trinkt. Es ist inzwischen einundzwanzig Uhr geworden.

Hella und Helmut sitzen am Tisch wie Puppen, die plötzlich für Augenblicke in Bewegung geraten, wenn sie das Glas in die Hand nehmen.

Dann kommen die beiden Jungen heim und verschwinden in ihrem Zimmer.

Um zehn ist auch die Flasche »Hirschblut« leer.

»Gib mir mal Geld«, sagt Kaltenborn.

»Hab keins mehr.«

»Du hast noch.«

Sie rafft sich auf und holt die Geldbörse aus der Schublade. »Die letzten fünf Mark.«

Kaltenborn nickt zufrieden und geht.

Wieder sitzt die Frau da, wieder holpern die gleichen Gedanken über die ausgefahrenen Gleise, wieder machen sie halt an derselben Stelle; wieder steht Hella auf, geht zum Kohlenkasten und ergreift den Handfeger. Sie öffnet die Schlafzimmertür und betritt den dunklen Raum. Sie schaltet das Licht nicht ein, läßt aber die Tür einen Spalt breit offen.

Die Stille ist zu Ende.

Es folgen dumpf klatschende Schläge.

Zögernde Schreie setzen ein, die bald in ein pausenloses Wimmern übergehen.

Plötzlich ertönt das schrille Läuten der Türklingel.

Hella Kaltenborn kommt aus dem Schlafzimmer, legt den Handfeger auf den Tisch und öffnet die Wohnungstür. Draußen, auf dem Flur, steht die alte Frau Michel von unten rechts. Sie hat einen verwaschenen Morgenrock an und fragt: »Was ist denn bloß los bei Ihnen, Frau Kaltenborn? Das ist doch wirklich ein bißchen zuviel, was da wieder bei Ihnen passiert.«

»Das sind die beiden Großen, Frau Michel. Die boxen sich und können kein Ende finden. Sie wissen ja, wie das in dem Alter ist.«

»Jaja«, murmelt die alte Frau, »aber man will doch wenigstens nachts seine Ruhe haben.«

»Ich geh' hinein, ich schaff' schon Ordnung, Frau Michel.«

Frau Michel nickt und wendet sich der Treppe zu. Hella Kaltenborn schließt die Tür, nimmt den Handfeger und geht erneut ins Schlafzimmer.

Bald danach kehrt der Mann zurück. Im Verlauf der nächsten halben Stunde trinken die beiden die zweite Flasche »Hirschblut«. Irgendwann wird Kaltenborn auf die gurgelnden Geräusche aus dem Schlafzimmer aufmerksam. Seine Frau sagt: »Also ... ich hab' den Bernd ... Es ist am besten so, denk' ich.«

Kaltenborn nickt. »Den Rest kannst du mir überlassen. Wenn es 'rauskommt, weiß ich wenigstens, warum ich schon wieder in den Knast soll.«

Hella drückt ihm den Handfeger in die Hand und geht voran. Wieder bleibt die Tür ein wenig offen. Drinnen fallen zwei wuchtige Schläge. Ein einziger Schrei folgt, dann ist es still. In die Stille hinein sagt Hella: »Hör auf. Ich glaube, jetzt reicht's. Hör auf, sag' ich!«

Dann kommt Kaltenborn heraus, setzt sich nochmals an den Tisch, trinkt das letzte Glas Wein. Als seine Frau nach einer Weile erscheint, fragt er: »Was hast du da drin noch gemacht?«

»Eine Binde um den Kopf gewickelt.«

»Wozu das denn?«

»Nur so. Der erlebt den Morgen sowieso nicht mehr.«

Hella trinkt auch ihr Glas aus. Es ist dreiundzwanzig Uhr. Sie gähnt. »So müde war ich lange nicht. Gehn wir schlafen?«

Kaltenborn hat nichts dagegen. Beide gehen ins Schlafzimmer.

Der nächste Morgen beginnt wie jeder Tag.

Die Jungen müssen zuerst weg, Hella macht ihnen Frühstück. Als sie aus dem Haus sind, legt sie sich noch einmal ins Bett, ihr Dienst beginnt erst am späten Vormittag. Der Mann schläft noch.

Gegen neun rappelt er sich hoch, zieht sich grunzend an, ißt ein paar Bissen, entdeckt in der Geldbörse seiner Frau außer ein paar Groschen noch ein Zweimarkstück, das er an sich nimmt, holt seinen Mantel und verläßt die Wohnung.

Hella Kaltenborn steht bald danach ebenfalls auf und stellt zuerst fest, daß Bernd immer noch lebt. Sie sucht einen Lappen, macht ihn naß und legt ihn auf den blauschwarz geschwollenen

Kopf des Kindes. Dann deckt sie ihm ein weißes Laken über den Kopf, so wie man einen Toten verhüllt.

Nachdem sie gefrühstückt hat, geht sie zur Arbeit.

Es wird Mittag.

Gegen dreizehn Uhr schlägt die Türglocke an. Draußen steht Frau Thomas, die Erzieherin, die heute in der Vorschule festgestellt hat, daß Bernd wieder einmal fehlt. Frau Thomas ist in diesem Fall sehr mißtrauisch. Schon zweimal hat sie Bernd ärztlich untersuchen lassen, weil sie an ihm Spuren schwerer Mißhandlungen bemerkt hatte.

Als niemand auf ihr Läuten öffnet, drückt Frau Thomas die Türklinke nieder. Verwundert sieht sie, daß die Wohnung nicht abgeschlossen ist. Sie bleibt zunächst zögernd stehen, dann stößt sie die Tür auf und tritt ins Wohnzimmer.

Durch die Stille hört sie einen unbestimmten Laut, der bereits von der Grenze des Lebens herkommt.

Sie geht dem Laut nach und entdeckt im Schlafzimmer das hinüberdämmernde Kind unter dem weißen Tuch ...

Wenig später fährt das Krankenauto vor.

Mit heulender Sirene jagt der Wagen ins Kreiskrankenhaus. Dort erwartet der Chefarzt, ein Chirurg, mit seinem Operationsteam das Kind.

Die Operation dauert Stunden. Als sie beendet ist, atmen die Ärzte erleichtert auf: Sie dürfen Hoffnung haben, daß das Kind am Leben bleiben wird.

Am nächsten Tag diktiert der Chefarzt seinen Befund: »... Schädelbasisbruch, Hirnreizung mit Krämpfen der Gesichtsmuskulatur, Abhebung der Kopfschwarte, was einer Skalpierung gleichkommt, Bluterguß zwischen Kopfschwarte und knöchernem Schädeldach, Abwehrverletzungen an beiden Unterarmen und Händen in Form von zahlreichen Blutergüssen. Bewußtlosigkeit ... Lungenentzündung als Folge langen Liegens in unbekleidetem Zustand in einem ungeheizten Raum ...«

Eine Kopie des Befundes geht an den Hausarzt, eine zweite an das Polizeirevier.

Inzwischen laufen die ersten Ermittlungen. Hella und Helmut Kaltenborn werden verhaftet.

Zwei Monate danach erhebt der Staatsanwalt gegen das Ehepaar Anklage wegen versuchten Mordes.

Dr. Kahn wird zum Pflichtverteidiger bestellt.

In seinem Plädoyer verweist der Staatsanwalt nicht nur auf die besondere Grausamkeit des Verbrechens, sondern auch auf die niedrigen Beweggründe, die die Täter veranlaßt haben, sich des Kindes zu entledigen: nämlich die Absicht, ihr asoziales Leben ohne jegliche Verantwortung für das behinderte Kind weiterzuführen. Der Staatsanwalt beantragt für Hella Kaltenborn lebenslange Freiheitsstrafe, für ihren Ehemann – unter Berücksichtigung verminderter Zurechnungsfähigkeit – eine Freiheitsstrafe von fünf Jahren und danach die Einweisung in eine Heil- und Pflegeanstalt.

Dann erhält Dr. Kahn das Wort zu seinem Plädoyer.

Der Anwalt verurteilt das Verbrechen entschieden. Aber er wendet sich dagegen, die Tat als Mordversuch zu werten. Die Angeklagte habe nicht aus niedrigen Beweggründen gehandelt, sondern aus dem für sie unlösbaren Konflikt heraus, entweder ihren Mann oder das Kind zu verlieren.

Nach eingehender Beratung verkündet der vorsitzende Richter schließlich das Urteil: »Wegen versuchten Mordes wird die Angeklagte Hella Kaltenborn zu lebenslanger Freiheitsstrafe, der Angeklagte Helmut Kaltenborn wegen versuchten Mordes im Zustand verminderter Zurechnungsfähigkeit zu acht Jahren Freiheitsstrafe verurteilt.«

Die Staatsanwaltschaft hatte bei ihrem Antrag auf lebenslange Freiheitsstrafe für Hella Kaltenborn geltend gemacht, daß die Angeklagte bewußt und überlegt gehandelt habe, als sie, getrieben von krassem Egoismus, alles tat, um den Tod ihres Kindes

Bernd herbeizuführen. Dabei habe sie ihm so schwere Verletzungen am Kopf zugefügt, daß diese einer Skalpierung gleichkamen. Die Tat sei der Angeklagten keinesfalls wesensfremd, denn sie habe bereits in der Vergangenheit durch ihr asoziales Verhalten bewiesen, daß ihr ihre Kinder kaum etwas bedeuten ...

Für Helmut Kaltenborn beantragte der Staatsanwalt eine Haftstrafe von fünf Jahren mit anschließender Einweisung in eine Heil- und Pflegeanstalt, weil der Angeklagte nach Meinung des Gutachters eine Gefahr für die öffentliche Sicherheit bedeute.

Das Gericht erkannte hier auf eine Haftstrafe von acht Jahren und führte in der Urteilsbegründung aus: »Wenn auch die Handlung des Angeklagten im Zustand der verminderten Zurechnungsfähigkeit begangen wurde, so ist auf Grund der Tat und der Persönlichkeit des Täters eine derartige Differenzierung zur Strafe der Angeklagten Hella Kaltenborn nicht gerechtfertigt. Bezüglich der Einweisung des Angeklagten in eine Heil- und Pflegeanstalt kommt das Gericht zu dem Ergebnis, daß auch dieser Antrag des Staatsanwalts nicht gerechtfertigt ist, da der Angeklagte vor der Tat niemals nach außen gewalttätig geworden ist.

Das Gericht stimmt in seiner Entscheidung mit den Ausführungen der Anklage überein, die die Tat der Angeklagten aufs schärfste mißbilligte und eine harte Strafe forderte ...«

Mit diesem Urteil endet der Prozeß gegen die Eheleute Helmut und Hella Kaltenborn.

Als Dr. Kahn an diesem Abend in die Kanzlei kommt, ist es kurz nach zwanzig Uhr. Er geht in sein Arbeitszimmer, holt die Akte Kaltenborn aus der Tasche und rückt das Diktiergerät auf dem Schreibtisch nahe heran.

Dann schaltet er es ein und beginnt, eine Berufung zu formulieren.

In diesem Augenblick hört Dr. Kahn, daß die Tür zum Büroraum geöffnet wird, jemand eintritt und anscheinend unschlüssig stehenbleibt. Der Anwalt geht hinaus. Auf der Türschwelle zum

Kanzleizimmer steht eine junge Frau, die gerade ihren nassen Regenschirm zusammenschiebt.

»Frau Fleischer?« fragt Dr. Kahn, und das Erstaunen in seiner Stimme macht der Frau bewußt, daß sie wohl doch zu einer etwas unpassenden Stunde gekommen ist.

Die Jugendhelferin entschuldigt sich und betont, sie wolle Dr. Kahn wirklich nicht lange aufhalten. »Aber Sie wissen doch, ich habe am Prozeß teilgenommen ...«

»Jaja, ich weiß.«

»Ich habe anschließend auf Sie gewartet, Sie dann aber nicht mehr gesehen. Zwei Dinge hätte ich gern, in aller Kürze natürlich, mit Ihnen besprochen.«

»Nehmen Sie doch Platz. Und legen Sie ab.«

»Haben Sie denn wirklich Zeit?«

»Ich arbeite gerade die Berufung für Hella Kaltenborn aus.«

»Die Berufung ... Heißt das, Sie wollen Berufung einlegen?«

»Selbstverständlich.«

»Also es geht um Bernd. Er kommt ja bald aus der Klinik. Sie hatten mir damals versprochen, sich um das Kind zu kümmern.«

»Natürlich!«

»Danke. Aber da ist noch etwas. Sie wissen ja, die Sache mit Bernd hat viel Aufsehen in der Stadt erregt. Frau Kaltenborn arbeitete als Reinigungskraft in der Schule, viele Menschen kennen sie, und überall wird über ihre Tat gesprochen, in den Betrieben, in den Schulen und auf der Straße. Man wundert sich, warum nicht eher eingegriffen wurde, obwohl bekannt war, daß sie den Jungen schon mehrmals so schlimm zugerichtet hat. Die Staatsanwaltschaft möchte die Öffentlichkeit daher sachlich in einer Pressekonferenz informieren. Natürlich werden auch Sie, als Hella Kaltenborns Verteidiger, eine Einladung dazu erhalten.«

»Selbstverständlich nehme ich daran teil.«

»Vielleicht sollten Sie lieber nicht kommen, Herr Doktor Kahn.«

»Aber Frau Fleischer, was ist denn das für ein seltsamer Vorschlag?«

»Herr Doktor Kahn, ich kann Ihnen nur eins sagen: In der Stadt herrscht große Empörung über diese Frau. Manche Leute fragen sogar, ob lebenslängliche Freiheitsstrafe nicht eine zu milde Strafe sei. Ich habe Ihr Plädoyer gehört, und ich glaube, wenn Sie sich in der Öffentlichkeit ähnlich äußern würden, könnte es zu unangenehmen Reaktionen kommen. Ich kenne Sie nun schon seit vielen Jahren, Herr Doktor Kahn, ich achte Sie, und deshalb sollten Sie meinen ganz persönlichen Rat nicht in den Wind schlagen. Es wäre völlig zwecklos, für diese Frau noch ein Wort einzulegen.«

Dr. Kahn antwortet nicht.

Frau Fleischer fährt fort: »Natürlich verstehe ich, daß auch ein Verbrecher das Recht hat, verteidigt zu werden. Das ist ja auch geschehen, Sie haben Ihre Pflicht getan, aber nun wollen Sie sogar Berufung einlegen! Haben der Staatsanwalt und die Richter Sie noch immer nicht überzeugt, daß diese Frau grausam und unmenschlich gehandelt hat?«

Dr. Kahn steht auf, geht in sein Arbeitszimmer, schaltet das Licht und das Diktiergerät aus, kommt zurück und setzt sich Frau Fleischer gegenüber. Irgendwo entdeckt er auch noch eine Zigarre. Als die Zigarre schließlich brennt, fragt er: »Unmenschlich? Ich bin der Meinung, daß das Gericht die Motive und den Charakter der Tat falsch bewertet hat.«

»Der Charakter der Tat ist so offensichtlich brutal und grausam ...«

»Entschuldigen Sie, Frau Fleischer, man muß die Tat im Zusammenhang mit der Täterpersönlichkeit sehen. Staatsanwalt und Gericht sprechen von niedrigen Beweggründen. Aber die Tatsachen zeugen davon, daß sich Hella Kaltenborn in einer für sie unlösbaren Konfliktsituation befand. Sie hat auch nicht vorsätzlich und überlegt gehandelt, sondern aus einem spontanen Entschluß heraus, und deshalb kann man ihre Tat nicht als Mordversuch, sondern nur als versuchten Totschlag werten. Das Gericht hat ihre Konfliktsituation nicht durch Sachverständige prüfen lassen. Deshalb mein Berufungsantrag.«

»Herr Doktor Kahn, wo kämen wir denn hin, wenn wir eine so barbarische Tat auch noch psychologisch analysieren würden! Was bliebe denn am Schluß übrig? Ein Schulterklopfen und Achselzucken: Ist ja alles gar nicht so schlimm, die Ärmste konnte ja nicht anders! Nein, Herr Doktor Kahn, schließlich gibt es ein gesundes Rechtsempfinden.«

»Ich kenne ein ähnlich verheerendes Wort von früher: gesundes Volksempfinden. Aber lassen wir das jetzt ... ich bin etwas sensibilisiert gegen solche Worte. Damit läßt sich kein Recht sprechen. Das Recht gestattet dem Angeklagten und dem Verurteilten, alle gesetzlichen Mittel in Anspruch zu nehmen, die seiner Verteidigung dienen. Natürlich verurteile auch ich dieses abscheuliche Verbrechen. Die Tat selbst kann niemals entschuldigt werden, damit Sie mich richtig verstehen. Das einzige, was ich also in solch einem Fall tun kann, ist, die Umstände der Tat aufzuhellen, die psychische Situation sichtbar zu machen, aus der heraus die Tat begangen wurde. Sie denken vielleicht, ich fordere einen Freispruch – nein, aber eine gerechte Bewertung der Tat.«

Der Anwalt fügt hinzu: »Im übrigen bedeutet nach meiner Ansicht Verstehen keineswegs Verzeihen – beide Begriffe haben unterschiedliche Voraussetzungen. Ich bin im Gegenteil der Auffassung, daß Verstehen erst das Recht zur Kritik gibt.«

»Haben Sie Kinder, Herr Kahn?«

»Zwei.«

»Dann frage ich mich, nach welchem Maßstab Sie dieses Verbrechen beurteilen wollen.«

»Sie wissen doch, wie das Leben dieser Hella Kaltenborn bisher verlaufen ist: ohne Ordnung und Ziel. Einen Beruf hat sie nie erlernt. Immer und überall reichte es nur zur Aushilfe, ob sie in der Weberei arbeitete oder im Haushalt, beim Bauern, in der Kiesgrube, im Schamottewerk oder als Reinigungskraft.«

»Das hat ihr niemand vorgeworfen. Was man verurteilen muß, ist ihr Lebenswandel. Von ihren sieben Kindern sind sechs unehelich geboren. Von mehreren dieser Kinder kann sie nicht einmal den Namen des Vaters nennen!«

»Sicherlich hat sie ein leichtfertiges Leben geführt, sicher war sie zu Recht bei der Sitte registriert. Aber man darf dabei nicht übersehen, daß sie mehrmals ernsthaft versucht hat, zu einem normalen Leben zurückzufinden durch ordentliche Arbeit und durch ihre Ehen. Diese Versuche sind nicht aus eigenem Verschulden gescheitert. Der Vater ihres ersten Kindes starb. Der Vater ihres zweiten Kindes, den sie auch heiratete, kam bei einem Betriebsunfall ums Leben. Und die dritte Ehe mit Helmut Kaltenborn stand von Anfang an unter einem unglücklichen Vorzeichen. Dieser dreizehn Jahre jüngere Mann ist ein geistig zurückgebliebener, labiler Mensch, völlig unfähig, ihr ein Halt zu sein; im Gegenteil, sie hatte mit ihm nur Schwierigkeiten.«

»Dann hätte sie ihn nicht heiraten sollen!«

»Wenn man alles immer genau vorher wüßte, Frau Fleischer, dann wären viele Konflikte und Katastrophen vermeidbar. Wahrscheinlich ahnte Hella, daß sie keine Chance mehr hatte, einen anderen Mann zu finden, und so hängte sie sich eben an diese längst schon gescheiterte Existenz. Sie haben ja Kaltenborns Lebenslauf gehört: aus der fünften Klasse der Hauptschule entlassen, ohne erlernten Beruf. Dem Alkohol verfallen, jahrelang im offenen Strafvollzug. Nach seiner Entlassung wechselte er immer wieder die Arbeitsstellen. Wegen Diebstahls im Gefängnis, Weibergeschichten, auch nach seiner Heirat mit Hella. Was konnte dieser Mann für seine Frau tun? Und trotzdem klammerte sie sich fast verzweifelt an ihn, erschien ihr die Ehe mit ihm als letzter Halt, als sichere Rettung, weil sie keine Bindung zur Gesellschaft mehr besaß und sich isoliert fühlte.«

»Dieser sichere Port, Herr Kahn, war doch wohl nichts anderes als ein Umschlaghafen für Alkohol. Wir wissen ja, daß sie gemeinsam ihren letzten Pfennig vertranken.«

»Es ist durch nichts erwiesen, daß Frau Kaltenborn schon vor dieser Ehe Alkoholikerin war. Sie hat mitgetrunken, dem Mann zu Gefallen, um ihn daheim zu halten, um zu verhindern, daß er in die Kneipe ging.«

»So gesehen, wird man natürlich für alles und jedes eine Entschuldigung finden. Selbst für die Lieblosigkeit, die völlige Beziehungslosigkeit zu ihren Kindern.«

»Aber gerade das stimmt ja nicht. Sie hat Bernd gehaßt, das ist wahr, weil ihr das Kind Unbequemlichkeiten bereitete, mit denen sie nicht mehr fertig zu werden glaubte. Doch zu den beiden großen Jungen, die mit in der Familie lebten, hatte sie ein gutes, ein normales Verhältnis.«

»Das schafft ihr unmenschliches Verhalten gegenüber Bernd nicht aus der Welt! Erinnern Sie sich noch, wie sie dieses Kind mißhandelt hat, obwohl sie bereits vom Jugendamt ernsthaft verwarnt worden war? Ich sehe das Kind vor mir, wie es – einen Lederriemen um die Brust geschlungen – stundenlang an einem Deckenbalken angehängt wurde! Und Bernd war, wie alle Hausbewohner bestätigten, ein ruhiges, williges, arbeitsames Kind!«

»Ich glaube, Hella Kaltenborns Haßgefühl gegen Bernd erwachte erst dann, als er aus dem Heim entlassen worden war und in den Haushalt zurückkehrte. Da erst begann sie, den Jungen zu drangsalieren. Hauptsächlich tat sie das wohl auf Betreiben ihres Mannes, denn Helmut Kaltenborn wollte nicht, daß sich seine Frau um das zurückgebliebene Kind kümmerte. Sie sollte weiter arbeiten gehen, damit Geld im Hause war. Er selber verdiente ja wegen seiner Arbeitsbummelei oft wochenlang gar nichts. Der Junge war dem Leben des Mannes im Wege. So stand die Frau zwischen Kind und Mann. Das Kind konnte in diesem Konflikt eine Entscheidung nicht fordern, aber der Mann tat es täglich, und das monatelang. Ich möchte deshalb so formulieren: Eine brutale Handlung ist oft Ausdruck der Unfähigkeit eines Menschen, geistig und moralisch mit einer Krisensituation fertig zu werden.«

»Aber damit bestätigen Sie doch nur, Doktor Kahn, was auch das Gericht festgestellt hat: Das Kind erschien der Mutter als Hindernis für ihr asoziales Leben, deshalb wollte sie es beseitigen. Wenn das kein niedriger Beweggrund ist ...«

»Sie hat das Kind nicht töten wollen, um ihr asoziales Leben weiterführen zu können, sondern im Gegenteil: um den Mann an sich zu binden und ihre Ehe zu retten, die für sie die einzige Bindung war.«

»Ich weiß nicht, Herr Kahn, ob Sie die Situation nicht doch zu sehr mit den Augen der Hella Kaltenborn sehen. Selbst wenn sie sich an jenem Abend, als sie das Kind totschlagen wollte, in einer Depressionsstimmung befunden hätte – spätestens als die Hausbewohnerin wegen des Lärms erschien, hätte sie doch wieder zur Besinnung kommen müssen!«

»Eine seelisch-geistige Verkrampfung löst sich nicht in einer Augenblicksreaktion. Ihre Dauer hängt von anderen Umständen ab.«

»Sie sprechen von seelischer Verkrampfung. Das ist ein sehr dehnbarer Begriff, finde ich. Für mich bleibt entscheidend, daß diese Frau nicht in einer Art psychischen Ausnahmezustands handelte, sondern daß sie schon Wochen vorher den Plan gefaßt hatte, ihr Kind zu töten. Sie hat doch zu einer Arbeitskollegin gesagt, der Junge wäre minderwertig, sie würde ihn schon noch umbringen.«

»Zwischen dieser affektiven Äußerung und der Tat, Wochen oder Monate später, gibt es keinen direkten Zusammenhang.«

»Glauben Sie wirklich, Herr Kahn, mit solchen Argumenten könnten Sie jemanden überzeugen?«

Der Anwalt blickt sie nur an.

Sein Schweigen reizt die Frau.

»Dann könnte man ja auch mit Typhusbazillen Mitleid haben!« stößt sie erregt hervor.

»Frau Fleischer«, erwidert Dr. Kahn ruhig, »mit solchen Äußerungen begeben Sie sich auf das Niveau der Täterin.«

»Entschuldigen Sie«, murmelt die Jugendhelferin, »ich bin nun mal eine Frau und reagiere auch gefühlsmäßig.«

»Da haben Sie völlig recht.«

»Wie bitte?« fragt sie erstaunt.

»Eben weil das Handeln des Menschen nicht nur verstandesmäßig erfaßbaren Motiven unterliegt, weil auch Affekte, Triebe und unbewältigte Konflikte ihn manchmal in eine Richtung treiben, die er oft selbst gar nicht will – eben deshalb müssen wir auch die subjektive Seite einer solchen Tat sehen.«

»Und sie glauben, Sie allein sehen es richtig – während alle andern sich irren. Sie wollen noch einmal für diese Frau plädieren!«

Die Andeutung eines versöhnlichen Lächelns erscheint auf Dr. Kahns Gesicht.

»Ja. Das Gericht hat meine Argumente nicht berücksichtigt. Also ist es meine Pflicht, sie erneut zur Diskussion zu stellen – durch die Berufung.«

Frau Fleischer sieht, wie der Anwalt die Zigarre ausdrückt. Sie versteht es als ein Zeichen, daß jetzt wohl nichts mehr zu sagen ist. Sie erhebt sich und zieht den Mantel an.

»Daß ich so lange hier gesessen habe, ist Ihre Schuld, Herr Doktor Kahn. Sie hätten nicht dieses Privatplädoyer halten dürfen. Aber nun glaube ich doch, Sie werden an der Pressekonferenz teilnehmen. Sie haben ja für jedes Argument ein Gegenargument bereit.«

»Wie Sie meinen, für heute gute Nacht, zur Pressekonferenz sehen wir uns dann.«

Dr. Kahn geht in sein Arbeitszimmer zurück und setzt sich an den Schreibtisch. Er läßt die Spule des Bandgerätes rückwärts laufen, schaltet auf Wiedergabe, hört seine Stimme und diktiert dann weiter: »... Die Angeklagte ist wegen versuchten Mordes an ihrem siebenjährigen Kind Bernd zu einer lebenslangen Freiheitsstrafe verurteilt worden. Das Urteil geht davon aus, daß die Angeklagte aus niedrigen Beweggründen gehandelt habe, um sich mit ihrem Mann zusammen weiter übermäßig dem Alkohol hingeben zu können, daß sie keine Mutterliebe besitze und sich hinsichtlich des Kindes in keiner Konfliktsituation befunden habe.

Daß sie aus niedrigen Beweggründen gehandelt habe, sei auch in Übereinstimmung mit zwei anderen Grundsatzurteilen festgestellt worden. In dem einen Urteil sei die Frage behandelt worden, was denn krasser Egoismus sei. In dem anderen Urteil sei entschieden worden, niedrige Beweggründe lägen dann vor, wenn die elterlichen Pflichten als lästig empfunden werden, weil sie mit persönlichen Einschränkungen verbunden sind.

Bei der Beurteilung der Angeklagten ist das Gericht ihrem tatsächlichen bewegten Lebenslauf nicht gerecht geworden.

Es wird nicht bestritten, daß die Angeklagte teilweise ein loses Leben geführt hat und deshalb in ihrer Heimatstadt einen schlechten Leumund besitzt. Bestritten aber werden die allgemeinen Werturteile des Gerichts: Sie habe häufig ihr letztes Geld in Alkohol angelegt und habe keine mütterliche Beziehung zu ihren Kindern gehabt.

Es wird eingeräumt, daß die Angeklagte einen üblen Ruf besaß. Später nahm sie jedoch durch ihre Arbeit als Reinigungskraft eine durchaus positive Entwicklung. Daraus ist zu schließen, daß sie mit ihrem bisherigen Lebenswandel Schluß machen und ein neues Leben beginnen wollte. Diese Absicht hat die Angeklagte auch im Hauptverfahren geäußert und zum Ausdruck gebracht, daß sie an die frühere Zeit nicht gern erinnert werden will, weil sie einen Schlußstrich gezogen habe. Ihre zweite Ehe verlief – obwohl die Angeklagte sie als nicht glücklich bezeichnete – äußerlich nicht auffällig. Bemerkenswert aber ist, daß bereits ihr zweiter Mann das Kind Bernd nicht daheim haben wollte und schon von dieser Zeit an die Abneigung der Angeklagten gegen eine Aufnahme des Kindes in ihren Haushalt entstand. Denn sie sah durch das Kind ihre Ehe gefährdet, in der Ehe jedoch die Grundlage für ein neues Leben, so daß sie deshalb so verbissen an jeder Ehe festhielt.

Diese Konfliktsituation, die letzten Endes die Tat ausgelöst hat, hätte gegebenenfalls noch geprüft werden müssen ...

Das Gericht folgerte, daß sich die Angeklagte ständig starkem Alkoholgenuß hingegeben hat. Es beachtete dabei nicht, daß dieser Zustand in ihrer früheren Ehe nicht vorhanden gewesen ist. Und es berücksichtigte auch nicht die Aussagen des Angeklagten Kaltenborn und mehrerer Zeugen, die angaben, die Angeklagte sei anfangs gegen ihren Willen von ihrem Ehemann zum ständigen Alkoholgenuß animiert worden. Also kann man bei der Angeklagten nicht von einer Tendenz zum Alkoholismus sprechen. Es kann auch nicht davon die Rede sein, die Angeklagte habe ihr Kind töten wollen, weil sie sonst ihre Lebensbedürfnisse hätte einschränken müssen. Die Abneigung der Kaltenborn gegen ihr Kind hat tiefere Ursachen. Weder die Sachverständigen noch das Gericht haben in Betracht gezogen, daß das Kind durch eine Vergewaltigung empfangen worden ist. Schon von daher rühren die unbewußten Abwehrreaktionen der Angeklagten, die im Gegensatz dazu zu ihren anderen Kindern eine durchaus mütterliche Einstellung hatte.

Hinzu kommt noch, daß sie sich ebenso wie ihr Mann darüber klar war, daß sie an diesem Erziehungsaufgaben zu erfüllen hatte. Der Angeklagte ist labil, hemmungslos und geneigt, ein asoziales Leben zu führen. Davon wollte ihn die Angeklagte abbringen, ohne dabei sichtbaren Erfolg zu haben. Das verstärkte ihre Konfliktsituation noch.

Auch das Verhalten vor und nach der Tat ist anders zu werten, als das Gericht es getan hat ...

Zu berücksichtigen ist ferner, daß es bei dem Versuch der Tötung geblieben ist. Man muß von den eingetretenen Folgen ausgehen. Tatsache ist, daß das Kind voraussichtlich ohne Beeinträchtigung durch das durchaus strafwürdige Verhalten der Angeklagten am Leben bleibt und sich weiter entwickeln kann. Die Auffassung des Sachverständigen, das Kind sei durch die häusliche Erziehung psychisch zurückgeblieben, ist abwegig und wird der langjährigen Heimerziehung des Kindes nicht gerecht.

Unter diesen Voraussetzungen ist aber nach dem bestehenden Strafgesetzbuch nicht der Tatbestand des Mordes, sondern nur des versuchten Totschlags gegeben.«

Knapp vier Wochen später erhält Dr. Kahn vom übergeordneten Gericht die Mitteilung, daß die Berufung als offensichtlich unbegründet verworfen worden sei. Es wird darauf verwiesen, daß das Gericht den Sachverhalt umfassend aufgeklärt und rechtlich zutreffend beurteilt hätte. Erwiesen sei, daß die Angeklagte ihr Kind töten wollte und in einer grausamen Weise zur Ausführung der Tat geschritten sei. Auch nach der Tat habe sie nichts unternommen, um dem Kind zu helfen, weil sie gehofft habe, es werde an den Folgen seiner Verletzungen sterben. Ebenso richtig habe das Gericht erkannt, daß die Angeklagte aus niedrigen Beweggründen handelte. Sie wollte das geistig etwas zurückgebliebene Kind beseitigen, weil es ihrer asozialen Lebensführung im Wege stand und sie die größere Verantwortung für das Kind nicht übernehmen wollte.

Der Bescheid schließt: »Zu Recht hat das Gericht eine Strafmilderung abgelehnt. Zwar kann das versuchte Verbrechen milder bestraft werden als das vollendete. Dabei sind aber viele konkrete Faktoren in ihrem Zusammenhang zu beachten. Das hat das Gericht getan, und es hat richtig erkannt, daß die kaltblütige und besonders grausame Tatausführung sowie die ihr zugrunde liegenden Motive eine lebenslange Freiheitsstrafe rechtfertigen.«

Die Ablehnung der Berufung war wenige Tage vor der Pressekonferenz eingetroffen.

Als Frau Fleischer Dr. Kahn vor Beginn der Konferenz begrüßt und nach dem Ergebnis der Berufung fragt, sagt Dr. Kahn: »Sie ist abgelehnt worden.«

Eigentlich möchte sich Frau Fleischer freuen, aber sie weiß auch, mit welchem Ernst der Anwalt die Berufung aufgesetzt hatte, und so fragt sie mitfühlend: »Und nun? Wie nehmen Sie das auf? Sie sind doch jetzt sicher zornig, daß Sie nicht durchgekommen sind mit der Berufung.«

»Ich habe getan, was mir meine Pflicht als Anwalt gebietet.«

»Trotzdem nehme ich an, daß jeder der Entscheidung des Gerichts zustimmen wird.«

Dann beginnt die Pressekonferenz.

Ein Vertreter des Gerichts legt den Sachverhalt dar. Die Konferenz verläuft – entgegen Frau Fleischers Befürchtungen – sachlich und ruhig, auch als sich Dr. Kahn zu Wort meldet. Er weiß, daß hier kein Plädoyer von ihm erwartet wird, und er weiß auch, daß seine Verantwortung mehr umfaßt als nur das Plädoyer für eine Kindesmörderin. Noch bevor die Journalisten Dr. Kahn ihre Fragen entgegenschleudern können, ergreift er das Wort. Er beschränkt sich dabei auf einige Schlußfolgerungen aus seinen eigenen Erfahrungen.

»Natürlich muß Kindesmißhandlung hart bestraft werden. Denn diese Tat richtet sich gegen das Wertvollste, das wir besitzen: gegen das Leben und die Würde des Menschen, gegen die Gesundheit und Zukunft unserer Kinder.

Kindesmißhandlungen, das kann ich aus vielen Beobachtungen bestätigen, haben ihre Ursache sehr oft in gestörten familiären Verhältnissen. Die Eltern lassen dann unschuldige Kinder für ihr eigenes Versagen büßen. Sie rächen sich an ihnen für ihre eigene Unfähigkeit, mit irgendeinem Konflikt fertig zu werden. Kindesmißhandlungen sind nur möglich auf der Grundlage einer moralisch bereits weitgehend zerstörten Persönlichkeit, die das Empfinden für die Roheit ihrer Tat verloren hat.

Wenn ein mißhandeltes Kind erst im Krankenhaus liegt oder gar auf dem Friedhof, ist alles zu spät. Zwar kann man die Eltern bestrafen, aber damit sind ja die Folgen ihres Verbrechens nicht aus der Welt geschafft – und das sind nicht nur körperliche, sondern oft noch viel schlimmere psychische Schäden. Deshalb kommt alles darauf an, rechtzeitig einzugreifen, wenn irgendwo der Verdacht besteht, daß Eltern ihre Kinder mißhandeln.

Ich möchte darauf hinweisen, daß nicht nur den Lehren und Erziehern oder den Ärzten dabei eine hohe Verantwortung zufällt, sondern auch jedem einzelnen Bürger, der von Kindesmißhandlung in seinem Haus, in der Nachbarschaft hört. Wenn das schreckliche Ereignis, das hier zur Sprache kam, überhaupt einen Sinn gehabt haben sollte, dann den: uns aufzurufen, über Leben und Gesundheit unserer Kinder zu wachen.«

9 · NOTWEHR

»Wann ist das Abendessen fertig, Olga?« fragte Kostja Popow seine Frau.

»Ist gleich soweit. Nimm dir jetzt nicht noch etwas vor, Kostja.«

»Ich will nur schnell das Beil reparieren. Das dauert wirklich nicht lange.«

Olga wußte, daß es wenig Zweck hatte, ihren Mann zurückzuhalten, wenn er »ganz schnell noch etwas erledigen« wollte. Zwar forderte sie ihn auf, sich zu beeilen, die Fischsuppe müsse nun mal heiß gegessen werden, aber Popow hörte den letzten Satz schon nicht mehr.

Er ging in den Hausflur. An der Wand unter der Treppe lehnte das Beil. Sein Holm hatte sich so gelockert, daß es beim Zuschlagen dauernd auseinanderfiel. Popow nahm den Hammer und trieb mit einigen kräftigen Schlägen einen Keil aus Eisen, den er sich heute im Betrieb zurechtgefeilt hatte, in den Stiel. Dann trat er auf den Hof hinaus und hieb mehrmals auf den Hackklotz neben der Tür. Der Holm saß wieder fest.

Popow wollte gerade zurück ins Haus gehen, als er Schritte und die weinerliche Stimme seiner Nachbarin Anna Sidorowa hörte: »Sie haben schon wieder das Tor nicht abgeschlossen!«

Nun tauchte die alte Frau aus dem Dunkeln im Lichtschein auf, der durch die offene Haustür auf den Hof fiel. Herausfordernd starrte sie Popow an.

»Jaja«, murmelte der Mann, »ich hätte schon noch abgeschlossen.«

»Aber es ist bereits nach acht!«

»Dann eben um halb neun!« erwiderte er aufgebracht. »Außerdem waren Sie jetzt am Tor. Da hätten Sie ja auch gleich zuschließen können.«

»Ich bin nicht Ihr Dienstmädchen.«

»Und ich nicht Ihr Blitzableiter.«

Popow ließ die Alte stehen, ging zum Hoftor, verschloß es und kehrte zurück. Anna Sidorowa war verschwunden. Er war froh, ihr nicht noch einmal begegnen zu müssen.

Als er ins Zimmer trat, stand die Suppe schon auf dem Tisch.

»Wieder Krach mit der Alten?« fragte Olga.

»Weil ich nicht abgeschlossen hatte.«

»Dann denk doch rechtzeitig daran. Wir hatten uns vorgenommen, ihr keinen Anlaß mehr zum Streit zu geben.«

»Wer sucht, findet immer einen Anlaß«, erwiderte Popow verdrossen und setzte sich.

Während er sich einen Kanten Weißbrot abschnitt, sagte er: »Langsam fange ich an, mich zu ärgern, daß wir ausgerechnet dieses Häuschen gekauft haben. Mit so einer Hexe als Nachbarin. Hätte ich das vorher gewußt! Und der frühere Besitzer hat uns das wohlweislich verschwiegen.«

»Vielleicht ist er besser mit ihr ausgekommen. Ärgere dich nicht, Kostja, immerhin ist sie siebzig, und ewig wird sie nicht mehr so viel Kraft haben, sich dauernd herumzustreiten.«

»Ich glaube, die legt sich noch mit ihren Leichenträgern an und beschwert sich über sie.«

Olga lachte. Ihr Lachen stimmte ihn friedlicher. Er lobte die Suppe und verlangte einen zweiten Teller.

»Wir sollten uns endlich mal überlegen«, begann Olga, »wie wir deinen fünfundfünfzigsten Geburtstag feiern. Es sind nur noch acht Wochen. Und immer wieder schiebst du das Gespräch darüber hinaus.«

»Aber Olga, du weißt doch ganz genau, warum. Entweder feiert man so etwas richtig oder gar nicht. Wir haben das Häuschen gekauft, da können wir uns jetzt nicht noch eine große Geburtstagsgesellschaft leisten. Also reden wir erst gar nicht davon und feiern still für uns.«

»Aber irgendwie müßten wir doch versuchen ...«

Er fiel ihr ins Wort: »Und ich hab' dir eben gesagt, ich will keine Irgendwie-Feier!« Etwas besänftigend fügte er hinzu: »Übernächstes Jahr, zu deinem fünfzigsten, holen wir das dann nach, Olga.«

Sie erwiderte nichts, stand auf, räumte das Geschirr zusammen und ging hinaus. Popow griff zur Zeitung. Später kam Olga mit einem Korb Wäsche zurück und begann zu bügeln. Er stellte das Radio ein und hörte noch etwas Musik. Gegen halb zehn sagte er: »Machst du bald Feierabend? Ich gehe jetzt schlafen.«

Als Olga eine halbe Stunde später ins Schlafzimmer trat, schnarchte Popow laut und anhaltend. Sie kleidete sich aus, legte sich ins Bett und löschte das Licht.

Mitten in der Nacht fuhr Popow erschrocken empor. Ein Geräusch hatte ihn geweckt; er wußte jedoch nicht, ob er es nur geträumt hatte. Nun hörte er es wieder. Es kam draußen vom Hof. Ein Eimer mußte umgefallen sein. Aber wie kann ein Eimer umfallen, dachte er. Jemand muß daran gestoßen sein. Sicher die Sidorowa, wer weiß, was sie draußen treibt, vielleicht will sie nachsehen, ob ich auch wirklich das Tor verschlossen habe. Oder führt sie wieder etwas im Schilde? Schon einmal hat sie nachts die Kaninchen aus dem Stall in den Hof gelassen.

Popow weckte seine Frau.

»Die Sidorowa geht draußen um. Irgend etwas hat sie vor. Endlich erwischen wir sie mal auf frischer Tat. Mach kein Licht.«

Er trat ans Fenster, aber er konnte in der Finsternis nichts sehen.

»Wo ist denn die Taschenlampe?« flüsterte er.

»Auf dem Küchentisch. Aber Kostja, bitte, nimm dich zusammen, verlier nicht die Beherrschung, du machst dann alles nur noch schlimmer.«

»Jaja«, erwiderte er, ging in die Küche, tastete nach der Taschenlampe und schlich in den Hausflur. Nun vernahm er ein neues Geräusch, ein Scharren und Kratzen an der Haustür. Er zögerte. Vielleicht ein Hund? Unsinn, das Tor war verschlossen, wie sollte ein Hund auf den Hof kommen.

Jetzt hörte er auch Schritte, schleppende Schritte. Gleich darauf polterte es. Ein Krachen von brechendem Holz und splitterndem Glas machten Popow deutlich, daß eine Fensterlade aufgebrochen und eine Scheibe eingeschlagen worden sein mußte.

Plötzlich begann Olga zu schreien. Zuerst waren es einige kurze, spitze Schreie, die bald in ein auf- und abschwellendes Heulen übergingen. In diesem Augenblick ergriff Popow ein Gefühl der Panik. Er glaubte, daß etwas Schreckliches geschehen sein mußte. Er stürzte zur Tür, schloß sie auf und rannte in die Dunkelheit hinaus. Er sah im schwachen Sternenlicht einen Mann vorm Schlafzimmerfenster stehen und begann nun selbst laut um Hilfe zu rufen.

Der Mann kam auf ihn zu.

Popow blieb schreckerstarrt stehen.

Dann war der Mann auch schon vor ihm, hob die Arme und griff an Popows Hals. Popow wollte sich befreien, hatte aber nicht die Kraft, den Würgegriff um seine Kehle zu lockern. Der Angreifer versuchte, ihn zu Boden zu werfen. Offensichtlich war er jünger und viel kräftiger als Popow, denn Popow stürzte zu Boden. Dadurch gelang es ihm vorübergehend, den andern abzuschütteln, aber der hängte sich erneut an ihn. Immer wieder versuchte Popow freizukommen, aber vergeblich, der Mann umklammerte seine Brust, seinen Kopf, seine Hände. Beide wälzten sich in der Dunkelheit auf dem Boden. Mehrmals stieß Popow Hilferufe aus, aber niemand hörte seine keuchende, halberstickte Stimme.

Dann spürte Popow einen Schlag an seiner Schulter. Der Hackklotz mußte umgefallen sein und ihn gestreift haben. Popows rechte Hand stieß an das Beil, das im Hackklotz steckte. Mit letzter Anstrengung riß er es heraus.

Der Angreifer lag über ihm. Popows Kräfte waren schon erlahmt, so daß er das Beil nicht mehr mit genügender Wucht handhaben konnte. Der andere hatte inzwischen gemerkt, daß Popow sich mit einer Waffe zur Wehr setzen wollte.

Er versuchte, Popow das Beil zu entreißen; Popows Rechte umschloß jedoch den Holm mit verzweifelter Kraft. Bald befand sich das Beil in bedrohlicher Nähe von Popows Kopf, bald vor dem Gesicht des Einbrechers.

Schließlich gelang es Popow, seinen Arm so weit freizubekommen, daß er ausholen und zuschlagen konnte. Mit dem Rücken der Schneide traf er den Angreifer am Kopf. Popow spürte, wie sich die Umklammerung löste. Der Mann sank zusammen und blieb auf dem Rücken liegen.

Aus dem Schlafzimmer kam immer noch Olgas hysterisches Weinen.

Popow erhob sich taumelnd.

Er hörte, daß am Tor gerüttelt wurde. Eine Stimme rief: »Mach doch endlich auf! Ich bin's – Nikolaschin!«

Popow drehte das Hoflicht an und ging öffnen. Draußen stand der Milizionär Nikolaschin mit einigen Nachbarn. Später erschien auch die Sidorowa. Im Lichtschein der Hoflampe sah man den Eindringling liegen, mit einer blutenden Kopfwunde, bewußlos.

Während jemand einen Krankenwagen bestellte, ging Popow ins Schlafzimmer. Es gelang ihm nicht, seine Frau zu beruhigen; sie war tröstlichen Worten nicht zugänglich. Zum Schreien hatte sie keine Kraft mehr, aber sie weinte, teilnahmslos und apathisch, pausenlos vor sich hin.

Als dann später der Krankenwagen erschien, wurde Olga zusammen mit dem Eindringling ins Krankenhaus gebracht.

So hatte Kostja dem Rechtsanwalt Filipow die Ereignisse vom 10. September geschildert. Popow war einige Tage nach dem Vorfall und nach mehreren polizeilichen Vernehmungen verhaftet worden. Das Anklagegutachten beschuldigte den fünfundfünfzigjährigen Arbeiter der schweren Körperverletzung. Die Anklage stützte sich auf die Aussagen des von Popow verletzten Mannes, eines gewissen Mitrofan Maximezki, der das Geschehen jener Nacht jedoch völlig anders darstellte.

Maximezki behauptete, er sei mit seinem Freund Lew betrunken Motorrad gefahren, habe in der Nähe von Popows Haus eine Panne gehabt und sich auf Popows Grundstück verirrt. Er könne sich nur noch daran erinnern, daß ein Mann erschienen sei, der sich sofort auf ihn gestürzt und schließlich mit einem Beil auf den Kopf geschlagen habe.

»Sie glauben diesen Unsinn doch nicht etwa?« fragte Popow den Anwalt.

»Ich muß mir zuerst ein umfassendes Bild von den Ereignissen verschaffen«, erwiderte Filipow ausweichend. »Rauchen Sie?«

Popow nickte. Filipow bot ihm eine Zigarette an und gab ihm Feuer. Popow sog den Rauch tief ein.

»Sehen Sie«, begann Filipow nach einigen Augenblicken nachdenklich, »ich habe das Anklagegutachten gelesen, und ich habe Ihre Darstellung gehört. Was wirklich vorgefallen ist, weiß ich nicht, denn Maximezki sagt genau das Gegenteil von dem, was Sie behaupten. Er bezeichnet Sie als den Angreifer und sich als das wehrlose Opfer.«

»Ist doch klar, daß er die Dinge auf den Kopf stellen muß!« rief Popow erregt. »Wie kann man auf einen solchen Schwindel hereinfallen! Was für einen Grund sollte ich gehabt haben, einen Menschen mit dem Beil niederzuschlagen?«

»Ich habe nicht gesagt, daß ich Maximezki glaube. Ich glaube *Ihnen*, sonst würde ich Sie nicht verteidigen. Aber es gibt da in Ihrer Darstellung Dinge, die mir noch nicht klar sind. Ein Beispiel: Wenn ich mir Ihren Standpunkt zu eigen mache, haben Sie Maximezki bei einem Einbruchsversuch gestellt. Nun frage ich Sie: Macht ein Einbrecher einen solchen Lärm? Reißt er eine Fensterlade ab und zertrümmert Scheiben, wenn er damit rechnen muß, daß Leute im Hause sind?«

Popow starrte den Anwalt an. »Daran habe ich noch gar nicht gedacht«, nuschelte er.

»Mache ich mir nun aber Maximezkis Darstellung zu eigen, er habe sich, völlig betrunken, auf den Hof verirrt – welchen Unfug stellt nicht alles ein Betrunkener an! Er klammert sich an eine Fensterlade, die Fensterlade bricht ab. Vielleicht hat der Betrunkene dabei das Gleichgewicht verloren und versehentlich die Scheibe zertrümmert – wäre das nicht logisch? Und völlig überzeugend?«

»Jaja«, murmelte Popow bestürzt. »Aber ich habe doch Verletzungen am Körper, die von seinem Angriff auf mich stammen!«

»Er hat sich gegen Ihren Angriff gewehrt – und davon zeugen Ihre Verletzungen.«

»Ja, dann könnte man ja alles so oder so auslegen, alles!« meinte Popow verzweifelt.

»Nein, nicht auf die unterschiedlichen Auslegungen kommt es an, sondern auf die richtige Analyse der Ereignisse.«

»Wo ist denn da der Unterschied?«

»Man muß untersuchen, welche Vorgänge sich zu einem widersprüchlichen Zusammenhang fügen und welche sich überhaupt nicht reimen.«

»Aber Sie haben mir ja gerade erklärt, daß Sie in meiner Aussage Widersprüche entdeckt haben.«

»Keine Widersprüche, sondern Ungereimtheiten, die mangelnder Kenntnis der Fakten entspringen. Um bei dem ersten Beispiel zu bleiben: Wenn ich nachzuweisen vermag, Maximezki war *nicht* betrunken – dann schließe ich damit zugleich die Möglichkeit aus, daß er in eben diesem unzurechnungsfähigen Zustand Lade und Fensterscheibe zertrümmert hat. Daraus kann ich dann nur die Schlußfolgerung ziehen: Er wollte einbrechen.«

Popow schüttelte resigniert den Kopf. »Ich bin kein Anwalt«, sagte er, »und solche Spitzfindigkeiten verstehe ich nicht.«

Filipow blieb unbeeindruckt. Diese Vorurteile war er gewohnt. Er bot Popow noch eine Zigarette an und sagte dabei: »Ich werde mich jetzt erst einmal mit dem Stand der polizeilichen Ermittlungen vertraut machen. Danach sehen wir uns wieder. Haben Sie Vertrauen, lassen Sie den Kopf nicht hängen.«

Das Studium der polizeilichen Ermittlungen bestärkte Filipow in seiner Auffassung, daß die Anklage wesentliche Beweise, die für die Richtigkeit von Popows Darstellung sprachen, nicht berücksichtigt und darüber hinaus eine Anzahl von Widersprüchen, die sich aus Maximezkis Aussage ergaben, nicht zur Kenntnis genommen hatte.

So hatte beispielsweise der Milizionär Nikolaschin zu Protokoll gegeben, daß sich Maximezkis Freund Lew zu verstecken versucht habe, als er, Nikolaschin, sich dem am Straßenrand stehenden Motorrad näherte.

Besondere Aufmerksamkeit schenkte Filipow jener Aussage Maximezkis, mit der dieser sein Erscheinen auf Popows Hof begründet hatte. Maximezki hatte von einer Panne gesprochen, dies aber später präzisiert und erklärt, er sei mit dem Motorrad in den Straßengraben gefahren. Dabei wäre das Fahrzeug beschädigt worden und nicht mehr betriebsfähig gewesen. Als Filipow jedoch die entsprechenden Unterlagen einsah, mußte er entdecken, daß bei der polizeilichen Ermittlung etwas Wesentliches übersehen worden war: Weder die Miliz noch ein kraftfahrzeugtechnischer Sachverständiger hatten Maximezkis Motorrad überprüft und untersucht, ob es tatsächlich Schäden aufwies, die von einem Unfall herrührten. Filipow bezweifelte sowieso, daß es einen Unfall gegeben hatte. Denn in der Nähe von Popows Haus gab es überhaupt keinen Straßengraben! Trotzdem wünschte Filipow, man hätte damals das Motorrad überprüft und sich von Anfang an über einen der wichtigsten Beweisgründe Klarheit verschafft. Der Anwalt entdeckte dann allerdings noch einen Hinweis unter den Aussagen des Milizionärs Nikolaschin: Dieser erinnerte sich, daß der Motor des Krads bei einem Startversuch Lews nicht ansprang, daß sich das Motorrad beim Schieben aber normal bewegte.

Sehr belastend für Popow war die Aussage der alten Sidorowa. Sie hatte erklärt, von dem Lärm auf dem Hof geweckt worden zu sein. Von einer Leiter aus, die sie an den Zaun gestellt habe, wollte sie dann gesehen haben, daß Popow auf sein am Boden liegendes Opfer mit dem Beil dreimal eingeschlagen habe.

Filipow fuhr zu Popows Haus. Er traf die Sidorowa an und bat sie, ihm die Stelle zu zeigen, von der aus sie den Tathergang beobachtet hatte. Bereitwillig führte sie den Anwalt in den Garten.

»Zwischen meiner und seiner Haushälfte ist ein Zaun. Hier habe ich in jener Nacht die Leiter angelehnt und zugesehen, was auf dem Hof passierte.«

»Kann ich mir diese Leiter mal herholen?« fragte Filipow freundlich.

Sie blickte ihn mißtrauisch an. »Warum denn?«

»Also, wo steht die Leiter?«

Die Sidorowa machte wortlos kehrt. Er folgte ihr. An einer Schuppenwand hing eine Leiter. Ächzend hantierte die Alte daran herum. »Wollen Sie mir nicht wenigstens helfen?« brummte sie.

»Wieso?« fragte Filipow. »Ist sie denn so schwer?«

»Das sehen Sie doch.«

Filipow packte mit zu. Gemeinsam trugen sie die Leiter an die bezeichnete Stelle. Filipow stieg empor. Doch er konnte den Hauseingang, wo der Kampf stattgefunden hatte, nicht sehen, er war völlig von Buschwerk verdeckt.

»Danke schön«, sagte er und trug die Leiter zurück.

So kam der Tag der Eröffnung des Verfahrens gegen Popow heran. Filipow rechnete diesmal nicht damit, daß der Prozeß wesentlich neue Gesichtspunkte ergeben würde. Weder von seiner noch von der anderen Seite waren Überraschungen zu erwarten. Der Anwalt wußte aber auch, daß er in diesem Prozeß keinen leichten Stand haben würde. Die Anklage ging von der berechtigten Forderung aus, daß Gesundheit und Leben eines jeden Bürgers vor brutalen Angriffen zu schützen seien. Da die Anklage in Popows Beilhieb einen schweren Angriff sah, war zu erwarten, daß der Staatsanwalt seiner Forderung nach einer hohen Strafe besonderen Nachdruck verleihen würde. Diese Beurteilung des Vorgangs durch die Anklage bestimmte daher auch den Operationsplan der Verteidigung. Filipow hatte sich als einziges Ziel gesetzt nachzuweisen, daß Maximezki unberechtigt in Popows Hof eingedrungen war, Popow angegriffen und diesen gezwungen hatte, sich gegen den körperlich stärkeren Maximezki zu wehren. Damit steuerte Filipow den Notwehrparagraphen an.

Die Auseinandersetzungen zwischen Staatsanwalt und Rechtsanwalt konzentrierten sich deshalb naturgemäß auf zwei Punkte:

1. Warum betrat Maximezki zu später Nachtstunde einen ihm fremden Hof?

2. Wie kam es zur tätlichen Auseinandersetzung zwischen Popow und Maximezki?

Der Staatsanwalt stützte sich in seiner Anklageschrift im wesentlichen auf Maximezkis Aussage: Ein betrunkener Kradfahrer, der einen Unfall hatte, verirrt sich auf einen fremden Hof. Dort wird er durch mehrere Beilhiebe brutal verletzt.

Im Verlauf der Verhandlung wurde es Filipow immer klarer, daß der Staatsanwalt alle Beweise ablehnte, die Zweifel an Maximezkis Glaubwürdigkeit hervorriefen.

Das zeigte sich gleich bei dem ersten Zeugen, dessen Vernehmung Filipow beantragt hatte.

Filipow war aufgefallen, daß die Ärzte, die Maximezki nach seiner Einlieferung in die Klinik behandelt hatten, dessen Trunkenheit mit keinem Wort erwähnt hatten. Deshalb beantragte Filipow, den leitenden Arzt als Zeugen zu vernehmen. Der Chirurg erklärte vor Gericht, daß weder die Überprüfung der Atemluft noch des Mageninhalts eine Spur von Alkohol ergeben hätten.

Aber der Staatsanwalt war vorerst nicht bereit, diese Tatsachen voll zu werten. Das zeigte sich auch am Beispiel der Sidorowa.

Bei ihrer Zeugenvernehmung erklärte die alte Frau, sie habe Lärm auf dem Hof gehört, aber keine Hilferufe. Sie habe sich dann angekleidet, sei hinausgegangen, habe die Leiter abgenommen, an den Zaun gestellt und dann beobachtet, wie Popow auf den am Boden liegenden Maximezki mit einem Beil eingeschlagen habe. Obwohl Filipow nachweisen konnte, daß die Sidorowa von ihrem angeblichen Beobachtungsstand den Kampfplatz gar nicht einsehen konnte, hielt der Staatsanwalt in seinem Plädoyer unverändert an den Aussagen der Sidorowa fest, bildeten sie doch für seine eigene Theorie eine wichtige Grundlage: daß Popow mit äußerster Brutalität gegen einen wehrlosen Menschen vorgegangen sei.

Selbst ein weiterer Zeuge, den Filipow zu diesem Sachverhalt anzuhören beantragte, vermochte den Staatsanwalt nicht nachdenklich zu machen. Der gerichtsmedizinische Gutachter nämlich erklärte, daß von den beiden Kopfverletzungen Maximezkis mit Sicherheit nur eine von einem Schlag mit der stumpfen Kante des Beils herrühre.

So wiederholte also am Ende der Beweisaufnahme der Staatsanwalt in seinem Plädoyer alle jene Argumente, die er bereits in seiner Anklage angeführt hatte. Es lag nur in der Logik dieses Standpunktes, daß er am Schluß eine hohe Freiheitsstrafe für Popow beantragte.

Dann erhielt Filipow das Wort.

Wer ihn nicht kannte, mußte ihn für unaufmerksam, ja schläfrig halten. Die Zuschauer beobachteten mehrmals, wie ihm während der Verhandlung die Augen zufielen. Manchmal war sein Blick so starr irgendwohin in die Ferne gerichtet, daß er völlig abwesend zu sein schien. Nur wenige wußten, daß dieses Verhalten Ausdruck seiner Konzentration war. Als er sich nun erhob, schob sein mächtiger Körper mit einem Ruck den Tisch beiseite. Jetzt konnte er erst einmal aufrecht stehen. Er hatte einige kleine Zettel in der Hand, auf denen er sich anscheinend Notizen gemacht hatte, denn ab und zu hielt er einen Zettel dicht vor die Augen. Sonst sprach er frei, akzentuiert, mit einem gewissen altertümlichen Pathos, das von vielen Gesten noch unterstrichen wurde.

»Hohes Gericht!« begann Filipow. »Der Verteidigung ist von Anfang an klar, daß sie hier einen schweren Stand hat. Denn ich muß betonen, die moralische Position, die die Staatsanwaltschaft einnimmt, ist auch die meine. Der Staatsanwalt und die Verteidigung unterscheiden sich auch nicht in ihrer Auffassung, was gefährlich ist. Deshalb sind wir uns beide darin einig, daß ein Angriff auf Gesundheit und Leben eines Bürgers ein schweres Vergehen ist, das geahndet werden muß.«

Hier machte Filipow die erste Pause. Er wußte, daß er mit dieser Einführung einen Teil seiner Zuhörer überrascht hatte.

Mit erhobener Stimme fuhr er nun fort: »Allerdings unterscheiden wir uns in unserer Ansicht, *wer* in diesem Fall die Rechte des andern verletzt hat! Es geht hier nicht darum, verschiedene Meinungen darzulegen. Es geht darum, die tatsächlichen Vorgänge zu analysieren und außerdem zu beurteilen, ob das Gesetz in diesem konkreten Fall richtig angewendet worden ist. Während der Staatsanwalt den Angeklagten für den Schuldigen erklärt und seine strenge Bestrafung fordert, werde ich Popows Freispruch verlangen.«

Filipow blickte auf seinen Zettel. Dann legte er ihn langsam zu den andern auf den Tisch und begann in einem Ton sachlicher Berichterstattung: »Wenden wir uns nun dem ersten Punkt der Anklage zu, worin erklärt wird, daß sich Maximezki in betrunkenem Zustand auf Popows Grundstück verirrt habe. Da ist zunächst die Behauptung des Anklägers, Maximezki und Lew seien betrunken gewesen. Worauf stützt sich diese Behauptung? Auf die Aussagen Maximezkis und Lews. Wer vermag diese Behauptung zu untermauern? Niemand! Im Gegenteil. Weder der Krankenbericht weist darauf hin, daß Maximezki unter Alkoholeinfluß stand, noch konnte der Chirurg bei seiner Untersuchung des Mageninhalts auch nur eine Spur von Alkohol feststellen!

Aber noch eine andere Tatsache widerlegt die Legende von Maximezkis Trunkenheit. Bei der Tatortbesichtigung stellte das Gericht fest, daß ein Zaun von ein Meter siebzig Höhe Popows Grundstück umgibt. Darüber befindet sich obendrein noch Stacheldraht. Wie vermag ein Mensch, der sinnlos betrunken ist, einen so hohen Zaun mühelos zu übersteigen?

Nun könnte man sagen, jetzt würde ich Maximezkis angebliche Trunkenheit übertreiben. Nein, ich halte mich an seine eigene Aussage. Immer wieder betont er darin, er wäre so betrunken gewesen, daß er sich an nichts, aber auch an gar nichts mehr erinnern könne.

Sehr geehrter Richter, wird hier nicht ein Widerspruch deutlich? Auf der einen Seite erklärt Maximezki, sich an nichts mehr erinnern zu können – auf der anderen Seite aber will er noch ganz genau wissen, wie er auf den Hof gelangt ist und was Popow ihm, der mit ganz unschuldigen Absichten kam, alles angetan hat.

Ich meine also, der ärztliche Sachverständige hat recht. Maximezki war nicht betrunken und konnte sich wie ein normaler Mensch verhalten. Also befand er sich keineswegs in unzurechnungsfähigem Zustand, als er in einen fremden Hof eindrang.

Nun haben wir allerdings von Maximezki gehört, er sei gar nicht über den Zaun gestiegen, sondern habe sich durch das offene Hoftor in den Hof begeben. Woher weiß er das, wenn er sich an gar nichts mehr erinnern kann, müssen wir hier schon wieder fragen.

Der Staatsanwalt bezweifelt Maximezkis Behauptung nicht. Denn die Zeugin Sidorowa hat ausgesagt, Popow hätte an jenem Abend wieder einmal vergessen, das Hoftor abzuschließen. Aber Popow und seine Frau sagen aus, daß Popow sofort nach Anna Sidorowas Vorhaltungen abgeschlossen habe.

Daß das Tor tatsächlich verschlossen war, wissen wir noch von zwei anderen Zeugen, die gehört haben, wie Lew vor dem verschlossenen Hoftor stand und rief: »Mitrofan, mach auf!« Also wußte Lew, daß Maximezki über den Zaun gestiegen war, und forderte ihn deshalb auf, das Tor von innen zu öffnen. Auch der Milizionär Nikolaschin fand das Tor noch verschlossen, als er, durch den Lärm aufmerksam geworden, Popows Grundstück betreten wollte.

Damit ist erwiesen, daß Maximezki weder betrunken war noch rein zufällig durch das offene Tor in den Hof gelangte – er stieg mit klarem Bewußtsein über einen hohen Zaun in ein fremdes Grundstück ein.«

Filipow machte eine Pause. Er legte wieder einen seiner Zettel beiseite und führte einen anderen dicht vor seine Augen. Danach nickte er, als wollte er schon vorher die Richtigkeit der folgenden Überlegung bestätigen. Er wandte sich nun Maximezkis Behauptung zu, er habe einen Unfall gehabt, und wies auf alle Gründe hin, die diese Darstellung widerlegten.

Dann kam er zum zweiten Punkt der Anklage.

»Weiter behauptet der Staatsanwalt, Popow hätte draußen auf dem Hof ein Rascheln gehört, sei hinausgegangen, habe einen ihm Unbekannten vor sich gesehen, dessen Erscheinen er sich nicht erklären konnte, und ihm mit dem Beil auf den Kopf geschlagen. Dabei beruft sich die Anklage auf die Aussagen von Anna Sidorowa, die angeblich Augenzeugin des Vorfalls war. Die Verteidigung muß einer solchen Darstellung widersprechen. Popow soll durch ein Rascheln auf dem Hof geweckt worden sein. Herr Richter! Wann hört man ein so leises Geräusch wie ein Rascheln? Doch nur, wenn man nicht schläft, wenn man dasitzt und lauscht. Popow hatte den Tag über körperlich schwer gearbeitet und wurde mitten aus tiefstem Schlaf gerissen. Deshalb fand ihn der Zeuge Nikolaschin nach dem Kampf mit Maximezki nur mit Turnhose und Turnhemd bekleidet vor.

Außerdem hat die Tatortbesichtigung ergeben, daß die Fensterlade aufgebrochen und eine Scheibe zertrümmert worden war. Wie kann die Anklage angesichts dieser Tatsachen immer noch behaupten, Popow sei durch ein ›Rascheln‹ wach geworden? Nein, die Geräusche von brechendem Holz und splitterndem Glas konnten nur einen einzigen Gedanken in ihm hervorrufen: Einbrecher wollen ins Haus eindringen!

Wenden wir uns nun der Aussage der Zeugin Sidorowa zu. Sie hat uns die Szene auf dem Hof folgendermaßen geschildert: ›Popow schlägt einmal zu – Maximezki steht; er schlägt zum zweiten Mal – Maximezki geht nieder; er schlägt zum dritten Mal – Maximezki liegt am Boden. Nun schlägt Popow auf den Liegenden ein, der mit den Armen die Schläge vom Kopf abzuwehren versucht.‹

Herr Richter! Ich muß Ihnen gestehen, das hört sich wirklich barbarisch an. Doch ich weiß, daß es nicht so gewesen ist.

Die Zeugin Sidorowa erklärt, sie sei von dem Lärm der Kämpfenden auf dem Hof wach geworden. Das heißt, sie erhob sich aus ihrem Bett, als der Kampf schon im Gange war. Er hat aber nur wenige Minuten gedauert. In diesen wenigen Minuten will sich die alte Frau angekleidet haben und auf den Hof hinausgegangen sein, will die Leiter abgenommen haben – was ihr, wie ich selbst feststellen konnte, nur mit äußerster Anstrengung möglich war –, will sie durch den Garten getragen, am Zaun aufgestellt haben, will hinaufgestiegen sein und den Kampf beobachtet haben.

Aber nehmen wir an, sie habe, getrieben von ihrer Neugier, das alles tatsächlich in so kurzer Zeit geschafft. Was hat sie von ihrem Beobachtungsstand aus wirklich gesehen? Nichts hat sie gesehen, Herr Richter, denn wir alle haben uns davon überzeugt, daß sie von diesem Platz keinen Einblick in den Tatort hatte.

Und dann gibt es noch einen dritten Beweis, der ihre Behauptung widerlegt. Die Sidorowa sprach von weit mehr als drei Schlägen, die Maximezki erhalten haben soll. Die gerichtsmedizinischen Sachverständigen jedoch haben überhaupt nur zwei Verletzungen bei Maximezki festgestellt. Die tiefe Wunde am Kopf rührt nach Meinung der Gerichtsmediziner tatsächlich von der stumpfen Seite eines Beils her. Die zweite Wunde ist oberflächlicher Natur und nach Meinung der Sachverständigen beim Sturz Maximezkis auf den zementierten Boden vor der Haustür entstanden.

So sehen also die Aussagen der Hauptbelastungszeugin aus. Allerdings sollten wir über ihr Verhalten nicht allzu erstaunt sein. Anna Sidorowa ist Eigentümerin der anderen Hälfte des Hauses. Durch Verschulden des früheren Hausbesitzers, von dem Popow seine Hälfte erwarb, gibt es Unklarheiten über die Besitzverhältnisse. Das führte immer wieder zu Streitigkeiten und schließlich zu ausgesprochen feindseligen Beziehungen zwischen Popows und Anna Sidorowa. Diese von vielen Zeugen bestätigte Tatsache prägte also die falschen Aussagen der Zeugin Sidorowa.

Zum Schluß meiner Ausführungen möchte ich mich mit der Ansicht des Anklägers auseinandersetzen, Popow habe kein Recht gehabt, nach dem Beil zu greifen und Maximezki eine so schwere Kopfverletzung zuzufügen. Die Verteidigung ist der Meinung, daß Popow sehr wohl dazu berechtigt war. Kurz, es geht hier um die Frage des Rechts zur Verteidigung aus Notwehr.«

Filipow hielt nun keinen Zettel mehr in der Hand. Er goß sich aus einer Karaffe Wasser in ein Glas, trank einige Schlucke und sprach frei weiter.

»Jeder einzelne Bürger ist daran interessiert, daß Verbrechen bekämpft und Gesetze eingehalten werden. Und es ist deshalb auch nur logisch, daß das Gesetz den einzelnen Bürger auffordert, dort, wo es notwendig oder möglich ist, auch selbst einer gefährlichen Tat entgegenzutreten. Wer also eine solche Tat zu verhindern sucht, handelt im Interesse aller Bürger und kann dafür nicht zur Rechenschaft gezogen werden, im Gegenteil, er verdient unsere Anerkennung, denn er verteidigt ja Recht und Ordnung. Ohne Zweifel ist dieser Tatbestand hier gegeben. Die stille Herbstnacht, das menschenleere Randgebiet der Stadt, das Zertrümmern von Fensterlade und Scheibe, die Drohungen Maximezkis, seine körperliche Überlegenheit gegenüber Popow, der Schockzustand seiner hysterisch schreienden Frau – müssen wir diese Situation in ihrer ganzen Bedeutung nicht berücksichtigen, wenn wir Popows Reaktion richtig beurteilen wollen?

Er sah sich einem Eindringling gegenüber, der ihn angriff, Popow hatte das Recht, sich zu verteidigen.

Unser Strafgesetz bestimmt, daß bei dieser Verteidigung gegen einen ungesetzlichen Angriff die Grenzen der Notwehr nicht überschritten werden dürfen. Und der Angegriffene überschreitet diese Grenze dann, wenn er sich zur Abwehr eines Mittel bedient, das in keinem Verhältnis zum Charakter und zur Gefährlichkeit des Angriffs steht.

Wir müssen uns also fragen: Überschritt Popow, indem er mit dem Beil auf Maximezki einschlug, die Grenzen der Notwehr?

Wenn der Staatsanwalt diese Frage bejaht, so möchte ich ihn fragen: Muß denn ein Mensch, der überfallen wird, ein ganzes Waffenarsenal bei sich führen, damit er sich entsprechend der Art des Angriffs verteidigen kann? In einer solchen Situation verteidigt man sich mit dem, was einem gerade in die Hände fällt. Mit einem Stock oder einem Stein oder auch einem Beil, denn ein solches befand sich in der Reichweite des um sein Leben kämpfenden Popow. Aber, so wendet die Anklage ein, Maximezki habe keine derartige Waffe in den Händen gehabt. Genau das Gegenteil ist der Fall. Wir wissen, daß beide um den Besitz des Beils kämpften, daß Maximezki versuchte, es Popow zu entreißen, daß er es sogar schon in den Händen hielt und daß Popow damit rechnen mußte, Maximezki werde sich gegen ihn ebenfalls des Beils bedienen.

Wollte man dagegen Popow, der seine letzten physischen Kräfte erlahmen spürte, das Recht absprechen, sich mit dem zu verteidigen, was ihm gerade in die Hände fiel, so würde man einem Bürger das Recht auf Notwehr überhaupt entziehen. Deshalb wendet sich die Verteidigung mit der nachträglichen Bitte an das Gericht, den Angeklagten freizusprechen.«

Mit diesen formaljuristischen Erörterungen hätte Filipow sein Plädoyer beenden können. Aber er wollte seiner Überzeugung von Popows Unschuld nun noch einmal gefühlsmäßigen Ausdruck geben. Deshalb wandte er sich nochmals an das Gericht.

»Meine Damen und Herren! Das Ehepaar Popow hat dieses Häuschen am Stadtrand erworben, weil es glaubte, dort ruhig und in Frieden seinen Lebensabend verbringen zu können. Doch dieses Haus brachte ihnen Unglück, nein, ich sollte besser sagen, Maximezki hat es ihnen zugefügt. Nun steht der fünfundfünfzigjährige Popow, der sein ganzes Leben fleißig gearbeitet hat und sich niemals das geringste hat zuschulden kommen lassen, vor Gericht. Aber ich weiß, er glaubt an die Gerechtigkeit der Rechtsprechung. Er ist fest davon überzeugt, daß das Gericht den Fall genau prüfen und seinem quälenden Erlebnis ein Ende bereiten wird.«

Das Gericht sprach Popow auf Grund des Notwehrparagraphen frei.

Der Staatsanwalt legte gegen dieses Urteil Einspruch ein. Daraufhin hob das übergeordnete Gericht das Urteil auf und ordnete eine neue Verhandlung an.

Wiederum wurde Popow freigesprochen. Der Freispruch blieb auch nach einem zweiten Protest des Staatsanwalts in Kraft.

NACHBEMERKUNG

Diese Sammlung von Kriminalfällen, in deren Mittelpunkt der Rechtsanwalt steht, ist ein Tatsachenbericht. Die Fälle wurden hinsichtlich der Namen und unwesentlicher Umstände leicht verändert. Ihre Authentizität wurde dadurch nicht beeinträchtigt.

Um die Wirkungsmöglichkeiten des Anwalts umfassend und einprägsam vorzustellen, wurden in dem Band überwiegend Strafrechtsfälle aufgenommen.

Als Quelle benutzte der Verfasser u. a. Jürgen Thorwalds »Jahrhundert der Detektive«, einen Bericht von Udo Wolter über den Fall Marigny, Veröffentlichungen der Bundes-Rechtsanwaltskammer, zahlreiche Presseberichte, einen Sammelband über Plädoyers von Anwälten, juristische Fachzeitschriften, Prozeßakten und Aufzeichnungen eines Rechtsanwalts.

Besonderer Dank gilt Rechtsanwalt Rudolf S. für die fachliche Beratung.

Dubiose Todesfälle

Hans Pfeiffer
Die Spuren der Toten
224 Seiten · Festeinband
ISBN 3-86189-065-8
24,80 DM

Auf welch rätselhafte Weise erstach Antonia Carlotti ihre dreijährige Tochter, ohne daß sich äußere Verletzungen an der Leiche fanden?
Floß in Erich von Leyens Adern Hundeblut?
Riß tatsächlich der Strick, als Theo Schell sich zusammen mit seiner Geliebten erhängen wollte, so daß er überlebte? Oder war es Mord und der angeblich gemeinsame Selbstmord nur vorgetäuscht?

34 authentische Kriminalfälle

Hans Pfeiffer
Die Sprache der Toten
224 Seiten · Festeinband
ISBN 3-86189-047-X
19,80 DM

Am 29. September 1935 ging Miss Johnson, ein Kurgast, in der Nähe des schottischen Ortes Moffet spazieren. Unweit eines Brückenpfeilers sah sie mehrere verschnürte Pakete liegen. Sie waren mit Zeitungen und blutiger Wäsche umhüllt.
Miss Johnson benachrichtigte die Polizei…
So beginnt der Bericht über den Zyklopenaugen-Fall, einen der 34 Tatsachenberichte, die Hans Pfeiffer spannend und kenntnisreich schildert.

Für Leser mit starken Nerven

Hans Pfeiffer
Die Spiele der Toten
224 Seiten · Festeinband
ISBN 3-86189-073-9
24,80 DM

Zuweilen spielen die Toten mit den Lebenden. Sie verbergen ihnen das Geheimnis ihres Todes.
Im Auto eine Leiche. Der Kopf des Mannes liegt auf der Straße. Ist es glaubhaft, daß er sich selbst enthauptet hat? Eine Tote hat ein Kind geboren. Sind »Sarggeburten« Horrormärchen oder Realität? Auf den Schienen eine zerstückelte Frauenleiche. War es Selbstmord, war es Mord? Drei erregende Fälle von vielen.